✤
✤
†

영국

스위스

러시아

이 무덤의 주인은
누구인가?

✤

윌리엄 셰익스피어

영국 스트랫퍼드어폰에이번 홀리트리니티교회

햄릿 사느냐 죽느냐, 그것이 문제로다. (중략) 죽는 건 잠자는 것 - 그뿐 아닌가.

잠들면 마음이 고통과 육체에 끊임없이 따라붙는 무수한 고통을 없애준다.

죽음이야말로 우리가 열렬히 바라는 결말이 아닌가.

죽는 건 잠자는 것! 잠들면 어쩌면 꿈을 꾸겠지. 아, 그게 괴로운 일이겠지.

이 세상의 번뇌를 벗어나 죽음 속에 잠든 때에 어떤 악몽이 나타나지 않을까

하는 생각을 하면 망설이지 않을 수가 없구나.

그 때문에 결국 괴로운 생애를 그대로 끌고 가는 것이 아닌가.

윌리엄 셰익스피어, 《햄릿》

찰스 디킨스Charles Dickens, 지그문트 프로이트Sigmund Freud, 마크 트웨인Mark Twain, 헨리 제임스Henry James, 제임스 조이스James Joyce, 헬렌 켈러Helen Keller, 찰리 채플린Charles Chaplin……. 이 사람들에게서 공통점을 찾을 수 있겠는가. 한 번쯤 들어본 유명한 사람들이긴 한데, 하나로 무리를 짓기엔 애매한 조합이다. '옛날 사람들' 정도라 해도 옛날이면 얼마나 옛날이어야 할까? 그냥 '유명인들'이라고 해도 맘이 편치 않다. 그렇다면 도대체 이 그룹의 정체는 뭘까?

바로 영국의 자부심을 대표하는 대문호 윌리엄 셰익스피어William Shakespeare가 실제로 존재했던 사람인지 아닌지에 대해 적극적이든 소극적이든 의문을 품은 사람들이다. 이들뿐 아니다. 훨씬 더 많은 학자와 유명인이 셰익스피어의 실존 여부를 의심해왔다. 미국의 2대 대통령 존 애덤스John Adams는 "이 위대한 천재는 알 만한 것은 하나도 남기지 않았다"며 그 실존 여부를 의심했고, 소설가 헨리 제임스는 셰익스피어를 가리켜 "세상을 상대로 연습해 성공한 최고의 사기꾼"이라고도 했다. 꽤 똑똑하고 이름난 사람들이 대문호 셰익스피어의 존재에 대해 어째서 의문을 품고 딴지를 걸었던 것일까? 그가 남긴 위대한 문학 유산이 책과 문자로 엄연히 존재하는데 말이다.

셰익스피어가 실존 인물이었는지, 아니면 당대의 어떤 위대한 천재가 셰익스피어라는 유령 인물을 내세운 것인지에 대한 논쟁은 셰익스피어가 사망한 1616년으로부터 200여 년이 지나 본격적으로 제기됐다. 그 주장의 양상은 다양하고 복잡하지만 본질은 한두 가지로 수렴된다. 스트랫퍼드어폰에이번이라는 시골 촌구석에서 가죽세공업자의 아들로 태어나 중학교 정도의 학력도 마치지 못한 사람이 어떻게 그런 위대한 희곡들을, 그것도 한두 편도 아닌 40여 편이나 남길 수 있겠느냐는 것. 게다가 그의 희곡엔 왕실 사람이나 고위 귀족이 아니면 알기 힘든 풍속이라든가 법학, 의학, 종교, 과학 등 당대의 첨단 지식과 학문에 관한 높은 식견이 곳곳에 드러난다는 것이다. 오늘날 법학 교과서에도 등장한다는 《베니스의 상인》의 저 유명한 판결을 어떻게 못 배운 시골 촌놈이 능숙하게 쓸 수 있단 말인가.

셰익스피어가 우리가 아는 그 사람이 아닌 다른 누군가일 거라는 주장들에 따르면, 진짜 셰익스피어로 추정되는 사람이 줄잡아 40명은 넘게 거론된다. 당대 유명했던 옥스퍼드 백작 에드워드 드 비어Edward De Vere나 당대 최고의 지성으로 불리는 프란시스 베이컨Francis Bacon 경, 셰익스피어의 라이벌로도 알려진 극작가 크리스토퍼 말로Christopher Marlowe 등이 주요 인물이다.

이런 주장들 가운데 가장 황당한 추론은 당시 영국 국왕이었던 엘리자베스 여왕Elizabeth I이 '셰익스피어'라는 필명으로 희곡을 썼다는 주장이다. 아무리 여왕 신분이라 해도 당시 여성이 연극 같은 걸 하는 게 점잖은 일로 보이지 않은 까닭에 필명으로 활동한 것이라고. 이보다 더 황당무계한 추측이 또 있다. 셰익스피어와 같은 해, 같은 날, 그러니까 1616년 4월 23일(이날은 '세계 책의 날'로 지정됐다) 사망한 것으로 알려진 《돈키호테》의 작가 미겔 데 세르반테스 사아베드라Miguel de Cervantes Saavedra가 실존했던 진짜 셰익스피어라는 주장이다. 해괴한 주장이긴 하되 한편 즐거운 상상이라는 생각도 든다.

제법 탄탄한 세력을 형성하고 있는 이들 '셰익스피어 미스터리' 그룹에서 자주 들먹이는 증거들 중에는 셰익스피어의 초상화 몇 점과 함께 그의 묘지에 남겨진 문구도 포함돼 있다. '벗이여, 바라건대 여기 묻힌 것을 파헤치지 마라. 내 뼈를 움직이는 자에게는 저주가 있으리니.'라고 적힌 셰익스피어의 묘비명이 그것이다. 도대체 누가, 언제, 왜 그런 묘비명을 새겨 넣었을까? 셰익스피어 자신의 뜻이 반영된 것일까? 거기에는 무슨 의도와 사연이 있는 걸까?

그 묘지를 한번 보고 싶었다. 그가 정말 거기 누워 있는지 한번 가늠해보고 싶었다. 셰익스피어의 생가와 무덤이 있는 영국 중부의 작은 마을 스트랫퍼드어폰에이번으로 향하는 마음이 그처럼 호기심 가득한 길이었던 까닭이다.

스트랫퍼드어폰에이번 중앙의 광대 조각상.
그리고 마을 한가운데를 가로지르는 스트랫퍼드 강.
셰익스피어가 아니어도 무척 인상적인 마을이다.

런던에서 스트랫퍼드어폰에이번까지는 기차로 두 시간이 조금 더 걸렸다. 160여 킬로미터라고 했던가? 카메라 한 대와 책 한 권을 품은 여행자가 하루 안에 가볍게 다녀온 그 길은 (만일 그가 실존했던 인물이라면) 오래전 풍운의 꿈을 안고 위대한 극작가의 길을 걸어간 셰익스피어가 평생을 오간 길이었을 터다. 덴마크 왕자 《햄릿》 이야기라든지, 이탈리아가 무대인 《베니스의 상인》과 《로미오와 줄리엣》, 《오셀로》, 《줄리어스 시저》, 신화 속 그리스가 무대인 《한여름 밤의 꿈》, 《아테네의 타이먼》 등을 쓰기 위해 그가 알려진 연보를 벗어나 몰래 해외여행이라도 다녀오지 않았다면 말이다(이런 사실들 역시 '셰익스피어 미스터리'에 자주 제기되는 논거이기도 하다).

스트랫퍼드어폰에이번은 굳이 셰익스피어의 존재가 아니어도 무척 아름답고 평화로운 느낌을 주는 마을이다. 셰익스피어를 생략하고도 그저 한번 들러보거나 하루 이틀 묵고 와도 좋은 곳이다. 마을 한가운데를 가로지르는 에이번 강물을 따라 백조들이 유유히 떠다니고, 짙푸른 잔디와 세월의 무게를 안은 굵직한 고목들, 계절마다 빛깔을 달리하는 꽃들이 마을을 수놓는다. 한가로이 일광욕이라도 즐기면 좋겠다 싶었다. 하지만 이 도시가 어떤 곳인가. 고대 희랍극의 전통을 이어받아 근대 서양 문학을 열었다 해도 좋을 셰익스피어가 탄생하고 묻힌 마을이 아니던가.

셰익스피어의 희곡, 특히 그의 재주가 가장 탁월하게 발휘

되고 있다는 비극 작품들에는 대체로 피와 죽음의 냄새가 진동한다. 극의 거의 모든 주인공이 그들의 인간적 약점이자 비극적 결함(햄릿의 머뭇거림, 리어왕의 오만, 오셀로의 의심, 맥베스의 망상, 리처드 3세의 탐욕 등)들로 인해 혼란스러운 사건을 일으키고 결과적으로 비극적 죽음을 맞으며 새로운 정권(왕)에 의해 모든 무질서가 정리되는 보편의 형식을 보인다. 하나같이 악인이지만 우리가 그 비극적 주인공들에게 느끼는 감정은 아리스토텔레스Aristoteles 가 《시학》에서 언급한 '연민과 공포'에 가깝다.

그런가 하면 '폭력의 카탈로그'라 불리는 셰익스피어의 가장 잔혹한 희곡 《타이터스 앤드러니커스》는 복수에 복수를 거듭하며 사지가 절단되고 생매장과 식인 장면까지 등장하는 등 잔혹함의 절정을 보여준다. 셰익스피어, 혹은 그의 앞뒤 시대에 죽음이 삶과 얼마나 가까웠을까 짐작케 한다. 그러나 셰익스피어 극에서 가장 오래 기억되는 죽음은 여인들의 죽음이다. 냇물의 수면 위를 떠다니는 햄릿의 연인 오필리어의 죽음이라든가, 무어인 장군 오셀로의 검정 손에 희디흰 목이 조여진 데스데모나의 죽음은 매우 강렬한 이미지로 남아 후대 화가들이나 작가들에게도 많은 영감을 줬다.

셰익스피어의 무덤이 있는 홀리트리니티교회 앞마당 공동묘지엔 오래전 이 마을에서 살다 간 이름 모를 이들의 무덤이 햇살을 받아 비스듬한 그림자를 드리우고 있었다. 홀리트리니티교

홀리트리니티교회 앞마당의 공동묘지.
말없이 많은 말을 하는 무덤들.

회는 오로지 셰익스피어를 위해 세워진 교회라 해도 과언이 아니다. 그와 그의 가족 무덤이 교회 안쪽 중앙 제단에 안치돼 있다. 바닥에 깔린 그의 묘지석 옆에는 부인인 앤 해서웨이Anne Hathaway의 무덤이 있고, 그 아래쪽에 딸과 사위의 무덤이 있다. 오래된 중세식 영어 혹은 라틴어로 쓰인 무덤 위 문구가, 모르긴 몰라도 그의 실존 여부에 논쟁을 불붙인 그 문구이리라.

도대체 이 무덤 안에 누운 사람은 누구란 말인가? 왜 그 안의 것(뼈)을 움직이지 말라고 했을까? 누군가 안에 누워 있기는 한 것일까? 그의 묘 앞에선 추모객이 되기 앞서 의심과 궁금증을 잔뜩 품은 탐정이 되는 기분이었다.

'셰익스피어 미스터리'에 대해 비교적 잘 정리한 책 중에 《빌 브라이슨의 셰익스피어 순례》가 있다. 《나를 부르는 숲》을 쓴 유쾌한 베스트셀러 작가 빌 브라이슨Bill Bryson이 세상의 온갖 잡다하고도 방대한 지식을 대중에게 쉽고 재미있게 일러주던 특유의 글 솜씨로 셰익스피어 실존 여부에 대한 여러 의혹을 조목조목 반박하고 해명한다. 음모론을 배격하고 셰익스피어가 우리가 아는 바로 그 사람이 맞다는 걸 증명해 보인다. 셰익스피어에 대한 문헌이나 자료가 희박한 데 대해 빌 브라이슨은 "셰익스피어에 대한 문헌은 그 시대에 그 정도 지위에 있는 사람에게 우리가 기대할 수 있는 만큼 있다"며, 이러한 미스터리가 지속적으로 제기되는 것은 "우리가 그에게 너무 많은 관심을 가지고 있기 때문"이라고 재치 있게 해명한다.

셰익스피어 실존 여부에 대해 의구심을 표하는 '셰익스피어 미스터리' 세력('옥스퍼드파'라고도 불린다)과 그의 실존 여부를 확신하고 입증하려는 기존 학계('스트랫퍼드파'라고도 불린다)의 투쟁은 종종 처절한 모습을 보이기도 한다. 최근에는 빅 데이터로 셰익스피어의 글을 철저히 분석해 그가 실존했던 인물임을 밝히는 책까지 등장한 형국이다. 제임스 샤피로James Shapiro의 《셰익스피어를 둘러싼 모험》이 그런 책이다.

그런가 하면 최근 옥스퍼드대학 출판부는 30여 년 만에 셰익스피어 전집을 복간하면서, 셰익스피어가 쓴 것으로 알려진 《헨리 6세》에 대해 그의 라이벌 크리스토퍼 말로와 공동 저작인 듯하다며 두 사람의 이름을 저자로 함께 올렸다. 5개국 23명의 학자로 구성된 공동 연구진이 21세기 첨단 자동화 도구를 동원해 분석한 결과, 셰익스피어의 저작들 중 상당 부분이 다른 작가들과의 협업 결과일 거라는 주장도 널리 공유되고 있다. 또 얼마 전에는 지하 투과 레이더로 확인한 결과, 셰익스피어의 유골이 이미 200여 년 전에 도난당한 것으로 보인다는 뉴스도 있었다.

잔혹하면서 그로테스크한 한편 해학과 낭만, 기지를 유감없이 발휘했던 그의 작품들처럼 셰익스피어는 스스로를 미스터리 세계의 주인공으로 만들었다. 2016년은 작가가 사망한 지 400년이 되는 해라 더 많은 사람이 그 무덤을 찾았다고 한다. '셰익스피어 미스터리'가 향후 어떻게 진행될지 몹시 궁금하다.

〈뉴욕타임스〉의 일요판 북 섹션은 세계적으로 이름난 작가

셰익스피어 일가의 묘가 있는
홀리트리니티교회의 중앙 제단.
이곳의 묘비명과 흉상이
'셰익스피어 미스터리'를 증폭시켰을 것이다.

들의 인터뷰 기사를 오래도록 실어 유명한데, 그 인터뷰들을 모은 책이 《작가의 책》이라는 단행본으로 번역 출판됐다. 그 책에서 유명 작가들에게 "가장 만나고 싶은 선배 작가가 누구냐"고 질문했을 때 가장 많은 대답을 차지한 이도 셰익스피어였다. 이언 매큐언Ian McEwan, 조앤 K. 롤링Joan K. Rowling, 리처드 도킨스Richard Dawkins, 스팅Sting 등이 가장 만나보고 싶은 작가로 셰익스피어를 꼽았다.

그런데 무엇이 수백 년 전의 작가를, 그 실존 여부와 정체조차 의심스러운 작가를 가장 그립고 궁금한 이로 만든 것일까? 유명 작가들 역시 우리가 알고 있는 셰익스피어가 바로 그 셰익스피어인지 확인하고 싶었던 걸까? 어쨌거나, 누가 썼든 간에, 우리는 너무나도 보석 같은 37편의 작품을 손으로 만지고 눈으로 읽을 수 있다. 또 지금 이 시간 지구 어느 마을의 무대 위에서는 틀림없이, 그의 작품이 연극으로 상연 중일 것이다.

아르헨티나의 소설가 호르헤 루이스 보르헤스Jorge Luis Borges는 말년의 단편 〈셰익스피어의 기억〉에서 실존했던 셰익스피어의 실제 기억을 갖게 된 사람의 황당한 이야기를 상상으로 풀어냈다. 우연히 얻게 된 셰익스피어의 기억이 차츰 자신의 개인적 기억을 넘어서는 기이한 경험으로 괴로워하다가 결국 다른 사람에게 그 기억을 넘겨주고 안도하는 내용이다. 보르헤스는 이 소설을 통해, 셰익스피어가 실존했음을 말하면서도 그의 실존을 우리 안에 남겨진 공통의 기억으로 치환한 듯하다.

셰익스피어는 육체를 갖고 살았던 '누구'이기 이전에 우리 안에 면면히 이어지는 하나의 공통된 '기억'이기도 할 것이다.

중요한 것은
세계를 변화시키는 것이다

❖

카를 마르크스

영국 런던 하이게이트 공동묘지

그는 누구도 필적할 수 없을 만큼의 정열과 불굴의 의지를 가지고 투쟁했으며 그 누구와도 비교할 수 없는 성공을 거두었습니다. 이런 이유로 그는 자기 시대에 미움과 비방을 가장 많이 받은 사람이었습니다. (중략) 그는 시베리아의 광산에서 캘리포니아 연안에 이르기까지 유럽과 미국의 모든 곳에서 수백만의 혁명적 동지들의 사랑과 존경과 애도 속에 죽었습니다. (중략) 그의 이름과 업적은 시대를 뛰어넘어 길이 이어질 것입니다.

이사야 벌린, 《칼 마르크스: 그의 생애와 시대》 중 엥겔스의 마르크스 장례식 추도사

—————— 그 여행에 카를 마르크스Karl Marx의 무덤을 찾아가려 한다고 했을 때 지인과 사소한 논쟁이 벌어졌다. 마르크스의 묘비에 적힌 글귀가 정확히 무엇이냐를 두고 벌어진 논쟁이었다. 나는 당연히 '만국의 노동자여 단결하라!'쯤일 거라 했고, 지인은 '철학자들은 그동안 세계를 다양하게 해석해왔다. 중요한 것은 세계를 변화시키는 것이다.'라는 거였다. 지기 싫어서 내 주장을 굽히지 않았지만, 속으로는 지인의 말이 어째 맞을 것 같다는 생각이 점점 강하게 들었다.

마르크스의 무덤은 대학 수업 시간에 정치학과 교수님께 전해들은 뒤 내겐 하나의 신화가 됐다. 그 무덤에는 추모객이 끊이지 않아 싱싱한 꽃들이 항상 바쳐져 있기도 하지만, 네오나치스트와 극우주의자들이 나치 문양이나 조롱의 낙서 등을 라커로 몰래 칠하는 통에 봉변을 당하기 일쑤라고 했다. 그의 무덤에 가보고 싶다는 생각이 든 것은, 그러니 꽤 오래전인 셈이다.

누군가는 카를 마르크스를 일컬어 신들을 배반한 뒤 헐벗고 굶주린 인류에게 불을 가져다준 '프로메테우스'에 비유하는가 하면, 누군가는 그의 진정성은 이해하지만 결과적으로 그의 프로젝트가 완전히 실패했음을 선언하기도 했다. 또 누군가는 여전히 공산주의 폭력 혁명을 조장하고 선동한 사악한 악인으로 그를 지목하기도 한다. 마르크스에 관한 가장 쉽고도 매력적인 평전이라는 이사야 벌린Isaiah Berlin의 책《칼 마르크스: 그의 생애와 시대》에도 그를 가리켜 '지상 최대의 추종자와 적을 거느린 사상가'라는 문구를 표지에 적고 있다. 마르크스가 활약한 19세기 중반 이래, 찬사와 비난이 이처럼 극명하게 갈리는 인물이 세상에 또 있을까 싶다.

그럼에도 마르크스의 저작을 직접 읽는 것은 늘 엄두가 안 나는 일이었다. 번역된 원 저작보다는 그의 생애나 사상을 담은 서브 텍스트들을 더러 읽었고, 그걸로 제법 아는 척도 했지만, 이제 와서는 내가 그에 대해 확실히 알고 있는 게 뭔지 말하기가 쉽지 않다. 그의 무덤에 적힌 묘비명조차 확신을 갖고 얘기할 수 없으니 말이다. 누군가 어떤 책에서 마르크스와 마르크시즘을 분리해 바라볼 것을 권유했듯이 그의 무덤을 찾아가는 내 마음도 내밀한 사상보다는 인간 마르크스를 느껴보자는 것이었다.

멀리서도 그의 무덤은 눈에 잘 띄었다. 침묵과 고요가 흐르는 공동묘지의 오솔길을 따라 걷고 있을 때 일군의 사람들이 한쪽에 모여 서성이는 걸 보니 틀림없이 거기가 마르크스의 무덤일 터였다. 천천히 그의 묘지 앞으로 다가갔다. 막상 그 앞에 서니 두근거림은 잠시, 어쩐지 좀 멋이 없어 보였다. 너무 무뚝뚝하고 멋대가리 없이 세워진 사각 기단부에 비해 지나치게 큰 흉상이 얹혀 있는데 미적인 느낌이라곤 당최 들지 않았다. 묘지 전체를 갤러리처럼 화려한 조형물로 꾸며놓은 유럽의 장묘 전통으로 본다면 한참 뒤처지고 볼품없는 무덤에 속했다.

마침 나는 더 이상 실용서도 지침서도 강령도 아닌, 유명 출판사의 고전 목록에 포함된 《공산당 선언》을 가져와 읽던 참이었다. 사회주의가 도처에서 붕괴되고 자본주의는 카멜레온처럼 변신을 거듭하며 더욱 단단하고 견고한 성벽을 쌓아온 지금, 또 마르크스가 가까이서 목격한 1차 산업혁명의 흐름을 한참 지나 바야흐로 4차 산업혁명을 운운하는 작금에 그가 품었던 생각과 저작들은 무슨 의미를 갖고 있는 것일까? 내 짧은 독해력과 산만한 집중력, 부족한 인내력으로 그의 대표 저작인 《자본》을 읽기란 불가능할 테고, 대학 때 어렵지 않게 읽은 기억이 있어 가져온 책이 《공산당 선언》이었다. 선배나 교수님의 추천이 아니라 순전히 자발적 의문과 궁금증으로 다시 펼쳐보는 책이었다.

그의 무덤 앞에서 서로 사진을 찍어주다 말길을 트게 된 초로의 사내는 자신을 대만 어느 대학의 교수라고 소개했다. 영문학자여서 영국에 자주 오는데, 마르크스를 너무도 존경해 올 때마다 그의 무덤을 찾는다고 했다. 그는 내 손에 들린 한글판 《공산당 선언》을 보더니 자신도 그 책을 들고 기념사진을 찍고 싶다 했다. 읽지도 못할 한글판 책을 들고도 어떤 감동이 느껴진다는 표정이었다. 그런데 중국 본토도 아닌 대만의 코뮤니스트 교수라고?

런던의 하이게이트 공동묘지.
이곳엔 또 누가 누가 묻혀 있을까.
묘지는 숨은 인물 찾기의 장소이기도 하다.

사내는 이어 마르크스 무덤 건너편 묘역에 잠든 유명한 코
뮤니스트들의 묘지에 대해 친절하게 안내해줬다. 넬슨 만델라
Nelson Mandela와 함께 남아공 해방운동을 이끈 지도자 유서프 다
두Yousuf Dadoo, 이라크 사회주의 지도자 사드 사디 알리Saad Saadi
Ali 등 세계 여러 나라에서 활동한 독립운동가 겸 사회주의자들
이 그 묘역 곳곳에 잠들어 있었다. 묘지를 찬찬히 훑어보던 사내
가 갑자기 흥분을 감추지 못하고 외쳤다.

"홉스봄!"

다가가 보니 익히 아는 이름이 묘비에 새겨져 있었다. 에
릭 홉스봄Eric Hobsbawm. 국내에도 많은 책이 번역 출간된 저명
한 마르크스주의 사학자가 거기 잠들어 있는 것이 아닌가! 그가
쓴 《극단의 시대》, 《자본의 시대》는 20세기에 대한 가장 방대하
고 깊이 있는 역사서들로 꼽힌다. 서너 해 전 출판사 책 광고를
통해 홉스봄의 부음을 전해들은 기억이 났다. 그가 잠들어 여기
눕게 된 것이다. 그의 묘지 앞에서도 잔잔한 떨림이 전해져왔다.
서가에서 발견했던 이름을 묘비명으로 다시 만난 흥분은 비슷하
면서도 많이 달랐다. 흡사 서점이 묘지요, 묘지가 또 다른 모습
의 서점인 것처럼 말이다. 마르크스 묘지 맞은편에 그가 누울 곳
을 마련한 어떤 뜻이 있으리라.

사내와 함께, 현재 위치로 이장되기 전 마르크스의 원래 묘
지 자리를 간신히 찾아냈다. 다른 무덤들 사이에 자리 잡은 비좁
고 소박한 무덤터에는 이끼가 잔뜩 끼고 금이 간 돌에 '마르크

(위) 사회주의 운동가들의 묘역 쪽에서 바라본 마르크스의 묘지.
근엄하거나 따뜻하거나.
(아래) 마르크스가 처음 묻혔던 자리.
누가 그를 이 고요한 자리에서 일으켜 지금의 자리로 오게 했을까.

스'라는 이름이 희미하게 새겨진 묘석이 있었다. 마르크스를 추앙하는 사람들이 지금의 잘 보이는 자리로 묘지를 이장하며 커다란 기단과 흉상을 새로 세운 것이리라.

마르크스와 동시대 여성 작가이면서 과감히 남성 이름을 쓴 조지 엘리엇George Eliot, 사회진화론 사상가 허버트 스펜서Herbert Spencer의 무덤도 같이 찾아냈다. 마르크스의 묘와 길 하나를 사이에 두고 묻힌, 그 마주하고 선 모양만큼이나 사상과 철학도 거리가 멀었다는 허버트 스펜서의 묘에 대해서는 사내가 친절하게 설명도 해줬다. 그와의 동행은 여기까지였다. 갈림길에서 그가 먼저 떠난 뒤 나는 안내판을 통해 두 명의 현대 작가 무덤을 더 찾아냈다. 서재의 오래된 세계명작전집 중 한 권을 차지한 소설가 앨런 실리토Alan Sillitoe의 무덤, 서재에서 자리를 넓게 차지하고 있는 코믹 SF 걸작《은하수를 여행하는 히치하이커를 위한 안내서》의 작가 더글러스 애덤스Douglas Adams의 무덤도 그 공동묘지에 있었다. 기발하고 코믹한 SF를 쓴 작가에게도 죽음과 무덤은 예외 없이 무거워 보였다.

마르크스 무덤 앞으로 돌아와 다시 한참을 서성였다. 고인에 대한 숭배와 존경이 아이러니하게도 저처럼 크고 멋없는 묘비를 세우게 한 건 아닐까. 묘지 사무실에서 본 엽서에는 어떤 기념일을 맞아 사람들이 묘지 앞에서 큰 행사를 열고 있는 흑백 사진이 프린트돼 있었다. 묘비 상단에는 '만국의 노동자여 단결하라.', 하단에는 '철학자들은 그동안 세계를 다양하게 해석해왔다. 중요한 것은 세계를 변화시키는 것이다.'라고 적혀 있었다. 하단 묘비명은 〈포이어바흐에 관한 테제〉 중 열한 번째 테제다. 지인과의 논쟁은 비긴 셈이었다.

2018년이 마르크스가 태어난 지 200년 되는 해라는 얘길 듣고 깜짝 놀랐다. 사망 200년이 아닌 탄생 200년이라니! 그 짧은 시간 동안 이 사람이 품어서 펼친 생각과 꿈은 세상에 얼마나 큰 영향을 미쳤던가. 그런데 정말로 '마르크시즘'과 '마르크스'는 같은 것으로 봐야 할까? 마르크시즘은 그렇다 치고, 마르크스는 어떤 사람이었을까? 실제로 과격하고 난폭한 선동가였을까? 노동자 계급인 프롤레타리아를 생각하며 늘 눈물 짓는 인정 많고 유약한 사람이었을까?

마르크스를 비난하는 이들은 그가 부르주아를 타도할 대상으로 삼았으면서도 정작 자신은 넉넉한 부르주아 생활을 했다고 비난한다. 그런가 하면 과거 사회주의 체제에서는 공공연한 비밀이었지만 이제는 제법 널리 알려진 사실, 즉 마르크스와 하녀 헬레네 사이의 사생아도 종종 거론한다. 워낙 극과 극의 평가를 받는 인물이어선지 그에 대한 다수의 사실과 증언조차 정치적 입장에 의해 왜곡 또는 과장돼온 게 아닌가 싶다. 비교적 균형 감각을 유지하며 썼다는 이사야 벌린의 평전에는 당시 영국 사회민주주의 연합을 창시한 하이드맨이라는 사람의 증언이 인용돼 있다. 그의 증언이 당대 늙은 혁명가의 성품이나 그에 대한 인간적 온기를 느끼게 해줄지도 모르겠다.

그를 보았을 때의 첫인상은 몹시 논쟁을 하고 싶어 하는 사람, 아니 논쟁할 태세가 되어 있는, 더 정확히 말하자면 당장이라도 공격에 나설 듯이 보이는, 강한 정신력을 가진 털투성이의 억센 노인이라는 것이었다. 하지만 그가 우리에게 건넨 인사말에는 진심이 배어 있었다. (중략) 그가 분노로 몹시 흥분되었을 때 보여준 태도나 말투와 당시의 경제적 사건들에 관해 의견을 피력할 때 보여준 태도는 극히 대조적이었다. 예언자와 격렬한 고발자의 모습을 보이던 그가 별로 힘도 들이지 않은 채 차분한 철학자의 모습으로 바뀌었던 것이다. 나는 선생님 앞의 학생 같은 신세를 벗어나려면 아주 오랜 세월이 필요할 것이라는 생각이 들었다.

— 이사야 벌린,《칼 마르크스: 그의 생애와 시대》

설혹 이런 증언을 전적으로 신뢰할 수 없다 해도 우리는 마르크스의 저작과 활동을 통해 그를 추측하고 상상해볼 수는 있으리라. 언젠가 도올 김용옥이 중국 현대사를 다룬 기고문에서 레닌Lenin에 관해 '그의 후계자 스탈린과 달리 인간사에 '평등'이 무엇인가를 실제로 가르쳐준 거인이었으며, 인간됨이 사특함이 없었다.'라고 언급한 것을 떠올린다. 마르크스에게도 이와 비슷한 평가가 온당하지 않을까 생각한다. 단호한 어조로 쓰인《공산당 선언》에서도 자본주의 안에 태동한 불평등과 모순에 분노하며 자신이 추구하는 세상을 펼쳐가는 오롯한 신념이 느껴진다.

견고히 구축된 마르크스 사상은 그를 따르는 사람들에 의해

한 사내가 마르크스의 묘에 몸을 기댄 채 깊은 사색에 잠겨 있었다.
짧은 순간, 그는 무슨 생각을 하고 있었을까.

번화한 런던 시내 백화점의 쇼윈도.
마르크스의 예측과 달리 자본주의는
끈질긴 생명력을 유지하며 세상을 지배해왔다.

다양하게 해석되고, 그만큼 많이 곡해되기도 했을 터다. 이를 두고 마르크스의 실패라거나, 반대로 지금도 그의 이론이 꼭 들어 맞는다거나 하는 주장들은 모두 지나쳐 보인다. 그는 실천하는 혁명가이기 이전에 훌륭한 생각과 매력적인 사유의 방식을 펼쳐 나간 사상가이기도 했다. 비록 그의 이론이 사후 얼마 뒤 세상조차 해명하지 못하고, 자본주의가 고도로 발달한 곳이 아닌 상대적으로 낙후된 러시아나 중국에서 혁명이 일어난 것에 대해 명쾌하게 설명하지 못한다 하더라도 평등한 사회의 비전과 억압받는 사람들에 대한 연민은 변함없이 새길 만하다.

그의 생각을 보완하거나, 거기에 다른 생각을 창조적으로 결합하려는 노력은 수많은 마르크스주의 학자들과 프랑크푸르트학파들, 일부 후기 구조주의자들을 통해 면면히 이어져왔다. 토마 피케티Thomas Piketty 같은 동시대 학자가 자본주의의 여전한 불평등 구조를 분석하며 쓴 책《21세기의 자본》도 널리 읽히고 있다. 마르크스에게서 읽을 수 있는 피억압자에 대한 연민과 대안은 그 뒤 여성과 소수자, 인권, 환경 등 우리 시대가 안고 있는 보편적 문제들과 긴밀히 연결되어 오늘날에도 그 생명력을 유지하고 있다. 그의 시대와 마찬가지로 자본주의는 여전히 많은 문제점을 스스로 해결하지 못한 채 여러 심각한 모순을 낳고 있다.

사망한 지 한참 지난 오늘날 마르크스를 다시 읽는다는 것은 무슨 의미일까? 나치의 폭정을 피해 독일을 떠나 망명지에서 조우한 두 지식인, 발터 벤야민Walter Benjamin과 베르톨트 브레히트Bertolt Brecht가 1934년 여름 어느 정원에서 나눈 대화를 통해 마르크스가 읽히는 한 변함없는 풍경을 엿볼 수 있을 것이다.

> 저녁에 브레히트는 내가 정원에서 《자본론》을 읽고 있는 것을 보았다. "당신이 이제 와서야 마르크스를 읽고 있다는 것은 참 좋은 일입니다. 더군다나 사람들이 점점 더 그를 거론하지 않는 이 마당에서 말입니다." 이 말에 대해 나는, "많이 거론된 책은 그것이 일단 유행이 지나간 후에 읽기를 좋아합니다."라고 대답하였다.
>
> — 발터 벤야민, 《발터 벤야민의 문예이론》

1883년 3월 14일. 폐종양으로 사망한 이 거인의 장례식은 단출하게 치러졌다. 가족과 친구 몇 명, 몇몇 나라에서 온 노동자 대표가 전부였다. 그의 평생 동지였던 프리드리히 엥겔스Friedrich Engels는 이 공동묘지가 쩌렁쩌렁 울리도록 동지의 죽음을 애도하는 연설을 쏟아냈을 것이다. 조출했던 장례식과는 달리 무덤을 찾는 이들의 발걸음은 그간 끊임없이 이어져왔다. 그의 무덤 앞에 선 사람들은 저마다 물을 것이다. 나에게 마르크스는 어떤 사람인가? 우리에게 오늘, 마르크스는 어떤 사람인가?

한 사내가 마르크스의 묘석에 한참 몸을 기대고 사색에 잠겨 있었다. 그 모습을 뒤로하고 묘지를 나섰다.

03

모든 것이 썩 잘되었다

⁘

헤르만 헤세
스위스 몬타뇰라 성아본디오수도원 묘지

"이제 더 한탄할 게 없느냐?"

하느님께서 물으셨다.

"없습니다."

크눌프가 고개를 끄덕이며 수줍게 웃었다.

"그럼 모든 게 좋으냐? 모든 것이 제대로 되었느냐?"

"네."

그가 고개를 끄덕였다.

"모든 것이 제대로 되었어요." (중략)

크눌프가 한 번 더 눈을 떴을 때는, 해가 빛나고 있었는데 그 빛이 너무나 강렬해서 그는 재빨리 눈을 감아야 했다. 그는 자신의 손 위로 눈이 무겁게 쌓여 있는 것을 느꼈고 그것을 털어내려고 했다. 하지만 잠들고 싶다는 의지가 그의 다른 어떤 의지보다도 강렬해지고 있었다.

헤르만 헤세, 《크눌프》

헤르만 헤세Hermann Hesse를 만나기 위해 영국에서 스위스 취리히로 가 하룻밤 묵은 뒤, 아침 고속열차를 타고 꼬박 서너 시간을 달려 스위스 남부 도시 루가노까지 갔다. 루가노역에서 두어 시간에 한 대 꼴로 있는 시골 버스를 타고 더 깊은 산중으로 오르자 마침내 헤세의 마을 몬타뇰라였다.

오는 내내 아름다운 산악과 호수 풍경이 차창으로 따라왔는데, 몬타뇰라 역시 우뚝 선 산봉우리와 아름다운 호수가 사방을 둘러싼 기품 있고 아름다운 마을이었다. 헤세가 생의 후반부를 살았던 저택 카사 카무치Casa Camuzzi를 비롯해 거기서 도보로 20여 분 거리에 있는 성아본디오수도원 묘지를 돌아보는 데는 꼬박 한나절이 걸렸다. 길고도 고된 여정이었다. 어떤 사람의 묘 앞에 서기 위해 지구 반대편까지 찾아오다니! 부모도 가족도 가까운 지인도 아닌, 오로지 헤세 선생을 만나기 위해서 말이다.

여기엔 폄하할 수 없는 이유가 충분했다. 내가 찾아뵌 이가 누군가. 예민한 소년 시절부터 지금까지 줄곧 내 정신과 영혼에 큰 그림자를 드리운 작가가 아닌가. 때로는 반항과 일탈을 불러일으키기도 했고, 때로는 무겁고 심각한 화두를 던져주기도 했으며, 때로는 밀려오는 희열과 감격으로 밤을 지새우게 하면서, 때로는 주저 없이 여행 가방을 꾸리게 만든 작가가 아닌가. 한 번도 뵌 적 없는 고인에게 멋쩍지만 '스승'이라 부르면 이상할까? '문학과 영혼의 아버지'라 부르면 또 어떨까? 그러니 육신이 아닌 정신과 영혼의 혈육으로서 작가의 묘를 찾고 그 앞에 서는 건 마땅한 일이 아닌가. 내가 온라인 닉네임이나 필명으로 오래 사용해온 '크눌프'라는 인물을 소설을 통해 창조해준 작가의 묘지 앞에 서는 일 말이다. 그 떨림이 어찌 작은 것이겠는가.

그러고 보면 《수레바퀴 아래서》, 《황야의 이리》, 《유리알 유희》 등을 제외한 헤세의 주요 작품들은 대개 소설 주인공 이름을 제목으로 삼고 있다. 대부분 남성이며 소년이다. 데미안, 크눌프, 로스할데, 나르치스, 골드문트, 싯타르타 등이 그들인데, 특히 나는 그의 방랑자 소년들을 좋아한다. 크눌프, 골드문트, 싯다르타 등은 모두 타고난 역마살을 어쩌지 못하는 소년들로 헤세의 분신과도 같다.

성장소설로, 또 방랑 소설로도 읽힐 《크눌프》를 어떤 이들은 죽음에 관한 책으로 분류하기도 한다. 소설 후반부에 등장하는 방랑자 크눌프와 신의 대화가 너무도 강렬한 탓이리라. 그를 극진히 간호하려는 옛 친구(와 그를 유혹하는 친구 아내)의 집을 탈출한 뒤 끝내 숲 속으로 들어가 외로운 죽음을 택했던 크눌프. 최후의 순간 그 앞에 등장한 신의 존재는 다소 어처구니없지만 묘한 극적 효과를 자아낸다. 고대 비극에 종종 등장한다는 '데우스엑스마키나deus ex machina', 즉 이야기의 논리나 일관성과는 아무 상관없이 복잡하게 얽힌 갈등을 일거에 해결하기 위해 등장하는 기계적 장치로서의 신을 연상케 하지만,《크눌프》말미에 등장하는 신의 역할은 조금 다르다. 방랑으로 인생을 허비한 스스로를 원망하는 크눌프에게 신은 답하며 타이른다.

"너는 내 이름으로 방랑을 해오면서, 일정한 고장에 머물러 사는 사람들에게 언제나 자유에 대한 향수를 불러일으켰다."

남들과 다른 길, 다른 삶을 구하며 보통의 삶을 살아가는 이들에게 자유에 대한 자각과 향수를 불러일으켰다는 점에서 작가 헤세 스스로도 그가 창조한 방랑자 소년들의 얼굴을 하고 있다. 작가가 그의 모든 소설 중 가장 사랑한 주인공이라는 크눌프의 최후가 그랬다면 작가 헤세의 최후는 어떤 모습이었을까. 첫 목격자는 그의 아내 니논이었다.

> 두 시간이 지나도 문이 여전히 닫혀 있자 니논은 별일이 없는지 살펴보려고 했다. 그녀는 침대에 있는 헤르만 헤세를 발견했다. 잠들어 있는 것처럼 보였다. (중략) 헤세의 친구 한스 모르겐탈러는 죽을 때의 모습을 꼭 보고 싶었던 사람이 헤세라고 쓴 적이 있었다. 헤세를 정말 존경했던 모르겐탈러는 죽음을 어떻게 맞이할 것인지 헤세에게 배울 수 있을 거라 생각했다. 헤르만 헤세가 죽음을 맞이할 때 헤세는 혼자였다. 어느 누구도 그의 마지막 임종의 순간을 함께 하지 못했다.
> — 알로이스 프린츠,《헤르만 헤세: 모든 시작은 신비롭다》

사이프러스 나무가 길 양쪽에 늘어선 성아본디오수도원.
노년의 헤세도 이 길을 찬찬히 걸었을 것이다.

개인적으로 가장 아프게 읽힌 초기 소설《수레바퀴 아래서》의 주인공 소년 한스처럼 자살을 기도하거나 정신병원을 들락거릴 만큼 헤세의 젊은 날도 고뇌와 환멸에 가득 찬 시간이었다. 그런 고통과 고뇌의 시간 없이 어찌 헤세가 있었겠는가. 어찌 데미안, 나르치스와 골드문트가, 한스와 크눌프가 태어날 수 있었겠는가.

생애 절반 이상인 43년을 살았던 몬타뇰라에서 헤세는 독서와 정원 가꾸기로 노년의 삶을 평온하게 이어갔다. 사람들의 방문이 작가를 귀찮게 했지만, 그의 만년은 비교적 차분하고 고요했다. 카사 카무치를 개조해 만든 박물관엔 생전에 그가 쓰던 낡은 타자기와 읽던 책들이 보존돼 있다. 말년에 그가 관심을 가진 중국과 동양 고전들이 특히 눈에 띈다.

사진을 많이 남긴 덕분에 흡사 우리 곁에 살아 숨 쉬고 있는 듯한 생동감을 그의 몇몇 초상들이 보여주는데, 젊은 날 헤세의 얼굴은 어딘가 불안과 불만이 가득해 보인다. 그에 비하면 아들 마르틴이 찍었다는 노년 사진에서는 삶을 관조하는 인자하고 부드러운 인상과 깊은 통찰을 담은 눈망울이 은근하게 드러난다. 박물관으로 개조된 말년의 집에서 그 사진들을 찬찬히 들여다보며 헤세의 삶과 고뇌, 생각을 가늠해봤다. 그러곤 산책길을 따라 내려와 수도원 묘지 앞에 섰다.

단단한 화강암에 새긴 헤세의 이름이 선명하고 또렷했다. 그의 소설들은 조화롭고 사색적이며 관조적으로도 읽히지만, 또

그만큼 아프고 치열하게 읽힌다. 격렬하게 고뇌한 청년 시절과 두 차례 세계대전을 통과한 이력을 떠올리지 않더라도 말이다. 주로 이원론적 세계를 보여주는 그의 작품들을 따라가보면 늘 대립하는 가치들이 그의 내면에서 요동쳐 갈등하고 있음을 알수 있다. 나는 종종 중·고등학생들의 추천 도서 목록에 그의 소설들이 적힌 걸 볼 때마다 '그래도 될까?' 싶은 생각이 들곤 한다. 독자에 따라선 감당하기 힘든 고뇌와 슬픔 따위가 헤세의 소설에 담겨 있기 때문이다. 그의 무덤 앞에 섰을 때 느꼈던 뜻밖의 평화로움과 단단함도 거기서 비롯된 것이었을까.

헤르만 헤세가 내 앞에 누워 있다니! 화들짝 놀란 나는 곧 그의 묘 앞에 무릎을 접어 다소곳이 앉았다. 그를 발치에서 내려다보고 있다는 사실이 문득 불경스럽게 느껴진 것이다. 좀처럼 걸음이 떨어지지 않아 그 앞에서 거의 반시간을 멍하니 앉아 있거나 서성였다. 나 외에 다른 방문자는 없었다. 세상에서 오직 나만 헤세 선생과 독대한 시간이었다. 그분에게 뭔가 드리고 싶었는데 드릴 것이 없었다. 진부한 아이디어지만, 다른 많은 묘지에서 봤듯 가방에서 볼펜 하나를 꺼내 묘석 위에 올려놓았다. 그 묘 앞에 앉아 진정으로 내 안에서 울려 나오는 나 자신의 목소리를 듣고 싶었다.

'그런데 그렇게 하는 것이 그토록 어려웠던 걸까?'

몬타뇰라의 성아본디오수도원 묘지에는 헤세 외에도 익숙한 인물들의 무덤이 몇 기 더 있었다. 스위스 취리히의 '카바레

헤세가 노년에 살던 집, 카사 카무치.
생전에 많은 방문객이 그의 고요한 노년을 방해했지만,
그는 자신의 생각과 몽상을
타자기 자판으로 묵묵히 직조해냈다.

헤르만 헤세가 잠든 자리.
그의 소설이 내 가슴에 새겨지듯 화강암에 새겨진 그의 이름.
이 묘석 앞에 오래 앉아 있었다.

볼테르'라는 클럽을 중심으로 1916년 음성시phonetic poem, 혹은 단어들을 무의미하게 조합한 시 '카라반'을 발표하며 트리스탕 차라Tristan Tzara와 함께 다다이즘 운동을 연 후고 발Hugo Ball의 묘지가 헤세의 무덤에서 멀지 않은 곳에 있다. 헤세의 친구이기도 했던 후고 발은 헤세보다 35년 일찍 세상을 떠났는데, 아이러니하게도 헤세의 중년까지 삶을 평전으로 남기기도 했다.

그들 묘지와 또 멀지 않은 곳에서 20세기 위대한 지휘자 중 한 명인 브루노 발터Bruno Walter의 묘도 만날 수 있었다. 독일에서 태어난 유태인으로 나치의 박해를 피해 유럽을 전전했고, 미국에 정착해 활동하다 거기서 사망한 그가 어떻게 이곳 스위스 변방 묘지에 묻히게 됐는지는 알 길이 없다.

저녁 무렵, 아름다운 호수가 내려다보이는 몬타뇰라를 떠나 기차를 타고 취리히로 돌아왔다. 이튿날 취리히를 떠나기 전, 도시 외곽 공원묘지에 잠들어 있다는 제임스 조이스의 묘를 찾아가려 했지만 기차 시간 때문에 포기해야 했다. 좀 더 일찍 숙소를 나왔더라면 작가가 누운 자리에 가볼 수 있었는데 안타까웠다.

인접한 독일, 프랑스, 오스트리아, 이탈리아와 달리 중립국을 표방해온 스위스는 조용하고 심심한 나라로 보이지만 자세히 보면 꼭 그렇지만도 않다. 프랑스혁명의 사상적 기틀을 마련한 장 자크 루소Jean Jacques Rousseau가 스위스 제네바에서 가난한 시계공의 아들로 태어났으며, 정신분석학자 칼 구스타브 융Carl

Gustav Jung이나 교육자 요한 페스탈로치Johann Heinrich Pestalozzi, 화가 파울 클레Paul Klee, 조각가 알베르토 자코메티Alberto Giacometti, 극작가이자 소설가인 막스 프리슈Max Frisch와 프리드리히 뒤렌마트Friedrich Durrenmatt 같은 쟁쟁한 인물들이 스위스 사람이다.

스위스를 찾은 이방인들의 목록 또한 화려하다. 특히 취리히는 이웃 나라의 수많은 예술가와 사상가가 찾아와 머물며 자신들의 작품 또는 학문을 가다듬거나 고요하고 평화로운 말년의 삶을 구한 곳이다. 시대를 앞선 천재 극작가로서 〈당통의 죽음〉과 〈보이체크〉, 단 두 작품만으로 근대 희곡을 연 게오르크 뷔히너Georg Buchner는 취리히대학에서 동물해부학 강의를 맡은 지 1년 만에 취리히에서 사망했고, 아일랜드에서 온 제임스 조이스는 끝내 고국으로 돌아가지 않은 채 사랑하는 취리히에 머물다 이 도시에 묻혔으며, 독일의 노벨문학상 작가 토마스 만Thomas Mann 역시 취리히에서 말년을 보내다 사망했다. 러시아의 혁명가 레닌은 볼셰비키 혁명을 목전에 두고 1년여 간 취리히에 머물며 혁명에 대한 생각과 전략을 정리하고 혁명의 칼날을 벼렸을 것이고, 사상가 로자 룩셈부르크Rosa Luxemburg도 취리히대학에서 공부했다. 20세기 최고의 물리학자이자 그 역시 레닌의 위대함을 인정한 진보적 사상가였던 독일 태생 유태인 알베르트 아인슈타인Albert Einstein도 취리히연방공과대학에서 학위를 받고 여기서 교수직을 얻어 처음 강의했다. 어디 그뿐인가. 제1차 세계대전의 비극을 겪은 뒤 서구 이성주의 전통에 반기를 든 예술

성아본디오수도원 묘지.
중세풍의 아름다운 수도원이 아름다운 묘지를 품었다.

가들이 모여 '반예술anti-art'의 기치를 내건 다다이즘 운동이 태동한 곳도 취리히가 아닌가.

몬타뇰라의 성아본디오수도원 묘지에 묻힌 헤르만 헤세를 비롯해 후고 발, 브루노 발터 등의 독일인들 역시 스위스의 아름다운 자연 속에 자신의 누울 곳을 마련한 이방인들이었다. 극단으로 치닫는 나치의 박해와 살육을 피해 찾아온 독일인이 유독 많았던 것이다. 20세기 후반에는 찰리 채플린을 비롯해 오드리 헵번Audrey Hepburn, 프레디 머큐리Freddie Mercury 등 당대에 가장 많이 사랑 받은 대중 스타들도 말년에 스위스 여기저기에 정착해 은둔 생활을 하다 이 나라에 잠들었다. 온통 극성맞은 나라들 사이에 끼어 있는 고요한 스위스가 유럽의 예술계와 사상계에서 차지하는 자리를 충분히 가늠해볼 만하다.

04

아, 더 이상 내일이 없다니!

표도르 도스토옙스키
러시아 상트페테르부르크 알렉산드르넵스키수도원 티흐빈 묘지

"자, 그런데 도스또예프스끼가 작가라는 걸 확인하기 위해 정말로 그에게
신분증을 요구해야만 할까요? 그의 아무 소설이나 펼쳐 다섯 페이지만 봐도,
신분증 없이도 작가와 상대하고 있다는 것을 금방 확인할 수 있을 텐데요.
그리고 내 생각으로는 그에게는 아무 신분증도 없었어요!" (중략)
"도스토예프스키는 죽었어요."
여자가 그렇게 말했지만 썩 확신에 찬 모습은 아니었다.
"반대하오!" 베게모뜨가 열렬히 외쳤다.
"도스토예프스끼는 불멸이오! (중략) 작가는 신분증으로 결정되는 것이 아니라,
그가 쓰는 것으로 결정되는 거예요!"

미하일 불가꼬프, 《거장과 마르가리따》

　　　　　　　　　　북구 문화를 대표한다고 하여 '러시아의 파리'(그놈의 파리!), 혹은 아름다운 수로가 얽히고설킨 '러시아의 베네치아'(그놈의 베네치아!)라 불리는 상트페테르부르크를 다시 찾았다. 도시를 양분하며 도시 한복판을 가로지르는 넵스키 대로의 한쪽 끝은 에르미타주 겨울궁전, 해군성 등 화려한 건축물이 늘어선 네바 강변과 만나지만 다른 한쪽 끝은 러시아 유명 예술가들이 묻힌 티흐빈 묘지에 닿는다. 삶의 떠들썩함과 죽음의 고요함 사이만큼이나 먼먼 간격이 느껴지는 거리다.

　　이삭성당 부근에 숙소를 잡고 나와서 넵스키 대로를 따라 묘지 쪽으로 천천히 걸었다. 부지런히 걸으면 40~50분 만에 충분히 닿을 테지만, 사진을 찍고 사람들을 구경하며 도시의 속내를 기웃기웃 거닌 까닭에 한 시간을 훌쩍 넘겨서야 묘지에 도착했다. 15년 전 초여름, 이제 막 본격적인 백야 시즌으로 접어들던 상트페테르부르크의 넵스키 대로는 환하고 경쾌했지만, 종일 흐리기만 한 대낮이 채 예닐곱 시간도 이어지지 않던 그날의 겨울 도시 풍경은 스산하고 을씨년스러웠다.

　　젊은 날 유럽의 선진 문명을 접하고 온 뒤 온통 개펄이던 어촌 마을을 일약 러시아 제2의 수도인 상트페테르부르크로 탈바꿈시킨 표트르대제. 1723년 그의 명으로 세워진 유서 깊은 알렉산드르넵스키수도원은 네 개의 묘지를 거느리고 있다. 그중 가장 유명한 묘역이 이곳 티흐빈 묘지다. 묘지의 유명세는 두말할 나위 없이 이곳에 묻힌 이들에게 빚지고 있다. 러시아의 대표 음악가들인 표트르 차이콥스키Pyotr Il'ich Chaikovskii와 모데스트 무소륵스키Modest Petrovich Musorgskii, 알렉산드르 보로딘Aleksandr Porfir'evich Borodin의 묘가 있고, 도저한 영혼의 탐구자 표도르 도스토옙스키Fyodor Mikhailovich Dostoevskii가 이곳에 영면해 있다. 15년 만에 다시 찾은 상트페테르부르크에서 또 한번 가보고 싶은 곳은 그리 많지 않았지만, 티흐빈 묘지만큼은 간절히 찾고 싶었다.

다시 찾은 묘지는 낯익은 듯 낯설었다. 입구에 입장료를 받는 작은 사무실이 예전에도 있었는지는 기억나지 않았다. 고양이를 키우는 노파가 입장료를 받으며 내가 뭔가를 채 묻기도 전에 손짓으로 한쪽을 가리켰다. 너무 오래전에 다녀간 터라 기억이 가물가물했는데 손끝이 향한 쪽으로 멀지 않은 곳에 눈에 익은 묘가 기다리고 있었다. 젊은 날 나를 심하게 앓게 한 작가 도스토옙스키의 묘였다. 오랜만에 은사를 뵈러 모교의 낡은 교무실 문을 여는 것만큼 조마조마한 마음이었다.

그가 창조한 《죄와 벌》의 라스콜리니코프와 《카라마조프가의 형제들》의 이반 카라마조프, 《악령》의 키릴로프와 《백치》의 므이시낀 같은 인물에 매료되기 전, 나의 20대 초중반은 도무지 출구가 보이지 않아 막막하고 우울한 방황의 시절이었다. 출구를 스스로 봉하여 불안 속에 나를 기꺼이 던져넣었다고 해야 옳을까. 그 시절에 만난 도스토옙스키는 그를 신봉하는 어린 제자의 불안을 치유하기는커녕 더 극심한 고통으로 끌고 들어갔다. 그를 통해 성장통이라는 걸 호되게 앓았다. 그 뒤에 만난 프란츠 카프카Franz Kafka나 헤르만 헤세가 준 문학의 고통보다 더 크고 넓은, 그리하여 더 오래가는 자상刺傷을 남긴 성장통의 가해자가 저기 잠드신 도스토옙스키였다.

흔히 도스토옙스키를 위대한 작가로 만든 네 개의 장면이 있다고 한다. 첫 번째는 어릴 적 부친이 농노에게 처참히 살해당하는 장면을 목격한 일이다. 그가 겪은 최초의 충격이었다. 두 번째는 청년 시절 그가 가입한 비밀결사가 발각돼 사형을 선고받고 집행 직전까지 갔다가 차르 특사에 의해 극적으로 풀려난 사건이다. 죽음을 바로 눈앞에서 마주한 경험은 이 작가의 영혼에 깊은 트라우마를 남겼다. 그 뒤 감형은 됐지만 시베리아 옴스크수용소에서의 긴긴 유형流刑은 그의 후반생에 깊고 긴 그늘을 드리운 세 번째 장면이다. 마지막 네 번째는 흔히 '문학의 병'이라고도 불리는 간질병 발작이다. 이 또한 도스토옙스키를 평생 따라다닌 고통이자 그가 짊어지고 간 고난의 십자가였다.《백치》의 므이시낀 공작,《악령》의 키릴로프,《카라마조프가의 형제들》의 스메쟈르코프 등 그의 주요 소설에 거의 빠짐없이 등장하는 간질병 환자들을 보면, 또 간질병 발작을 일으키기 직전의 황홀경을 묘사한 글들을 보면 간질병이 작가와 작품에 깊은 영향을 끼쳤음을 확신할 수 있다.

고통과 절망이 위대한 작가를 탄생시킨다고 흔히들 말하지만 도스토옙스키의 경우엔 어느 것 하나 쉽게 말할 경험이 아니었다. 비밀결사로 사형을 언도받고 실제로 사형 직전까지 갔다가 기적적으로 사면된 일, 그러니까 차르 황제가 혁명의 움직임에 경종을 울리고자 벌인 연극의 희생자가 된 도스토옙스키는 그 잊을 수 없는 생생한 경험을 자신의 소설에 기록했다. 노벨문학상 작가 가오싱젠高行健의 표현대로 '죽음이 농담을 걸어' 죽음 목전까지 갔던 그 공포감을 어찌 상상이나 할 수 있을까.

드디어 목숨이 붙어 있는 것도 앞으로 5분밖에는 남지 않게 되었습니다. 그의 말에 의하면 이 5분간이 한없이 긴 시간인 것처럼 그리고 막대한 재산이나 되는 것처럼 여겨지더라는 것입니다. 그는 이 5분 동안에 최후의 순간 같은 것은 생각할 필요가 없을 만큼 충실한 생활을 할 수 있을 것 같은 느낌이 들어 그동안에 할 여러 가지 일들을 처리했다는 것입니다. 우선 동료들과의 작별에 2분의 시간을 쓰고 이 세상을 떠나기에 앞서 자기 자신의 일을 생각하는 데 2분, 그리고 나머지 1분을 마지막으로 주위의 광경을 둘러보는 데 할당했다는 것입니다.

— 도스토옙스키, 《백치》

도스토옙스키의 묘.
인간 내면의 가장 깊은 곳까지 탐사한 작가.

어느 책에선가, 네안데르탈인들을 비롯한 앞선 호모종과 사뭇 달랐던 호모사피엔스의 최고 발명품이 '내일'이었다는 글을 읽은 적이 있다. 지구에서 명멸해간 수많은 호모종이 그날그날, 그 시간만의 삶을 동물적으로 살아갈 때 어렴풋하게나마 '내일'이라는 관념을 갖게 된 호모사피엔스는 이어 '희망'이라는 관념을 생각해냈을 테고, 긴 안목의 '인생'이라는 개념까지 깨닫게 됐을 터다. 이 얼마나 어마어마한 발견인가!

그러나 죽음이란 더 이상 내일이 없는 세상이 아닌가. 잠시 뒤의 세상조차 존재하지 않는 세상 아닌가. 5분 뒤 자신이 없어지는, 완전한 부재와 망각 속으로 사라지는 순간의 공포가 사형을 앞둔 순간이 아닌가. 한 작가의 평생을 따라다니며 삶과 죽음에 대해 끊임없이 질문하게 한 경험이 아니었겠는가.

도스토옙스키의 위대함에 종종 이의를 제기하는 이들도 있지만, 그가 후배 작가나 사상가들에게 끼친 영향은 누구도 부인할 수 없다. 지난 세기 수많은 작가와 사상가가 자신이 도스토옙스키의 제자나 팬이었다는 걸 밝혔고, 또 자신의 작품이 그에게 빚지고 있다고 커밍아웃해왔다. 기고만장했던 철학자 프리드리히 니체Friedrich Wilhelm Nietzsche조차 "인간 심리에 대해 내가 무엇인가 배울 수 있었던 단 한 사람의 심리학자"라고 칭송하며, "그를 알게 된 건 내 생애 가장 아름다운 행운 가운데 하나"라 할 정도였다. 그런가 하면 아인슈타인은 도스토옙스키가 "어느 과학자보다도, 위대한 가우스보다도 많은 것을 나에게 주었다"고 했고, 프로이트는 도스토옙스키가 "셰익스피어에 버금가는 자리를 차지"하며, "그의 《카라마조프가의 형제들》은 지금까지 쓰인 소설 중 가장 장엄한 소설"이라고까지 칭송해 마지않았다. "삼국지빠와 도스토옙스키빠와는 가까이 하지 말라"는 말도 있다는데, 생각해보니 나도 한때는 '도스토옙스키빠'였던 것 같다. 도스토옙스키와 그의 작품에 대해 떠들 때면 목소리가 커지고 눈빛이 유난히 초롱초롱해진다는 얘기를 종종 들었으니 말이다.

도스토옙스키는 만년에 와서야 두 번째 부인 안나 덕분에 경제적으로나 심리적으로 평온한 상태를 맞이하여 미완성 유작인 《카라마조프가의 형제들》을 집필하기에 이른다. 안정된 만년을 보낸 그의 마지막 집이 묘지에서 멀지 않은 곳에 있어 지금은 고인을 기리는 박물관으로 활용되고 있다. 10여 년 전엔 작가의 집필실에 들어가 그의 딸이 성냥갑에 연필로 적어둔 부친의 사망 날짜 메모라든가, 작가의 집필 원고를 가까이서 볼 수 있었다. 그새 방문객이 너무 많이 찾아온 까닭일까. 이젠 집필실 입구에 출입을 막는 줄이 처져 있어 바깥에서 내부를 구경할 수밖에 없다.

도스토옙스키의 무덤에서 앞서 말한 러시아 음악가들의 묘지까지는 채 20미터가 되지 않았다. 음악가의 묘지를 찾아가는 길엔 늘 환청이 들리곤 했다. 무덤으로 향하는 고즈넉한 발걸음이 어느덧 그들이 작곡하거나 연주한 어떤 곡의 리듬에 맞춰지기 때문이다. 루트비히 판 베토벤Ludwig van Beethoven의 무덤으로

도스토옙스키의 집필실.
예전엔 이 공간에 들어가 책상 위 유품들을 가까이서 볼 수 있었다.
지금은 방 입구에서만 안쪽을 바라볼 수 있다. 이렇게 하는 게 맞다.

향할 땐 〈교향곡 7번 2악장〉이 귓가에 울리며 발걸음이 차츰 무거워졌고, 요한 제바스티안 바흐Johann Sebastian Bach가 잠든 성당으로 들어설 때는 천지가 진동하며 한꺼번에 폭발하는 듯한 파이프오르간 소리가 웅장하게 울려 퍼졌다. 베드르지흐 스메타나Bedřich Smetana의 무덤 앞에서는 기묘하게 꼬이다 한순간 멋진 선율로 수렴되는 〈나의 조국〉 앞부분이 환청으로 들리기도 했다.

러시아 음악가들인 차이콥스키와 무소륵스키, 보로딘의 무덤은 티흐빈 묘지 안쪽에 서로 인접해 있는데, 아무래도 차이콥스키의 곡이 가장 또렷하게 이명처럼 들려왔다. 세상에서 가장 슬픈 노래라 생각했던 '단지 그리움 아는 이만이'에 걸음을 맞추기엔 곡이 느리고 너무도 울적했다. 〈백조의 호수〉나 〈안단테 칸타빌레〉, 〈비창〉의 선율을 떠올려도 보폭을 맞추기가 쉽지 않다. 차라리 보무도 당당한 〈바이올린 협주곡 Op. 35〉나 〈호두까기 인형〉의 '꽃의 왈츠' 정도에 맞추면 어떨까? 그 곡들을 떠올리자 무덤으로 향하는 발걸음이 비로소 가볍고 씩씩해졌다.

'그래, 무덤을 찾아간다고 꼭 무거운 발걸음일 필요는 없지. 기꺼이 고인을 만나고, 기꺼이 고인과 유쾌한 대화를 나눠야지.'

공동묘지는 그리 크지 않았다. 싸락눈이 내려 분위기는 차분하고 고요했다. 차이콥스키를 보좌하는 천사들의 청동 발끝에도 눈이 살짝 내려앉았다. 누군가는 글로써 인간 영혼의 밑바닥을 보여줬고, 누군가는 음악이라는 청각의 언어를 통해 영혼의 심연을 구현해줬다.

세상에서 가장 슬픈 곡들을 작곡한 차이콥스키.
그의 묘지에도 흰 눈이 싸륵싸륵 내렸다.
단지 그리움 아는 이들에게만 찾아오듯, 가녀린 눈발이.

상트페테르부르크를 대표하는 명소인 피의 사원.
도스토옙스키도 산책 중에 이 사원을 자주 만났을까.

차이콥스키 묘지 가까이에는 한때 좋아했던 우리 가곡 '명태'와 '쥐' 등에 많은 영향을 준 '벼룩의 노래' 작곡가 무소륵스키 묘가 있고, 그 옆에 '플로베츠인의 춤'이 삽입된 오페라 〈이고르 공〉의 작곡가 보로딘의 묘가 나란히 있었다. 19세기 후반 러시아는 도스토옙스키를 비롯한 레프 톨스토이Lev Nikolaevich Tolstoi, 안톤 체호프Anton Pavlovich Chekhov, 막심 고리키Maksim Gor'kii 등 작가들의 무대이기도 했지만, 이 빼어난 작곡가들의 무대이기도 했다. 눈발이 싸륵 날리는 늦은 오후여선가 티흐빈 묘지를 걸어 나오는 길엔 역시 〈비창〉의 장엄한 곡조가 마음속 오페라 홀에 울려 퍼졌다. 더 이상 '내일'이 없는 망자들의 묘택 사이에서 여행자는 '내일' 상트페테르부르크를 떠나야 하리라, 생각하면서.

나는 19세기 중후반 상트페테르부르크 풍경이 같은 시기의 파리만큼이나 궁금하기만 하다. 영화 〈미드나잇 인 파리〉에서 1920년대와 19세기 말 파리 예술가들을 우연히 만나게 된 작가 지망생 주인공이 19세기 중후반 상트페테르부르크에 도착했다면 과연 어떤 경험을 하게 될까. 급전이 생기자마자 도박장으로 달려가는 노름꾼에 간질병 환자 도스토옙스키나, 격심한 우울증을 앓다가 곧 권총 자살로 생을 마감하게 될 차이콥스키, 그 밖에 많은 작가와 작곡가를 넵스키 대로에서 만날 수 있지 않았을까.

그 길로 기차를 타고 모스크바로 내려오면 혁명의 기운이 고조되는 가운데, 어느 마구간에선 새로운 세상을 꿈꾸는 사회주의자들이 인터내셔널가歌를 만들어 나직이 부를 테고, 그곳에서 남쪽으로 또 한참 내려가면 자신의 영지인 야스나야폴랴나에서 농민들과 함께 땀을 흘리고 땅을 일구며 저 어마어마하게 방대한 그랜드 픽션들을 수도 없이 퇴고하고 있을 톨스토이 선생을 만나게 되지 않을까. 티흐빈 묘지를 나서며 줄곧 그런 상상을 했다.

05

원고는 불태워지지 않는다

✛

니콜라이 고골

안톤 체호프

미하일 불가코프

러시아 모스크바 노보데비치수도원 묘지

"아름다운 일을 하나도 하지 못하고, 그래서 내 이름을 남기지 못하고
티끌로 사라질 운명이라는 생각이 들면 얼굴에 식은땀이 난다.
세상에 태어났음에도 내 존재를 알리지 못하다니 나는 그것이 끔찍해."

이현우, 《로쟈의 러시아 문학 강의 19세기》 중 고골이 친구에게 보낸 편지

입대 전에는 한껏 세련돼 보이던 프랑스 소설을 좋아했다. 군대에선 카프카와 도스토옙스키 등에 빠져 독일 문학과 러시아 문학의 깊고 사색적인 세계에 심취했다. 대학 졸업을 앞두고 취업은 막막하고 미래는 불확실하게만 보이던 그때, 취업을 위한 공부 대신 '될 대로 되라지!' 하는 맘으로 도서관 구석에서 읽어댔던 소설들은 허먼 멜빌Herman Melville과 에드거 앨런 포Edgar Allan Poe, 존 업다이크John Hoyer Updike와 F. 스콧 피츠제럴드Francis Scott Fitzgerald, 커트 보니것Kurt Vonnegut 등에게 고무된 미국 문학이다.

그래서 지금, 세월이 한참 흘러서는 어느 나라 문학이 여전히 가슴에 남아 있느냐고? 대답 불가다. 서로 다른 빛깔과 문제의식으로 한 사람의 젊은 날을 들들 볶고 괴롭혔던 그 모든 문학의 협공에 그저 감사할 따름이다. 그 책들, 그 작가들이 없었다면 내 젊은 날은 얼마나 심심하고 따분했을까.

그렇긴 하지만, 문학청년이던 내가 여전히 문학중년으로 남아 있는 건 러시아 소설의 매력 덕분이다. 제대해 복학한 뒤 한 학기 내내 도스토옙스키만 다루던 노문과 수업을 꽤 열심히 수강했던 나는 사회에서 톨스토이라는 또 다른 산맥을 만나 러시아 문학을 더 깊이 사랑하게 됐다. 그러다 두 거장의 선배 격인 니콜라이 고골Nikolai Vasilievich Gogol과 이반 투르게네프Ivan Sergeevich Turgenev를 만났고 후배들인 안톤 체호프와 막심 고리키도 다시 읽었으며, 이오시프 스탈린Iosif Vissarionovich Stalin의 반항아들인 보리스 파스테르나크Boris Leonidovich Pasternak와 알렉산드르 솔제니친Aleksandr Isajevich Solzhenitsyn, 칭기즈 아이트마토프Chingiz Aitmatov에 이어 마침내 비운의 작가 미하일 불가코프Mikhail Afanasievich Bulgakov와도 만났다. 체호프는 얼마나 좋아했는지 직장인 극단에 가입해 그의 단막 희곡을 연극으로 올릴 정도였다. 이만하면 러시아 문학 덕후가 아닐까.

그 공동묘지는 러시아 현대사와 문학사를 요연하게 강의해주는 훌륭한 학교였다. 모스크바 남서쪽에 위치한 노보데비치수도원 공동묘지. 그곳에 우크라이나 출신으로 19세기 러시아 문학을 연 소설가 고골의 묘와 의사이자 소설가, 극작가였던 체호프의 묘, 역시 우크라이나 태생으로 의사이기도 했던 소설가 불가코프의 묘가 가까이 모여 있다고 했다. 고골과 불가코프는 우크라이나 출신이라는 데서 만나고, 체호프와 불가코프는 의사였던 경력에서 만나며, 고골과 체호프는 그들 작품의 주인공들처럼 소심하고 열등감 많은 작가들이었다는 증언에서 만난다. 이들은 소설가이기 이전에 주옥같은 희곡을 남긴 극작가들이었다는 점에서 또 만난다. 셰익스피어 이래 가장 빛나는 희곡 창작의 골든 에이지를 일군 세 작가가 한 공동묘지, 한 구역에 묻힌 것은 우연 치고는 대단한 우연으로 보였다.

수도원 묘지로 향하던 날 아침, 눈보라가 거세졌다. 악천후 탓인지 묘지를 찾은 이는 많지 않았다. 정문으로 들어서자 큼직한 안내판이 먼저 반겼다. 간신히 읽을 줄은 아는 복잡한 키릴문자를 하나하나 더듬으며 묘지에서 만날 사람들 목록과 위치를 메모했다. 앞서 언급한 세 작가 고골, 체호프, 불가코프를 비롯해 러시아 최고위급 정치지도자였던 보리스 옐친Boris Nikolaevich Yel'tsin과 니키타 흐루쇼프Nikita Sergeevich Khrushchyov, 작곡가 드미트리 쇼스타코비치Dmitrii Dmitrievich Shostakovich, 성악가 표도르 샬랴핀Fyodor Ivanovich Chaliapin, 시인 블라디미르 마야콥스키Vladimir Vladimirovich Mayakovskii와 소설가 니콜라이 오스트롭스키Nikolai Alekseevich Ostrovskii, 영화 〈전쟁과 평화〉의 주인공이었던 러시아의 국민배우 뱌체슬라프 티호노프Vyacheslav Tikhonov, 묘지 내 유일한 한국인 독립운동가 백추 김규면 선생의 묘도 찾아봤다.

중앙 대로를 따라 묘지 안쪽으로 들어서는데 재미있거나 독특한 조형물들이 무시로 걸음을 멈춰 세웠다. 유명 발레리나와 희극배우, 대중예술인들의 묘가 아름다운 조각으로 장식돼 있어 그 앞에 자주 멈출 수밖에 없었다.

묘지 안쪽으로 더 들어가자 아마도 소비에트 시절 고위 장성이나 정치지도자들의 묘역인 듯 다소 무시무시한 조형물들이

노보데비치수도원 묘지는 멋진 조각품들이 모여 있는 갤러리였다.
거센 눈보라 속에서도 자주 걸음을 멈출 수밖에 없었다.

이어졌다. 탱크나 비행기 같은 조각품이 묘지를 장식했고, 매서운 눈매와 차가운 인상의 군복 차림 흉상이 방문객을 노려봤다. 어쩐지 주눅이 들었다. 오랜 세월, 우리에겐 적성 국가이자 공포의 대상, 철의 장막에 감춰진 악의 무리라 생각되던 옛 소련의 지도자와 군인들 무덤일 터이니 그런 감정이 생기는 건 당연했다.

작가들 묘역은 높다란 담을 사이에 두고 정문 오른편 구역에 있었다. 눈보라가 거세지면서 눈이 묘석을 덮는 바람에 묘지를 찾는 데 꽤 애를 먹었다. 다행히 눈을 쓸어내리던 묘지관리인이 있어 그에게 작가들의 묘지 위치를 물었다. 그는 빗자루를 물리고 내 손을 잡아 끌더니 시인 마야콥스키와 소설가 오스트롭스키 등의 묘지까지 직접 안내해줬다. 마야콥스키 묘 앞에서는 대리석 바닥에 미끄러져 엉덩방아를 찧었다. 그때부터 조심조심 걸어 침묵과 순백의 묘지를 순례했다.

눈 이불을 덮고 있는 고골 묘 부근에 체호프의 묘가 있고, 또 가까이에 불가코프의 묘가 있었다. 반경 5미터도 채 안 될 가까운 거리에 세 무덤이 모여 있었다. 19세기 사람인 고골의 묘가 최근에 조성된 듯 보였고, 가족과 함께 묻힌 체호프의 묘는 자세히 봐야만 간신히 읽히는 이름과 생몰 연대가 아기자기한 서체로 새겨져 있었으며, 바위처럼 바닥에 누운 불가코프의 묘비는 싸락눈에 이름을 감추고 있었다. 내가 아는 작가들의 면면과는 대개 별로 어울리지 않는 모습이었다. 묘비가 겉으로 풍기는 기표signifiant가 작가들의 작품이나 인간적 면모라는 기의signifié와

별 연관 없이 자의적으로 만나는 느낌이었다. 눈보라를 맞고 있는 작가들 묘 앞에서, 작품 외에는 한 번도 만난 적 없는 그들을 추억했다.

후배 도스토옙스키가 "우리는 모두 고골의 〈외투〉에서 나왔다."라고 일컬었듯 처음엔 고골을 단순히 단편소설 작가로만 알았다. 팬이 된 건 그의 역사소설 《타라스 불바》를 읽은 뒤다. 물론 〈외투〉, 〈코〉, 〈광인일기〉 등의 단편이 담긴 《페테르부르크 이야기》도 훌륭하지만, 《타라스 불바》에 펼쳐진 중세 카자크인들의 삶과 사랑, 전쟁 묘사가 하도 생생해 단숨에 읽어치웠고, 율 브린너Yul Brynner가 주인공으로 등장한 영화 〈대장 불리바〉(오랫동안 〈타라스 불바〉의 국내 번역명이었다)도 뒤늦게 찾아봤다.

어릴 적부터 우크라이나 지역의 카자크들 이야기를 즐겨 들었던 고골은 16세기 카자크 유목민들과 인접한 폴란드공화국과의 전투를 매우 생동감 있게 그렸다. 흡사 그 유목민들 속에서 생활해본 사람처럼 너무도 핍진하게 살아 있는 묘사들로 소설을 꽉꽉 채웠다. 언젠가 우연히 비행기로 지나며 내려다보니 우크라이나와 폴란드가 만나 전쟁을 치렀을 그 지역 들판이 소설의 배경과 잘 어울린다는 느낌이 들었다. 고골보다 앞선 작가이자 '러시아 근대문학의 비조鼻祖'라 불리는 알렉산드르 푸시킨Aleksandr Sergeevich Pushkin에 대해선 잘 모르지만, 어쨌든 도스토옙스키와 톨스토이, 체호프 같은 작가들이 같은 세기, 같은 지역에

까닭 없이 한꺼번에 나타난 것만은 아니었다.

〈외투〉의 소심하고 겁 많고 우스꽝스러운 말단 관리인 아카키 아카키예비치의 유령은 영면하지 못한 채 러시아 문학 곳곳에 그 모습을 드러내왔다. 특히 후배 작가 체호프의 단편과 희곡에 가히 도플갱어라 불러도 좋을 모습으로 그가 현현한다. 서평가인 로쟈 이현우가 언급한 대로, 고골 소설에 등장하는 '작은 인간들'은 고스란히 '체호프의 등신들'로 이어진다. 어떤 심리학자가 인간 심리의 모든 것이 담겨 있다고 일컬었다는 체호프의 단편 〈상자 속의 사나이〉를 비롯해, 미국의 극작가 닐 사이먼Neil Simon이 희곡 〈굿 닥터〉 곳곳에 오마주를 바칠 정도로 훌륭한 단막 희곡들에서 나는 가장 눈물겨운 '인간 등신들'을 만났다. 그리스 비극으로부터 셰익스피어에 이르기까지 영웅과 왕, 귀족들이 주인공을 독점해왔던 소설과 연극 무대에 비로소 운도 없고 백도 없고 소심하고 한심하며 자책감 속에 자멸해가는 소시민들이 주인공으로 서게 된 것이다.

'미국의 체호프'라 불리는 단편소설의 귀재 레이먼드 카버Raymond Carver는 암 선고를 받은 뒤 마지막 기력을 다해 쓴 단편 〈심부름〉에서 선배 작가 체호프의 마지막 나날과 최후를 그렸다. 섬약한 체호프에게서 자신의 운명과 죽음을 엿본 것일까. 체호프 평전에서 영감을 받고 썼다는 이 소설은 픽션이 약간 가미돼 있을지언정 대체로 사실에 근거했을 거라고, 카버 전집을 일본어로 초역한 무라카미 하루키村上春樹는 진단했다.

그들 세 사람, 그러니까 체홉과 올가, 그리고 쉬뵐러 박사는 서로의 얼굴을 바라보았다. 건배를 하지는 않았다. 건배할 만한 일이 뭐가 있었겠는가? 죽음을 위해서? 체홉은 남아 있는 마지막 기력을 다 짜내어 간신히 한마디 중얼거렸다. "샴페인이라. 정말 오랜만이로군." 이어서 그는 잔을 입술로 가져가더니, 샴페인을 마셨다. 잠시 후 올가가 그의 손에서 빈 잔을 받아 침대 옆 테이블에 내려놓았다. 체홉은 옆으로 돌아누워 눈을 감더니 한숨을 한 번 내쉬었다. 그로부터 얼마 지나지 않아 이윽고 체홉은 숨이 멎었다.

— 레이먼드 카버, 〈심부름〉,《숏 컷》

레이먼드 카버가 '미국의 체호프'라 불리듯 그 나라를 대표하는 단편소설가 앞에 '○○의 체호프'라는 수식어가 따라붙곤 한다. 단편 작가로는 이례적으로 2013년 노벨문학상을 수상한 앨리스 먼로Alice Munro는 '캐나다의 체호프'라 불린다. 아쿠타가와 류노스케芥川龍之介 그리고 루쉰魯迅은 각각 일본과 중국의 체호프쯤으로 불릴 만하지 않을까? 한국의 체호프는 누굴까? 동시대 작가 중에는 딱히 떠오르는 이가 없다. 근래 우리 단편이 잃어버린 것이 체호프식의 담백함과 간결함, 또 '등신' 같은 동시대 인물들에 대한 깊이 있는 내면 탐구가 아닐까도 싶다. 현진건도 떠오르지만, 그보다 결핵으로 젊은 나이에 요절한 김유정에게 오히려 '한국의 체호프'라는 칭호가 잘 어울릴 것 같다. 개인적으로 한국 단편소설의 백미라 생각하는 그의 단편 〈땡볕〉에서

러시아 문학은 톨스토이와 도스토옙스키만 있는 것이 아니다!
하층민에 대한 따뜻한 시선으로, 전체주의에 대한 반항으로
러시아 문학의 황금기를 이끈 세 작가 고골, 체호프, 불가코프의 묘.

'체호프의 등신들'을 떠올리게 하는 희극적이며 비극적인 주인공을 만났다. 1997년 요절한 김소진도 체호프 같은 인간미가 느껴지는, 참으로 아까운 작가다.

체호프의 연보에서 특이한 이력 하나가 눈에 들어온다. 지구 반대편 사할린까지, 그 머나먼 거리를 작가가 여행했던 일이다. 아직 횡단열차가 놓이기 전이라 마차를 타고 석 달에 걸쳐 시베리아를 건너 극동까지 가서는 사할린에 석 달만 머물다 돌아왔다고 한다. 이현우는 체호프의 문학이 더 깊고 위대해진 계기가 그 여행이었을 거라 설명한다. '체호프'와 '사할린'은 전혀 어울리지 않는 방식으로 그렇게 어울렸다.

'러시아 문학' 하면 도스토옙스키와 톨스토이가 대뜸 떠오르는 까닭에, 흔히 장광설의 리얼리즘, 묵직한 철학적 사색이 그 나라 소설의 특징이라 생각하기 쉽다. 그러나 내가 접한 러시아 소설들은 서구의 그 어떤 문학들보다 전위적이고 실험적인 면모를 보여준다. 만 하루 동안의 이야기를 꽤 두꺼운 분량으로 펼친 칭기즈 아이트마토프의 《백년보다 긴 하루》나 솔제니친의 《이반제니소비치의 하루》는 어떤가. 소설 말미에 주인공 유리 지바고가 쓴 시들을 첨부한 《의사 지바고》는? 미국 SF와는 다른 방식으로 철학적이며 예언적인 SF 세계를 펼쳐간 예브게니 자먀친Yevgeny Ivanovich Zamyatin이나 스투르가츠키Strugatsky 형제의 작품은 또 어떻고. 무엇보다 1928년 집필을 시작해 1940년 사망 직전까지 작가가 붙들고 있었다는 불가코프의 《거장과 마르가리타》

를 읽으면 러시아 문학을 다시 보게 될 것이다. J. R. R. 톨킨John Ronald Reuel Tolkien의 《반지의 제왕》이나 조앤 K. 롤링의 《해리포터》 시리즈보다 훨씬 전에 이런 작품이 있었다니! 모스크바 도심에 갑자기 마법사들이 나타나 흑마술로 사람들을 교란시키고 도시를 발칵 뒤집어놓는가 하면, 소설 배경이 느닷없이 1,900년 전 예루살렘으로 이동해 예수와 본디오 빌라도에 관한 얘기가 펼쳐지는 뒤죽박죽, 논리라곤 찾을 수 없는 소설 전개에 경악마저 느낀다. 이런 소설이 1920년대 러시아에서 구상되고 씌었다니!

이 소설을 비롯한 불가코프의 전위적 작품들은 당시 소비에트 평단으로부터 '백위군 소설', '계급의 적' 등으로 맹렬히 비난받으며 출간이 금지되고, 작가는 철저히 잊힌 채 쓸쓸하게 죽음을 맞는다. 작가 사후 26년이 지난 1966년 다시 빛을 보게 된 《거장과 마르가리타》는 그 망각의 시간만큼이나 커다란 충격으로 대중에 의해 복권됐고, 불가코프는 러시아의 우상으로 떠올랐다. 요한 볼프강 폰 괴테Johann Wolfgang von Goethe의 《파우스트》에서 모티브를 많이 가져왔다는 이 소설은 현대 판타지 소설에도 지대한 영향을 미쳤다.

《거장과 마르가리타》를 읽다 보면 이 작품이 불가코프와 동향인 고골과 또 다른 연결고리를 갖는 장면을 목격하게 된다. 한껏 위축되어 실제로 자신이 쓴 원고를 밥 먹듯이 불태워버리곤 했다는 고골. 그런데 불가코프의 소설에도 주인공으로 등장하는 소설가 '거장'이 자신의 원고를 불태우는 장면이 등장한다.

이른 아침 노보데비치수도원 묘지엔 인적은 없고 눈발만 가득했다.
깊은 침묵 위로 하얀 눈발만 하염없었다.

그때 마지막 일이 생긴 겁니다. 나는 책상 서랍에서 무거운 소설의 복사판들과 원본 노트를 꺼내 태우기 시작했어요. (중략) 소설은 완강하게 저항하면서도 결국 그렇게 사라져버렸습니다. 낯익은 구절들이 내 눈앞에서 어른거렸고, 노란 불길이 아래에서 위로 페이지들을 따라 멈추지 않고 올라왔지만, 단어들은 여전히 노란 불길 위로 떠올랐죠. 검게 변한 종이들을 부젓가락으로 맹렬하게 부수니, 단어들은 그제야 사라졌습니다.

— 미하일 불가꼬프, 《거장과 마르가리따》

　　작가가 자신의 온몸과 온 마음을 다해 공들여 쓴 작품들을 불태운다는 건 어떤 의미일까? 소심한 고골은 자신의 작품을 불태우는 데 왜 그토록 열중했으며, "소설은 (읽히기 위해서가 아니라) 쓰기 위해 존재한다"던 카프카는 그 일을 친구에게 부탁함으로써 소설을 없애는 데 실패했던가.

　　건강이 악화된 불가코프는 아내의 도움으로 구술을 통해 간신히 《거장과 마르가리타》를 완성했다. 출간될 희망도 없는 원고에 그는 왜 그토록 죽을힘을 다해 매달렸던가. 활자화되지도 못한 채 사라지거나 잊힌, 우리가 알지 못할 위대한 작품들은 또 얼마나 많을까. 그 작품들이 어디선가 발견되어 우리 앞에 나타나면 우리의 지성사와 문학사는 완전히 다르게 쓰일까. 불타버린 원고를 복원해서 거장에게 돌려주며 "원고는 불태워지지 않소."라고 말한 흑마술사 볼란드의 말은 무엇을 의미하는가.

노보데비치수도원 묘지에서 작곡가 쇼스타코비치와 성악가 샬랴핀, 배우 티호노프, 한 시절 최고 지도자였던 흐루쇼프와 옐친 등의 묘지도 더 찾아냈다. 그런데 이 공동묘지에 묻혀 있다는 유일한 조선인 독립운동가 백추 김규면 선생의 묘는 끝내 찾지 못했다. 홍범도 장군과 연합해 일본군을 궤멸시킨 봉오동 전투의 명장이자 중국, 연해주 등지에서 항일운동을 이어온 그는 1969년 모스크바에서 사망해 이 묘지에서 영면 중이다.

아울러 박헌영의 첫 부인으로 알려졌지만, 그 자신도 열혈 독립운동가였던 주세죽은 스탈린 치하에서 고초를 겪다 모스크바에서 사망해 도시 어느 묘지에 묻혔다는데, 이 수도원 묘지에서는 찾을 수 없었다. 여행에서 돌아와 조선희의 장편소설 《세여자》를 꼼꼼히 살피니 1953년 '한베라'라는 러시아식 이름으로 모스크바 단스크수도원 납골당에 안치됐다고 한다.

생각해보니, 오랜 세월 무시무시한 적성국이었던 러시아의 국가 묘지를 이렇듯 자유롭게 활보할 수 있다는 사실은 놀라운 일이 아닐 수 없었다. 따지고 보면 이곳 사람들도 생로병사의 사슬 속에서 사랑과 행복을 추구하며, 때론 문학과 예술의 향기를 좇았다는 점에서 우리와 다를 바가 없는데 말이다. 모두에게 평등하게 찾아오는 죽음 앞에 이념과 당파 같은 것은 그저 무력하게만 보였다. 어느새 그쳐버린, 대단했던 아침 모스크바의 눈발처럼.

어째서 당신들은 모두
이 레프 톨스토이 하나만을
걱정하는가!

❖

레프 톨스토이

러시아 야스나야폴랴나

"이게 바로 그거였구나!" 그는 느닷없이 큰 소리로 외쳤다. "얼마나 기쁜 일인가!" 그에게 이 모든 일은 한순간에 일어났고, 그 순간의 의미는 결코 변치 않았다. 하지만 그 자리에 임종을 지켜보는 사람들 눈에는, 그의 고통은 그 후에도 두 시간이나 계속되었다. (중략) "끝났습니다!" 곁에 있던 누군가가 말했다. 그는 이 말을 들었고, 영혼 속에서 그 말을 되풀이했다. "죽음도 끝났어." 그는 자신에게 말했다. "죽음은 더 이상 없는 거야." 그는 숨을 들이켜다가, 깊은 호흡 중에 갑자기 멈추고, 몸을 쭉 뻗었다. 그리고 죽었다.

레프 니콜라예비치 톨스토이, 《이반 일리치의 죽음》

'죽음(타나토스thanatos)'은 '사랑(에로스eros)'과 함께 문학의 영원한 소재, 아니 주제다. 어디 문학뿐일까. 철학, 예술, 종교, 과학 등 모든 학문과 사상의 물음 중 가장 중요한 곳에 이 두 물음이 자리한다. 사람은 죽음을 통해 짧은 한 시대를 살다가 필멸하는 존재지만, 사랑을 통해 자손을 낳아 종족을 이어가는 형식으로 불멸의 존재가 되기도 한다. 특히 '죽음'은 태어나면서부터 우리가 갖게 되는 공포의 근원이자 화두다. 모든 인간의 활동 밑바닥에는 인간의 삶이 유한하다는 것, 누구나 언젠가는, 아니 어쩌면 오늘 당장이나 내일 죽을 수도 있다는 확실하고도 엄연한 공포가 깔려 있다. 인간이 만일 영생하는 존재라면 문학이며 철학, 예술 그 외 많은 학문이 지금 같은 모습으로 존재하고 발전했을까 싶다.

죽음이라는 문제를 단순 배경 정도가 아니라 정면으로 다룬 단편소설들을 한데 묶은 소설집을 읽은 적이 있다. 톨스토이를 비롯해 헤세, 윌리엄 포크너William Faulkner, 어니스트 헤밍웨이Ernest Hemingway, 미시마 유키오三島由紀夫 등의 작품이 실렸는데, 그중 가장 강렬하게 기억되는 것은 뜻밖에도 톨스토이의 중편

〈이반 일리치의 죽음〉이다. 가장 실험적인 소설들을 배출한 나라가 러시아가 아닐까 종종 생각하는 편인데, 이 소설 역시 19세기에 쓰인 소설이라고는 믿기지 않을 정도로 높은 미학적 성취를 보이고 있다. 기운 자욱 없이 완벽하게 한 시대의 거대한 풍속화를 그려낸《안나 카레니나》나 사랑과 성욕, 결혼에 관한 통렬한 비판과 혐오를 드러낸 걸작《크로이체르 소나타》에서 드러난 솜씨가 이 소설에서도 빛을 발하고 있다. 소설의 대미를 장식하는 이반 일리치 최후의 장면은 헤세의《크눌프》에서 주인공 크눌프가 최후를 맞는 장면과 더불어 죽음을 직접 겪어보지 않은 작가가 써내려간 압도적 최후의 장면으로 기억한다.

잘나가는 예심판사로 평생 큰 어려움 없이 살아오던 이반 일리치가 차츰 몸이 아파오고 다가오는 죽음을 피할 수 없음을 인지하면서 갖게 되는 감정과 생각의 흐름이 이 소설의 뼈대다. 처음엔 자신이 죽게 될 거라는 사실을 믿지 않은 채 희망을 품으려 애쓰다가 '왜 하필 나지? 왜 내가 죽어야 하는가?'라며 분노하게 되고, 곧 자신의 한평생이 헛된 것이었다는 극심한 절망과 우울을 느끼다가, 종국에는 다가오는 죽음을 기꺼이 받아들이는 과정이 차분하게 이어진다. 그걸 지켜보고 옮겨 적은 작가의 시선이 너무도 차분하고 세심해 놀라지 않을 수가 없다.

이반 일리치의 이러한 심리 변화는 죽음에 대한 연구에 일생을 바친 엘리자베스 퀴블러로스Elisabeth Kübler-Ross의 이론과 닿아 있다. 퀴블러로스는 수많은 암 환자를 관찰한 끝에, 시한부 삶을 통보받은 사람이 죽음을 받아들이는 과정을 '부정-분노-타협-우울-수용'이라는 다섯 단계로 설명했다. 숱하게 학술상을 받은 20세기 저명한 정신의학자의 발견이, 이미 훨씬 전에 톨스토이 작품에 암시되어 있었다 해도 과언이 아니다. 소설을 '실험실의 실험'으로 본 톨스토이는 이반 일리치라는 허구의 인물을 통해 인간 보편의 죽음을 냉철하게 관찰한 것이다.

출세와 부와 명예를 위해 앞만 보고 달려온 이반 일리치는 죽음을 눈앞에 두고 다음과 같이 탄식한다. 한때 유행처럼 회자된 '욜로YOLO, You Only Live Once'의 철학이 이미 이 시대에 모습을 드러내고 있다.

> "난, 내가 조금씩 산을 내려오는 것도 모르고 산 정상을 향해 나아간다고 믿고 있었던 거야. 세상 사람들의 눈에는 산을 오르는 것처럼 보였지만 내 발 밑에서 진짜 삶은 멀어지고 있었던 거지."
>
> — 레프 니콜라예비치 톨스토이, 《이반 일리치의 죽음》

모스크바 남쪽 180여 킬로미터 지점에 위치한 도시 툴라에서 하룻밤 묵기로 맘먹은 것은 톨스토이와 좀 더 차분히 만나기 위해서였다. 톨스토이가 나고 자라 살다가 묻힌 야스나야폴랴나의 영지가 툴라에서 15킬로미터가량 떨어진 시골에 있다. 그 몇 해 전 모스크바에서 당일로 톨스토이의 무덤을 찾아보고 오려던 계획이 여러 사정으로 실패한 적이 있다. 그 뒤에도 모스크바에 들를 일이 있으면 톨스토이 선생을 뵈려 했으나 좀처럼 시간이 나지 않았다. 이번엔 작정하고 시간을 만들었다. 아예 툴라에서 하룻밤을 묵으며 넉넉하게 야스나야폴랴나에 다녀오기로.

툴라에는 엷은 눈발이 날리고 있었다. 툴라 기차역에 내리니 《안나 카레니나》의 처음과 끝을 장식한 기차역에서의 자살 풍경들이 떠올랐다. 그런가 하면 톨스토이 연보에서 발견한 놀라운 사실, 즉 1886년 벌써 예순 살에 가까운 노옹 톨스토이가 모스크바에서 야스나야폴랴나까지 200여 킬로미터에 달하는 거리를 닷새에 걸쳐 걸어왔다는 대목도 생각났다. 그때도 기차나 마차 같은 교통편이 있었을 텐데.

툴라 도심에 숙소를 잡은 뒤 미니버스를 타고 반 시간 정도 가니 야스나야폴랴나였다. 해가 짧은 겨울날 늦은 오후로 접어들고 있어 톨스토이 생가 박물관은 생략하고 서둘러 선생의 묘를 찾았다. 입구와 저택에서도 한참 들어간 숲 속에 조촐한 무덤이 놓여 있었다. 듣던 대로 장식이나 조각품은커녕 묘비조차 없었다. 숲 속에 버려져 잊힌 무덤 같았다. 흰 눈이 묘지를 덮으니 더 초라하고 쓸쓸해 보였다. 어둑해진 탓에 인적이 끊긴 그곳에서 나는 선생과 독대했다. 검은 숲을 혼자 서성이다 왔다.

전하는 이야기에 따르면 톨스토이는 어린 시절 큰형에게 들은 이야기 때문에 그곳에 묘를 써달라는 유언을 했다고 한다. 세상 모든 사람을 행복하게 해주는 전설의 황금지팡이가 그 부근에 묻혀 있을 거라는 이야기. 노년에 극단적 도덕을 추구하며 저

깊은 숲 속, 톨스토이의 자그마한 묘지.
죽은 자에겐 얼마만큼의 땅이 필요한가.
이곳에 누워 그는, 세상 모든 사람을 행복하게 해주는
전설의 황금지팡이를 찾았을까.

작권조차 포기하고 농민들과 함께 땀을 흘린 '스승' 톨스토이는 자신의 묘에 그 어떤 장식도 묘비도 세우지 말라고 일렀다.

사망 이태 전인 1908년, 그의 팔순 생일을 축하하기 위해 세계 지식인들이 자발적 위원회를 구성했을 때도 노옹은 간곡하게 이를 거절했다. 유명 작가인 헨리 제임스, 토머스 하디Thomas Hardy, 조지 버나드 쇼George Bernard Shaw, 허버트 조지 웰스Herbert George Wells 등 800여 명이 포함된 축하위원회가 '인류에게 고상하고 새로운 사상을 소개해준 당신의 담대함과 진실함은 전 세계로부터 사랑을 끌어냈습니다.'라는 축하 청원에 서명했고, 세계 곳곳에서 1,500통 이상의 축하 전문을 보내왔다. 자신들에 대한 통렬한 비난을 참지 못해 톨스토이를 파문한 러시아 정교회나 생전에 그에게 상을 주지 못한 노벨위원회와는 대조되는 행보다.

툴라로 돌아와 하룻밤을 묵고, 이른 아침 다시 야스나야폴랴나로 향했다. 두터운 눈발이 날리는 아침이었다. 이번엔 톨스토이의 생가를 개조한 박물관과 여러 시설을 찬찬히 둘러봤다. 경내 이정표에 러시아어, 영어와 함께 한글이 병기돼 있어 반가웠다. 생가 박물관에는 방마다 직원들이 앉아 방문자를 감시했고 아예 사진도 못 찍게 했다. 선생이 사용했다는 침대는 너무나도 자그마했다. 위대한 거인의 이미지로 남은 선생의 실제 체구는 그리 크지 않은 듯했다. 수염이 무성하고도 성성한 생전 사진들에선 말로 할 수 없는 전율을 느꼈다.

알려진 대로 톨스토이에겐 나이 쉰에 찾아온 위대한 '회심回心'의 시간이 있었다. 《전쟁과 평화》와 《안나 카레니나》로 세계 문학계에 우뚝 섰지만, 그는 모든 명성을 뒤로한 채 홀연히 마음의 길을 바꿨다. 이제껏 열정을 쏟았던 문학과도 거리를 두기에 이른다. 그는 다른 사람이 되었다.

> 레프 니콜라예비치 톨스토이, 그는 참으로 위대하다. 첫째, 훌륭한 소설을 써서 위대하고 둘째, 훌륭한 가르침을 남겨서 위대하다. 이 두 가지 위대함은 쉰 살이라는 나이를 축으로 하여 전과 후로 갈라진다. 요컨대 쉰 살 이전의 톨스토이가 위대한 작가라면, 쉰 살 이후의 톨스토이는 위대한 교사다. (중략) 《참회록》을 기점으로 하여 위대한 예술가 톨스토이는 위대한 스승 톨스토이로 거듭난다. 평론가들은 이를 가리켜 '회심'이라 부른다.
>
> ― 석영중, 《톨스토이, 도덕에 미치다》

소설 쓰기를 멀리하며 도덕적 삶을 실천하기 위해 남은 생을 바쳤으나, 문학에의 열정은 그를 쉽게 놓아주지 않았다. 농민과 하층민을 위해 〈바보 이반〉, 〈인간에겐 얼마만큼의 땅이 필요한가〉 같은 쉽고도 깊이 있는 우화소설을 쓰기도 했지만, 그의 후기 문학의 고갱이를 이루는 건 틈틈이 쓴 〈이반 일리치의 죽음〉과 〈크로이체르 소나타〉 같은 중장편 소설들이다. 도스토옙스키의 문학 세계를 알 수 있는 열쇠가 《지하생활자의 수기》라고

톨스토이 생가 박물관.
그리고 그의 영지에서 바라본 건넛마을 풍경.
톨스토이 생전의 풍경도 많이 다르지 않았을 것 같다.

앙드레 지드André Gide가 말했듯, 이 두 편의 중편소설이야말로 톨스토이를 이해하는 중요한 열쇠가 아닐까 싶다.

한편 톨스토이는 교회나 헌금, 성직자가 없는 원시 기독교로 돌아갈 것을 주장했고, 이런 교리를 추구한다는 이유로 차르에게 핍박받은 두호보르 종파의 안정적 캐나다 이주를 돕기 위해 글로써 '재능기부'를 했다. 그렇게 나온 소설이 그의 최후 종착점인 《부활》이다. 톨스토이의 후반생, 혹은 인생 전체를 관통한 도덕과 종교, 사회에 대한 생각의 핵심이 이 소설에 망라돼 있다. 굉장히 과격한 소설이 아닐 수 없다.

그런데 《부활》의 집필은 가정불화를 심화시키고 그의 종말을 앞당기는 계기가 됐다. 저작권과 부를 포기하려는 남편을 옆에서 지켜보던 아내 소피아는 그로부터 가족과 생계를 지키려 했고, 이 때문에 불화를 겪으며 톨스토이는 인생 최후의 반전을 준비한다. 가출 사건이 그것이다.

1910년 가을, 톨스토이는 아무에게도 알리지 않고 일평생의 땀과 추억이 스며 있는 야스나야폴랴나 영지를 홀연히 떠난다. 그러나 그의 가출은 이내 러시아 전역을 넘어 전 세계의 관심을 끌었고, 애초 의도와 달리 그의 행적은 거의 실시간으로 자세히 알려졌다. 노옹은 결국 멀리 가지 못했다. 영지에서 멀지 않은 아스타포보역에서 쓰러지고 만 것이다. 그리고 며칠 뒤 그 기차역 역사에서 영면에 들었다. 82세였다.

그의 열렬한 추종자 한둘이 거기 있었지만 그들은 톨스토이가 죽음을 기다리며 생각해 낸 실험을 행하지 않았다. 죽기 십 년 전 톨스토이는 일기에 이렇게 썼었다. "내가 죽을 때 누군가 내가 아직도 삶을…… 신에 이르는 길이라 보는지, 사랑이 증대하는지 물어봤으면 좋겠다. 만일 내게 말할 힘이 남아 있지 않더라도 대답이 '그렇다'이면 나는 눈을 감겠다. 반대로 대답이 '아니요'이면 나는 위를 쳐다볼 것이다." 추종자들은 이 일기 내용을 알고 있었지만 아무도 그에게 묻지 않았다.

— 레프 니콜라예비치 톨스토이, 《이반 일리치의 죽음》 중
앤서니 브릭스가 쓴 서문

1910년 11월 6일 밤, "진리를…… 나는…… 사랑한다."라고 중얼거린 뒤 혼수상태에 빠져 길 위에서 숨을 거둔 톨스토이의 유해는 생전 유언에 따라 황금지팡이가 묻혀 있을 거라 추정되는 영지의 깊은 숲 속에 돌아와 묻혔다.

생가 박물관을 거쳐 다시 숲 속으로 들어갔다. 그 소박한 묘지는 아주 좁다란 땅만을 차지하고 있었다. 톨스토이가 쓴 위대한 우화소설 〈사람에게는 얼마만큼의 땅이 필요한가〉에는 온종일 걸어다닌 만큼의 땅을 거저 주겠다는 말을 듣고 욕심을 과하게 부리다 결국 출발점으로 돌아와 피를 토하고 죽는 '빠흠'이라는 인물이 나온다. 소설은 많은 땅을 탐했던 빠흠이 결국 2미터가량의 작은 구덩이에 묻히는 것으로 끝난다. 묘비도 없이 숲 속

에 자리한 톨스토이의 묘지를 대하니, 빠흠의 작은 묘지가 떠올랐다.

톨스토이는 당대의 많은 작가와 사상가의 멘토였다. 문단 사람들과 별 교류가 없던 도스토옙스키와 달리 그를 따르는 사람이 많았다. "당신과 같은 시대를 살아서 행복했습니다."라는 유언을 남긴 동료 작가 투르게네프를 비롯해 체호프, 고리키 등이 그의 영지를 방문했고 그를 따랐다. 톨스토이에 대한 찬송가에 가까운 평전을 쓴 로맹 롤랑Romain Rolland이나 톨스토이 말년에 비폭력 사상을 공유한 젊은 마하트마 간디Mahatma Gandhi 역시 톨스토이의 멘티 그룹에 속한다. 그리고 몇 번의 시도 끝에 그의 무덤을 마주하게 된, 그와는 먼 시대, 먼 나라에 살고 있는 이 한심한 방문자 역시 그의 멘티로 남아 있다.

> 그는 방황하였고 도피하였고 수도원 문을 두드렸고 또한 가던 길을 되돌아왔다. 그러나 마침내 그는 어두운 어느 마을 어귀에 쓰러져 다시는 일어나지 못했다. 그는 죽음의 자리에서 자기를 위해서가 아니라 불행한 사람들을 위해서 울었다. 그 오열 속에서 그는 말했다. "이 땅 위에는 괴로워하고 있는 사람이 수백만이나 있다. 그런데 어째서 당신들은 모두 이 레프 톨스토이 하나만을 걱정하는가!" 마침내 올 것이 왔다. ─ 그것은 1910년 11월 20일 일요일 오전 6시가 지나서였다. 찾아왔다. 그의 이른바 '해방'이, '죽음이, 축복된 죽음'이……
>
> ─ 로맹 롤랑,《위대한 예술가의 생애》

야스나야폴랴나의 자작나무 숲.
톨스토이의 영지 안으로, 그의 문학작품 속으로
찬찬히 걸어 들어갔다.

part II

독일

오스트리아

체코

불멸하는 아버지들의 무덤

❖

요한 볼프강 폰 괴테
독일 바이마르 공동묘지

요한 제바스티안 바흐
독일 라이프치히 성토마스교회

봉우리마다

모두 쉬고 있다.

우듬지에는

바람 한 점

없고,

숲에는 새소리도 들리지 않는다.

기다려라,

너도 곧 쉬게 되리라.

요한 볼프강 폰 괴테, '나그네의 밤 노래', 《괴테 시집》

포크 가수 정태춘의 노래들을 좋아한다. 그는 가수이기 전에 훌륭한 시인이다. 미국에 밥 딜런Bob Dylan이 있다면 우리에겐 음유시인 정태춘이 있다. '시인의 마을'이나 '북한강에서', '서해에서', '고향집 가세' 같은 노래의 가사는 어떤 시인도 흉내 내지 못할 핍진하면서도 영롱한 언어로 가득하다. 노랫말을 넘어 시어에 가깝다.

위대한 시라고 생각하는 그의 노래 가운데 '사망부가思亡父歌'라는 곡이 있다. 다시 못 뵐 망자가 된 부친을 그리며 그 묘지를 찾아가는 내용을 담담히 그린 가사엔 시대가 바뀌어 이제 다시는 볼 수 없는 우리네 옛 장례 풍경이 선연하게 그려진다. 한 소절 한 소절 그림이 그려지는 가사에 감동했음에도 불구하고 젊은 날 이 노래를 입에 얹길 주저했다. 말년에 종종 각혈하며 쓰러지셨던 아버지를 떠올리며 이 노래를 부르는 것이 불경스럽게 느껴진 탓이다. 아버지가 유명을 달리하신 뒤에도 죽음의 냄새 가득한 이 노래는 속으로만 음미할 뿐, 소리 내어 부르지는 않았다.

이제 와서 죽음에 대한 생각을 굳이 피하진 않는다. 피한들

별 뾰족한 수가 있겠는가. 우리는 매순간 삶으로부터 조금씩 멀어지며 죽음에 가까이 다가가고 있지 않은가. 오히려 시시각각 다가오는 죽음을 정면으로 찬찬히 바라보는 것이 주어진 삶을 제대로 바라보는 일이 아닐까.

독일의 경제 수도 프랑크푸르트에서 바이마르까지는 중간 기착지 에르푸르트에 잠시 머문 것까지 해서 기차로 네댓 시간이 걸렸다. 프랑크푸르트에서 태어난 괴테가 바이마르에서 사망해 그곳에 묻혔으니, 그 길은 80여 년에 걸친 작가의 탄생과 성공, 사망의 여정을 잇는 길이기도 했다.

잔뜩 설레는 마음으로 도착한 도시 바이마르는 그 명성에 비해 작고 아담해 오히려 충격을 주었다. 바이마르가 어떤 도시인가. 굳이 괴테와 프리드리히 폰 실러Johann Christoph Friedrich von Schiller를 언급하지 않더라도 독일 근현대사에서 매우 중요한 도시가 아닌가. 독일이 제1차 세계대전 패배 후 왕정이 무너지면서 생긴 연합 정권 형태의 새로운 공화국을 '바이마르공화국'이라 부르지 않았던가. 이 도시에서 소집된 국민의회에 의해 1919년 8월 11일 공화국이 성립됐고, 이때 공표된 '바이마르헌법'은 그 뒤 여러 나라가 헌법에 참고하고 카피할 만큼 완벽에 가까운 헌법으로 불리지 않던가. 패전의 땅 위에 세워진 만큼 안팎으로 온갖 도전에 직면했던 바이마르공화국은, 그러나 1933년 나치가 제3제국을 선포하면서 붕괴되어 채 15년도 존속하지 못했지만 말이다.

바이마르공화국과 운명을 거의 같이했지만 지금까지도 미술과 산업디자인 역사에서 중요한 자리를 차지하고 있는 바우하우스 운동이 태동한 도시도 바이마르다. 바이마르공화국이 탄생한 해에 설립된 국립 조형학교 바우하우스는 급변하는 정세에 따라 데사우와 베를린으로 옮겼다가 나치의 간섭과 강압이 심해지자 자체적으로 해산을 선언하고 폐쇄됐다. 이렇게 막을 내린 바우하우스 운동은 짧지만 굵직한 흔적을 남겼다. 건축에 조각, 회화, 공예 등 다양한 장르를 통합한 시도라든가, 순수 미술과 산업을 결합해 예술 영역의 경계를 무너뜨리고자 한 시도 등 바우하우스가 미술사에 남긴 영향은 지대하다. 다다이즘, 신조형주의 같은 당대 사조와 영향을 주고받으며 설립자인 건축가 발터 그로피우스Walter Gropius를 비롯해 멀티미디어 아티스트 라슬로 모흐이너지László Moholy-Nagy, 무용 창작가 겸 화가 오스카 슐레머Oskar Schlemmer, 추상미술의 아버지 바실리 칸딘스키Wassily Kandinsky, 현대 추상회화의 시조 파울 클레 등이 교사로 거쳐 간 현대미술의 산실 바우하우스가 이 도시에서 태동했으니 바이마르는 독일만의 도시를 훌쩍 넘어서는 곳이다.

간이역보다 조금 큰 바이마르역에 내려 천천히 걷다 보니 20분도 안 되어 시 중심부에 도착했다. 라이벌이자 친구였던 괴테와 실러가 공연을 올리던 역사적 공연장이자, 1919년 국민의회가 열려 바이마르헌법을 공표했던 국민극장 앞에 두 거장의

(위) 바이마르공화국 헌법을 선포한 바이마르 국립극장.
'독일 문학의 아버지'라 불리는 괴테와 실러의 동상이 앞마당에 서 있다.
(아래) 두 거장이 나란히 누워 있는 묘지 중앙의 작은 건물.

동상이 사이좋게 어깨를 걸고 서 있었다. 국민극장과 마주한 곳에 바우하우스도 있으니 이 자그만 다운타운은 잠시나마 독일의 정치적·정신적 심장이었다 해도 과언이 아니다. 괴테가 만년을 보냈던 저택부터 그의 저작들이 진열된 시내 서점에 이르기까지 곳곳에 괴테의 그림자가 짙게 드리워져 있었다.

걸음은 곧 시내에서 멀지 않은 공동묘지로 향했다. 괴테와 실러가 함께 잠들어 있는 곳이라 했다. 멀게는 17세기 묘비까지 눈에 띄었다. 묘지는 부지가 제법 넓었지만, 입구 부근의 묘들이 많이 유실되어 휑해 보였다. 괴테와 실러는 특별히 묘지 중앙 건물에 안장돼 있었다. 차분히 다가가 조심스레 문을 밀었는데, 하필 성탄절 휴일이라 굳게 잠겨 있었다. 허탈했다.

체코의 소설가 밀란 쿤데라Milan Kundera는 소설 《불멸》에서 서양 문학의 우뚝 솟은 봉우리이자 《파우스트》 등의 작품으로 영생불멸의 존재가 되어버린 괴테와 또 다른 몇몇 예술가들의 삶을 좇는다. 어떤 이는 불멸을 꿈꿨으나 머잖아 그 명성과 기억이 소멸했고, 어떤 이는 잊히길 원했으나 불멸의 존재가 되기도 했다고. 지구 반대편에서 온 여행자가 그 묘지를 찾은 이유도 그 작가들의 불멸 때문이었다.

1832년 3월 22일, 괴테는 세상을 떠날 채비를 하고 있었다. (중략) 오전 9시, 괴테는 물과 포도주를 달라고 했다. 그러고는 덧문을 열어달라고 했다. 그리고 오전 10시, "좀 더 많은 빛을"이란 최후의 말을 남겼다. 이 말은 후세에 전해지면서 미화되어 전설이 되었다. (중략) 진짜 최후의 말이 있고, 죽음을 목전에 둔 상태에서 남기는 말이 있다. "내 책들은 어떻게 한 건가?" 괴테가 시종 프레데릭에게 물었다. 시종은 아무 말도 하지 않았다. "책들을 제자리에 갖다 놓게." 프레데릭은 "전부 팔아버렸습니다."라고 거짓말을 했다. (중략) 임종의 고통으로 정신이 오락가락하던 괴테는 이런 말도 했다. "저기 있는 예쁜 여자 안 보여? 입술이 검은데 정말 아름답군. 어둠 속에 있는 저 여자 얼굴이 안 보인단 말이야?" 괴테가 꿈을 꾸고 있었을까? 아니면 그 말이 책에 쓸 문장이었을까?

— 미셸 슈나이더, 《죽음을 그리다》

2016년 신문에서 아주 흥미로운 기사를 읽은 적이 있다. 미국의 유명 엔지니어 립 팀스Libb Thims가 '전 세계에 영향을 끼친 가장 똑똑한 40인'을 발표한 것이었다. 나름 과학적이고 다각적인 방법으로 역사상 최고 IQ를 가진 천재의 순위를 매겼는데, 어떻게 조사했고 얼마나 신빙성 있는지는 잘 모르겠으나 1위가 아인슈타인이 아니라는 것부터가 의외였다.

아인슈타인을 2위에 앉히고 1위를 차지한 인물, 즉 역사상 가장 똑똑한 사람이 바로 괴테였다. 3위 레오나르도 다빈치Leonardo da Vinci나 4위 아이작 뉴턴Isaac Newton을 따돌린 것도 놀라웠다. 하긴 《파우스트》에 빼곡 새겨진 방대한 지식과 내용을 떠올려보면 웬만한 천재가 아니고선 그 일부분도 쓸 수 없을 거라 쉽게 짐작할 수 있다. 실로 대작임엔 틀림없다.

20대 중반에 이미 유럽 전체를 질풍노도의 격랑에 휩싸이게 한 《젊은 베르테르의 슬픔》을 내놓아 굳건한 작가가 돼버린 괴테. 영어를 세계적 언어로 올려놓은 이가 셰익스피어였다면, 변방이던 독일의 언어를 세계의 언어, 세계의 문학으로 끌어올린 이가 괴테라 하지 않던가. 거기다 고위 관료를 지내며 정치에도 관여했고, 과학자와 화가라는 타이틀도 얻은 걸 보면 그 결과에 어느 정도 고개가 끄덕여진다. 다만 그런 순위가 무슨 의미가 있을까, 의문은 들지만 말이다.

그럼에도 불구하고 괴테의 《파우스트》를 읽는 건 쉬운 일이 아니었다. 어떤 책이라도 200년이 넘은 지금까지 재미있게 읽히기는 힘들 터. 젊은 날 몇 번을 펼쳐들었다 덮었는데, 그의 무덤 가까이 와서야 간신히 읽어낼 수 있었다. 어쩌면 그 책을 읽고 이해하기 위해 나이를 충분히 먹어야 했던 게 아니었을까? 어쨌거나 읽지 않을 수 없는 책이었다. 얼마나 많은 서구의 사상과 문학이 그 책에서 비롯됐던가.

바이마르에서 기차를 타고 두어 시간 만에 또 다른 도시 라이프치히에 도착했다. 바이마르와는 달리 꽤 큰 기차역을 가진 대도시였다. 중세로부터 이어온 유서 깊은 상공업 도시이자 대학 도시, 출판과 예술의 도시인 라이프치히를 찾은 것은 또 다른 불멸의 아버지를 만나기 위해서였다.

라이프치히 도심의 성토마스교회는 '서양음악의 아버지' 바흐가 1722년부터 1750년 사망할 때까지 28년간 왕성하게 작곡에 몰두하며 봉직한 곳이다. 그의 유해가 교회 중앙에 안치돼 있다. 이 교회에 머물면서 〈마태 수난곡〉 등 265곡에 달하는 칸타타와 미사곡을 작곡한 거장 바흐. 대단한 동기 때문이 아니라 교회 성가대의 지휘를 맡아서 미사를 위해 틈틈이 작곡한 곡들이 지금까지도 후배 음악가들이 쉽게 뛰어넘을 수 없는 불후의 명곡이 된 것이다. 그러나 생전에 이름을 떨치지 못한 탓에 그의 음악도 오랫동안 주목받지 못했다. 펠릭스 멘델스존Jakob Ludwig Felix Mendelssohn-Bartholdy에 의해 화려하게 부활하기 전까지는.

"세상 모든 악보가 불태워져도 바흐의 악보만 남아 있다면 음악사는 다시 시작될 거"라고 누군가 말했다. 2007년 제작된 이상한 영화 〈바흐 이전의 침묵〉에도 바흐에 대한 찬사가 가득하다. 푸줏간의 고기를 싼 종이가 바흐의 악보임을 발견한 멘델스존의 일화나 피아노가 허공에서 바다로 곤두박질치는 장면, 지하철 칸을 점령한 첼리스트들의 연주 장면 등은 강렬한 인상과 함께 서구인들의 '바흐 사랑'을 보여준다. 영화의 제목이 된 에밀 시오랑Emil Cioran의 다음과 같은 말은 바흐의 위대함에 대한 한 편의 선언문 같다.

"라장조 트리오 소나타 이전에도 세계는 있었다. 가단조 파르티타 전에도 있었다. 하지만 과연 어떤 세계일까? 아무 울림도 없는 텅 빈 공간일 뿐이다. 무지한 악기들로 꽉 찬. 아직 '음악의 헌정'과 '평균율 클라비어 곡집'이 건반을 거치지 않은 세계. 바흐가 없었다면 신은 권위를 잃었을 것이다. 바흐가 없었다면 신은 삼류가 됐을 것이다. 바흐가 있기에 세계는 실패작이 아닐 수 있었다."

— 영화 〈바흐 이전의 침묵〉

바흐 역시 그가 쓰고 남긴 악보들로 인해 불멸의 존재가 되었다. 그리하여 오늘날에도 많은 참배객의 발걸음이 이 교회로 향하고 있는 것이다.

교회 중앙 제단 바닥에 '요한 제바스티안 바흐'라는 이름이 선명히 새겨진 청동 비문이 눈에 들어왔다. 어디선가 장엄한 파이프오르간 연주 소리가 폭발하듯 들려오는 것 같았다. 바흐가 이끌던 성가대는 지금까지도 명맥이 이어져 '현존하는 가장 오래된 소년 합창단'으로 명성을 얻고 있다. 교회 광장에는 바흐의 청동상이 오롯하게 서 있는데, 이 동상을 세우도록 추진한 장본인이자 묻혀 있던 바흐를 부활시켜 불멸의 존재로 만든 멘델스존의 동상 또한 교회 반대쪽에 멋스러운 자태로 서 있다.

그러고 보니 이 여행은 가히 '아버지'들의 무덤을 만나러 온 여행이었다. 근대문학의 아버지 괴테와 음악의 아버지 바흐를 만나러 떠나던 여행. 그러나 곧 그들 앞에 습관적으로 붙는 '아버지'라는 표현에 이의를 제기하는 누군가의 항변이 들려왔다.

성토마스교회 안에 잠든 바흐.
그는 한 인간이기에 앞서 '기적'으로 불리었다.

바흐나 헨델을 두고 음악의 아버지니 어머니니 하는 말이야말로 서
구 중심주의에 입각한 말도 안 되는 생각이다. 세상에 얼마나 많은 갈
래의 음악과 음악인이 있는데, 바흐가 음악의 아버지가 되겠는가. (중
략) 이거야말로 모든 것을 서구를 중심으로 두고자 하는 서구적 이기
주의의 출발점이라 할 수 있다.

— 강헌, 《전복과 반전의 순간 1》

그렇다. 바흐 이전에도, 또 서양이 아닌 곳에서도 '무지한
악기들로 꽉' 차거나 '아무 울림도 없는 텅 빈' 공간이 아닌 아름
답고 숭고한 음악은 도처에 존재했을 터다. 음악뿐인가. 인쇄술
의 발달에 따른 '책'이나 '출판'이라는 제도가 주로 서구 주도권
아래 이어져오긴 했지만, 동양이나 다른 지역에 그런 학문과 문
화가 없던 것도 아니다. 서양 못지않은 대단한 성취와 미학을 만
들고 지켜온 전통이 세계 도처에서 자생적으로 발전해왔다. 계
몽주의 이래 체계화된 서구식 교육 제도와 그 텍스트에 물든 우
리가 별생각 없이 남발하는 이런 단어들에 대한 문제 제기는 타
당하다.

어쨌거나 지금도 어디선가 누군가에게 읽히거나 연주되고
있을 작품들과 함께 '서양' 예술의 아버지들은 불멸의 영생을 얻
은 듯하다. 누군가 처음 꺼내 읽는 《파우스트》의 장엄하고 매혹
적인 구절들이나 굴렌 굴드Glenn Gould 같은 괴짜 연주자가 자신
의 흥얼거림을 제멋대로 뒤섞어 연주하는 〈골드베르크 협주곡〉

같은 곡을 통해서 말이다. 불멸의 존재가 되는 일이 행복한 일인지 아닌지는 알 수 없지만, 어떤 이들은 영원히 죽을 수 없는 존재가 되어 우리 곁에 남아 있다.

그나저나 새 봄이 오면 정태춘의 '사망부가'를 나직이 읊조리며 갯벌 향해 누우신 내 아버지의 묘택을 찾아가야겠다. 가족 곁을 떠나신 지 어언 17년. 지금 눈앞에 계신 듯 이따금 모습을 보이시는 아버지는 내 기억과 꿈속에서 여전히 불멸하여 살아 계신다.

낙관주의자의 죽음,
염세주의자의 죽음

✣

게오르크 헤겔

베르톨트 브레히트

독일 베를린 도로텐슈타트 시립 묘지

아르투어 쇼펜하우어

독일 프랑크푸르트 시립 묘지

1831년 베를린에 콜레라가 창궐했다. 헤겔도 희생자였을 것이다.
쇼펜하우어는 뒤도 돌아보지 않고 그 도시를 떠났다.
그러고는 조금 망설이다가 프랑크푸르트에 자리를 잡고
줄곧 그곳에서 글을 쓰거나 오락 활동을 즐기며
겉으로 평온한 삶을 꾸려나갔다. 비로소 그는 책을 더 많이
세상에 내보일 수 있게 됐다.

크리스토퍼 제너웨이, 《쇼펜하우어》

　　　　　　　　　　　　　　레오나르도 다빈치와 미켈란젤로 부오
나로티Michelangelo Buonarroti, 톨스토이와 도스토옙스키, 로알 아문
센Roald Amundsen과 로버트 팰컨 스콧Robert Falcon Scott, 아돌프 히
틀러Adolf Hitler와 이오시프 스탈린, 존 레논John Lennon과 폴 매카
트니Paul McCartney, 최동원과 선동렬, 김연아와 아사다 마오浅田真
央, 톰과 제리. 꼭 그런 건 아니지만 세상의 많은 분야는 라이벌
들의 대립과 경쟁을 통해 돌아간다. 경쟁이 좋은 일도 아니고,
요즘같이 모두를 질식하게 만드는 경쟁사회는 하나의 지옥을
이루고 있지만, 어떤 천재들은 서로의 팽팽한 경쟁 속에서 영감
과 자극을 주고받으며 자신들의 길을 라이벌의 길에서 찾기도
했다.

　　동시대를 살았던 게오르크 헤겔Georg Wilhelm Friedrich Hegel과
아르투어 쇼펜하우어Arthur Schopenhauer 역시 19세기 독일 철학의
중요한 라이벌로 거론될 만하다. 1770년 독일 슈투트가르트에서
태어난 헤겔과 1788년 단치히 출생으로 헤겔보다 열여덟 살 아
래인 쇼펜하우어는 대조적 성향을 가진 철학자로 곧잘 비교된
다. 두 사람 모두 부친에게 상속받은 재산으로 비교적 넉넉한 환

경에서 학문의 상아탑을 쌓았고 이를 통해 독일 철학의 황금기를 구축했으나, 그들의 철학은 달라도 너무 달랐다. 그때까지의 서구 철학을 집대성해 낙관적 비전에 입각한 역사관과 관념론적 변증법 철학을 피력한 헤겔에 비해 플라톤Platon과 이마누엘 칸트Immanuel Kant, 동양의 《우파니샤드》 등에 경도된 쇼펜하우어는 방향이 전혀 다른 철학 세계를 구축했다. 스스로를 철학의 천재라 믿었던 쇼펜하우어는 당대에 널리 인정받고 존경받았던 최고 철학자 헤겔을 어떻게 받아들였을까.

> "천박하고 우둔하고 역겹고 매스껍고 무식한 사기꾼인 헤겔은 뻔뻔스럽고도 어리석은 소리들을 잔뜩 늘어놓았는데, 이것을 그의 상업적인 추종자들은 불멸의 진리인 양 나팔을 불어댔으며, 바보들은 그것을 진실인 줄로 알고 환호하며 받아들였다."
>
> — 강성률, 《청소년을 위한 서양철학사》

헤겔은 쇼펜하우어가 철학에서 혐오하는 것을 모두 갖춘 전형적 존재였다. 제도적 권위에 편승하는, 말하자면 쇼펜하우어가 깔보고 업신여기는 전문 분야의 대학교수였고, 무신론자이면서 개인주의자인 쇼펜하우어가 지긋지긋하게 분노를 표출한 교회와 국가를 옹호했다. (중략) 쇼펜하우어는 국가가 '인간 존재의 총체적 목표'라는 헤겔의 주장을 용납할 수 없었다. 또 헤겔은 상식적 경험을 밑거름 삼는 살아 있는 숨결 없이, 추상 위에 추상을 겹겹이 쌓는 소름끼치는 문장가였다. 쇼펜하우어는 헤겔의 저술이 과장되고 모호할 뿐 아니라, 심지어 부정직하다고 여겼다.

— 크리스토퍼 제너웨이,《쇼펜하우어》

이런 사적인 감정과 증오심에도 불구하고 그들이 함께한 베를린 시절은 쇼펜하우어에 대한 헤겔의 완승으로 끝난다. 1820년 헤겔이 학과장으로 있는 학과의 교수진 앞에서 시범 강연을 한 후 베를린대학에서 강의할 자격을 얻은 쇼펜하우어지만, 그는 번번이 선배 철학자 헤겔이 쌓아올린 거대한 벽을 향해 몸을 던지고 그 앞에서 무너져 좌절했다. 독이 오른 그는 일부러 헤겔과 같은 시간대로 강의를 열어놨는데, 늘 200명이 넘는 수강생으로 북적대던 헤겔의 강의실과는 달리 쇼펜하우어의 강의실은 텅텅 비어 결국 한 학기 만에 강의를 포기해야만 했다는 일화는 유명하다. 노쇠한 괴테까지 무시하며 스스로를 철학의 황제라 믿어 의심치 않았던 쇼펜하우어는 만년에야 간신히 명성을 얻는다.

여러 글로 보건대, 쇼펜하우어의 눈에 비친 헤겔은 사람들이 잘못 알고 있는 사기꾼이자 협잡꾼이지만, 헤겔에게 쇼펜하우어는 아예 '듣보잡(듣도 보도 못한 잡놈)' 같은 존재가 아니었을까 싶다. 그들을 다룬 전기나 철학개론서를 훑어봐도 헤겔을 다룬 책에는 쇼펜하우어에 대한 언급이 거의 없는 반면, 쇼펜하우어의 일생에 관한 글과 책에는 빠짐없이 헤겔이 등장한다. 지향점과 결이 다른 그들의 철학은 서로 다른 후배 철학자들에게 각

베를린 시립 묘지에 있는 헤겔의 묘와
프랑크푸르트 시립 묘지에 묻힌 쇼펜하우어의 묘.
너무나 헤겔스럽고, 다분히 쇼펜하우어답다.

각 막대한 영향을 미쳤다. 헤겔 철학이 마르크스의 아이디어에 큰 영향을 줬다면, 쇼펜하우어는 예민하고 비타협적이었던 니체를 자극했다. 20세기에 가장 큰 영향력을 행사한 회의의 거장들 앞에는 이런 스승들이 있었다.

독일 베를린의 시립 묘지인 도로텐슈타트 공동묘지에서 헤겔의 묘를 먼저 만났다. 그의 평소 소원대로 피히테Johann Gottlieb Fichte 묘 옆에 안치됐다고 하는데, 칸트의 철학을 이어받아 이상주의적 철학을 전개한 피히테가 그곳에 있다는 사실은 미처 알지 못한 데다 묘지 입구 안내문에도 정보가 없어 그냥 지나치고 말았다. 헤겔의 묘는 반듯반듯한 사각형이었다. 총체성과 조화, 진보를 추구한 그의 철학을 반영이라도 한 듯 무뚝뚝했다. 한 치의 일탈과 무질서도 용납하지 않을 것 같은 완고함이 그의 반듯한 묘에서 느껴졌다.

이 공동묘지에는 그들 말고도 독일 철학과 문학의 거장 몇 분이 영면하고 있었다. 헤겔만큼이나 간절히 만나고 싶었던 사람은 옛 동독의 극작가 베르톨트 브레히트다. 소포클레스Sophocles 등의 그리스 비극 작품을 모델 삼아 아리스토텔레스가 확립해 서구 연극사의 불문율 아닌 불문율로 면면히 흘러온 《시학》의 체계를 거역하고, '이성'과 '낯설게 하기'의 연극인 서사극 이론을 펼친 극작가다. 고전 비극이 강요하는 카타르시스, 연민과 공포 등 감정에의 몰입을 차단한 채 늘 무대 위에서 벌어지는 일들이 '연극 상황'에 불과함을 놓치지 말 것을 설파한 브레히트의 서사극 이론은 이후 연극이나 영화, 미디어 이론에도 많은 영향을 미쳤다. '공연장에 들어와 모자는 벗되 머리는 비우지 말 것'을 관객들에게 권한 그의 연극은 분명 감정이입과 카타르시스로 대중을 지배하고자 한 주류 서양 연극사에 흥미로운 하나의 반역이었다. 이런 생각이 연극과 영화에만 국한되지는 않았다. 복제 기술의 발달로 대중에게 더 민주적인 예술 향유의 시대가 열릴 거라 낙관한 발터 벤야민이 영향을 가장 많이 받은 사람 중 하나가 브레히트인 걸 보면 그의 서사극 이론은 예술의 전 영역에 막대한 영향을 미친 셈이다.

1933년 바이마르공화국을 무력화시키며 나치가 정권을 잡자 이들 유태인과 비판적 지식인들은 황급히 독일을 떠나야만 했다. 브레히트는 1934년 망명지인 덴마크에서 발터 벤야민과 우연히 조우한다. 두 사람은 자주 만나 카프카와 도스토옙스키, 동양의 현자들, 스탈린 등을 언급하며 문학과 혁명에 관한 이야기를 나눴다. 벤야민이 병상에 있던 브레히트를 방문하며 시작된 그들의 대화 장면을 보면, 자신보다 여섯 살 아래인 브레히트를 존경하며 그의 말에 귀 기울이는 벤야민의 모습이 엿보인다.

브레히트 서재의 천장을 떠받치고 있는 대들보 위에는 다음과 같은 말이 씌어 있었다. '진실은 구체적이다.' 창가에는 나무로 만든 조그만 당나귀가 서서는 그 말에 맞장구라도 치듯 고개를 끄덕이고 있었

'살아남은 자의 슬픔'을 노래한 브레히트가 아내와 나란히 잠들어 있다.

다. 그러자 브레히트는 그 풋말을 뒤집어서는 그 위에 다음과 같이 썼다. '나 역시 또한 이 말을 이해하지 않으면 안 된다.'

— 발터 벤야민, 《발터 벤야민의 문예이론》

사회주의 동독의 작가인 탓에 오랫동안 우리에게 잊혔다가, 1980년대에 와서야 활발하게 소개돼 〈사천의 착한 여자〉, 〈코카시아의 백묵원〉 같은 연극으로 다시 찾아온 브레히트. 그가 지었다는 '살아남은 자의 슬픔'이라는 시가 살벌했던 1970~1980년대 군사 독재 시절을 회고하는 후일담의 노래, 먼저 간 동지들을 기억하는 죄의식의 노래로 1990년대에 널리 애송되기도 했다.

브레히트(와 그의 부인인 배우 헬레네 바이겔Helene Weigel-Brecht)의 묘에서 멀지 않은 곳에, 노벨문학상을 받은 소설가 토마스 만의 형이자 그 역시 소설가인 하인리히 만Heinrich Mann의 묘가 개성미 넘치는 청동 두상과 함께 자리하고 있다. 또 가까운 곳에는 프랑크푸르트학파의 철학자로 1960년대 베트남전쟁과 68혁명의 철학적 배경을 제공한 《에로스와 문명》의 저자 허버트 마르쿠제Herbert Marcuse의 묘가 있어 그냥 지나칠 수 없었다. 다녀오고 한참 뒤에야 알게 됐는데, 옛 동독의 뛰어난 소설가 크리스타 볼프Christa Wolf의 묘지도 그곳에 있다고 한다. 《원전사고》나 《크리스타 T의 회상》, 《카산드라》 등의 소설을 의미심장하게 읽었기에, 미리 알았더라면 분명 들렀을 터다.

(위) 베를린의 마르쿠제 묘지.
《에로스와 문명》을 쓴 그는 프랑크푸르트학파의 대표 학자였다.
(아래) 프랑크푸르트의 아도르노 묘지.
"아우슈비츠 이후 서정시를 쓰는 것은 야만"이라고 말한 그의 날 선 비판.

이른 아침, 프랑크푸르트 시립 묘지.
묘지의 풀섶마다 발목을 간질이는 시린 이슬이 맺혀 있었다.

며칠 뒤 프랑크푸르트로 돌아와 쇼펜하우어가 잠들어 있는 시립 묘지에 갔다. 프랑크푸르트학파의 대표 철학자이자 발터 벤야민의 친구이기도 했던 테오도어 아도르노Theodor Wiesengrund Adorno, 알츠하이머병을 발견한 알로이스 알츠하이머 Alois Alzheimer 박사도 이곳에 묻혀 있다고 했다. 오후에 귀국 비행기를 타기 전, 도시를 가로지르는 전차를 타고 시 중심부에서 멀지 않은 시립 묘지를 찾아가 그들을 만났다. 굉장히 넓은 부지에 그 묘들이 여기저기 흩어져 있었다.

베를린의 반듯반듯하게 각진 헤겔 묘비가 참으로 헤겔스럽다고 느꼈는데, 묘비명도 없이 바닥에 누워 깊은 침묵에 빠진 쇼펜하우어의 묘석 역시 대체로 쇼펜하우어다웠다. 헤겔 묘석의 고딕체에 비해 날렵하고 맵시 있는 서체로 묘석에 적힌 그의 이름이 그랬고, 어둡고 단단한 묘석의 느낌도 헤겔과는 썩 달랐다.

국가와 역사의 미래를 낙관한 자도, 여성을 혐오하고 이성보다 의지를 설파한 염세주의 철학자도 죽음을 피할 수 없기는 마찬가지였다. 다만 역사의 진보와 완성을 믿었던 낙관주의자 헤겔이 진단명 콜레라로 62세에 사망한 반면, 염세주의자 쇼펜하우어가 73세로 조금 더 천수를 누린 아이러니는 자주 언급된다. 어쩐지 오늘날 독일을 대표하는 두 도시 베를린과 프랑크푸르트 사이의 거리가 헤겔과 쇼펜하우어 사이의 거리, 나아가 그들에게 각각 깊은 영향을 받은 후배 철학자 마르크스와 니체 사이의 거리 같기도 했다. 그다음 세대인 아도르노와 프랑크푸르트학파의 철학은 이들 전통 속에서 어디쯤 위치하고 있을까.

발터 벤야민의 예술 철학을 이어받아 20세기 대중문화의 성격을 규명하면서, 서구가 제1·2차 세계대전 같은 '새로운 종류의 야만 상태에 빠졌음'을 비판한《계몽의 변증법》의 저자 아도르노의 철학에 깊이 공명한 바 있다. 소수 귀족뿐 아니라 대중도 공평하게 누릴 수 있는 대중문화를 낙관한 벤야민과 달리, 획일화된 '동일성 논리'로 작동되는 대중문화와 문화 산업에 대해 우려한 아도르노의 이론은 암울하고 매섭다. 모든 것을 수단과 유용함, 상품화 가능성으로 보는 '도구적 이성'의 팽배가 오늘날의 야만을 불러왔으며, 이에 대한 대안으로 '성찰적 이성', 상품화될 수 없는 '비동일성 이성'을 주장한 아도르노의 비판 이론은 오늘날 문화 산업 전반에 대한 충고이자 예언으로 들린다.

헤겔이나 칸트, 쇼펜하우어 같은 철학자라면 마땅히 국가적 장례 시설에 안장되는 것이 마땅할 것 같은데, 그들은 일반인들과 함께 시립 묘지에 누워 있다. 장 자크 루소, 볼테르Voltaire, 빅토르 위고Victor Hugo, 앙드레 말로André Malraux, 마리 퀴리Marie Curie 등이 잠든 파리의 팡테옹이나 엘리자베스 여왕, 찰스 디킨스, 윈스턴 처칠Winston Leonard Spencer Churchill 등이 영면해 있는 런던의 웨스트민스터 같은 국립묘지가 독일에는 왜 없는 것인가? 국립이 아닌 시립 묘지에, 그것도 일반인들과 다를 바 없는 작고 소박한 묘비석이나 조각들과 함께 잠든 독일 유명 철학자들의 무

프랑크푸르트의 새벽 거리.
유럽연합의 통합중앙은행 부근에서 노숙으로 밤을 보낸 사람을 보았다.

덤이 오히려 특별하다 싶었다.

추측건대, 일찌감치 절대 왕정을 바탕으로 통일된 국가를 형성했던 앞의 나라들과 달리, 신성로마제국이라는 이름 아래 몇 개 도시국가로 흩어져 있다가 19세기 후반에야 통일을 이룬 독일에서는 어쩌면 당연한 결과인지도 모른다. 통일 이후 상황에 대해선 언젠가 신문에서 읽은 다음과 같은 설명이 답을 줄지도 모르겠다.

그곳은 개인에 대한 기억이 국가에 대한 기억으로 도구화되는 것을 막고 있다. 한 나라의 국가 묘역이 나라의 중요 인물들을 통해 자국의 역사와 문화에 대한 기억을 최적화된 최대치로 만들고자 조성된다면, 현재 독일에는 그런 국가 묘역이 없다. 유명 인사 묘지는 지역적 선택일 뿐이다. 이것은 양차대전을 겪은 독일의 지극히 민주적인 선택일 것이다.

— 조우호, 〈헤럴드경제〉, 2015년 8월 18일 자

09

"알맞은 때에 죽도록 하라!"
차라투스트라는 말했다

❖

프리드리히 니체
독일 뢰켄 마을 교회 묘지

많은 사람들은 너무 늦게 죽고 몇몇 사람들은 너무 일찍 죽는다. "알맞은 때에 죽도록 하라!"는 가르침은 아직도 낯설게 들린다. "알맞은 때에 죽어라!" 하고 차라투스트라는 가르친다. (중략) 모든 사람들이 죽음을 심각하게 받아들인다. 그러나 죽음은 아직도 축제가 되지 못하고 있다. 인간은 가장 아름다운 축제를 벌이는 법을 아직도 배우지 못하고 있다.

프리드리히 니체, 《차라투스트라는 이렇게 말했다》

———— 니체를 찾아가는 길은 세상 어느 묘지를 찾아가는 길보다 멀고도 아득했다. 렌터카를 이용했다면 어려운 일은 아니었을 터다. 아니, 하필 성탄절에 그 먼 곳을 찾아가지 않았다면 그렇게 고생하지도 않았을 것이다. 유럽의 성탄절엔 모든 상점과 음식점이 예외 없이 문을 닫는다는 사실을 알고도 잠시 망각했으니 누굴 탓하겠는가. 《안티크리스트》라는 저작을 내놓고 "신은 죽었다!" 선언한 니체를, 바로 그 신의 탄신일에 만난다는 반역의 설렘에만 들떠 성탄절 이른 아침에 길을 나선 것이 고난의 시작이었다.

독일 라이프치히에서 기차로 한 시간도 걸리지 않는 소도시 바이센펠스에 일찍 도착한 것까진 좋았다. 미리 알아낸 정보로는 바이센펠스 기차역에서 니체의 고향이자 그의 무덤이 있는 마을 뢰켄까지 가는 버스를 어렵지 않게 갈아탈 수 있을 거라 했다. 하지만 버스정류장까지 헐레벌떡 달려간 나는 정류장 안내판 앞에서 하얗게 질리고 말았다. 평소에도 두 시간에 한 대 정도만 있다는 뢰켄행 버스가 그날은 아예 운행을 않는다는 것이었다. 아뿔싸. 가게들이 문 닫는 거야 그렇다 쳐도 시민의 발인

니체의 마을 뢰켄에 가기 위해 내린 바이센펠스역 부근.
폐허를 간직한 건물이 맨 먼저 눈에 들어왔다.

"이곳은 니체의 마을입니다."라고 말하는 듯한,
뢰켄 입구의 이정표.

대중교통까지 성탄절이라고 운행을 쉬다니. 어렵게 찾아온 바이센펠스의 텅 빈 버스정류장에서 아뜩한 절망감에 한참을 주저앉아 있었다.

구원은 엉뚱한 곳에서 찾아왔다. 라이프치히로 돌아가야 하나 어쩌나 낙심하며 바이센펠스의 골목을 터벅터벅 거닐다 문득 눈에 띈 간판이 있었다. 택시회사 간판이었다. 사무실 문을 두드리자 맘씨 좋아 보이는 거구의 여성이 얼굴을 힐끔 내밀었다. 사정을 얘기했더니 그녀는 옷을 챙겨 입고 사무실 앞에 주차된 택시에 오르며 내게 타라고 했다. 그러고는 곧장 미터기를 켜고 드넓은 들판 사이 시골길을 차로 한참 달려 뢰켄까지 데려다주었다. 뜻이 있는 곳에 길이 있다 했던가. 그렇지, 니체에게 가는 길이 어디 그리 쉬울까!

뢰켄은 생각보다 훨씬 작은 마을이었다. 택시를 타고 오며 너른 들판 중간중간 지나쳤던 마을들과 비교해도 훨씬 작고 아담했다. 뢰켄 입구에 도착하자 니체의 초상이 그려진 안내판이 여행자를 반겼다. 하지만 성탄절이어선지 사람 그림자를 아예 찾아볼 수 없어 분위기는 고요하고 스산했다. 르네 데카르트René Descartes 이래로 서양을 지배해온 이성주의에 가차 없는 비난과 저주를 퍼부은 대철학자가 탄생한 마을 치고는 지나치게 소박했다. 이 마을을 떠나 라이프치히와 스위스 등지를 떠돌면서 (아폴론이 아닌) 디오니소스의 세계를 설파하다가, 나아가 독일을 비롯한 유럽 문명 전체에 대한 통렬한 비판을 다듬어간 니체는 인생

말년에 다시 이곳 고향 마을로 돌아와 영면에 들었다.

사후 30년 무렵, 아마도 그 자신이 혐오해 마지않았을 나치즘에 자신의 사상이 이용당했다는 사실을 알게 됐다면 니체는 무덤에서 벌떡 일어났을 것이다. 그런가 하면 죄르지 루카치 György Lukács 같은 마르크스주의 비평가들은 "제국주의와 파시즘의 옹호자"라며 그를 비난했다. 니체의 사상은 이처럼 오랫동안 정당한 대접을 받지 못한 채 수난을 겪어왔다. 그러던 것이 독일 프랑크푸르트학파 학자들과 프랑스 후기 구조주의자들, 영민한 실존주의 작가들에 의해 그 명예가 차츰 회복되기 시작했다. 그리하여 니체는 오랜 시간 유럽을 지배해온 이성과 합리의 철학에 반기를 든 20세기 회의의 거장으로 우뚝 섰다. 카를 마르크스, 지그문트 프로이트 등과 함께 말이다.

니체 철학의 전모를 제대로 파악하고 그 철학을 논리적으로 해설하기는 상당히 어렵다. 그가 자신의 저작에 논리와 이성의 방법을 쓰지 않았기 때문이다. 서구 철학이 오래 구사해온 명징한 언어와 논리적 플롯을 거부한 그의 저작들은 사상서라기보다는 잠언서, 혹은 비유와 상징, 아포리즘이 가득한 문학작품으로 읽힌다. 해석의 여지를 많이 열어둔 것이라 할까. 무릇 느끼는 자에게는 어렵지 않게 다가올 테고, 논리와 명석함을 구하는 자에겐 파악하기 어려운 모호하고 모순적인 세계가 아닐까 싶다.

중요한 것은 누구의 생각을 보충하는 것이 아니라 자기 생각을 만드는 것이며, 누구의 삶에 대해 서술하는 것이 아니라 자기 삶을 아름답게 창조하는 것이기 때문이다. 누구든 자기 삶을 아름답게 창조하는 자는 니체를 읽지 않은 채 니체의 독자가 될 수 있으며, 니체를 지지하지 않은 채로 니체주의자가 될 수 있다.

— 고병권, 《니체의 위험한 책, 차라투스트라는 이렇게 말했다》

　니체의 책 중 개인적으로 가장 황당했던 것은 그의 마지막 저작이 된 《이 사람을 보라》다. '이 사람'은 물론 니체 자신을 가리키기도 하거니와 '나는 왜 이렇게 현명한가', '나는 왜 이렇게 좋은 책을 쓰는가' 같은 챕터 제목들의 '나' 역시 니체 자신을 가리키기 때문이다. 어떻게 이런 책을 쓸 수 있을까. 어떻게 이런 낯 뜨거운 제목들을 붙일 수 있을까. 다가올 죽음을 예감이라도 한 것일까. 어떻게 자신의 마지막 저작으로 이처럼 유언장 같은 책을 써내려간 것일까.

　책의 서문에서 밝혔듯 "내 작품 중 《차라투스트라는 이렇게 말했다》는 나에게 특별한 의미가 있다. 그것으로 나는 인류에게 역사상 가장 위대한 선물을 안겼다. 앞으로 수백 년간 퍼져나갈 목소리를 담은 이 책은 현존하는 최고의 책"이라 말하는 니체의 목소리가 들리는가? 그 목소리는 수많은 권위주의자와 학자에겐 불편하게 들렸을 테지만, 낡은 권위와 전통을 혐오하는 시인 또는 예술가들에겐 자신의 생각을 대변하는 심장의 복음으로 들렸을 법하다. 제1차 세계대전 전후로 등장한 다다이즘이나 여러 예술 운동이 니체의 반항적·반이성적 철학에 깊이 영향 받은 것은 주지의 사실이다.

《차라투스트라는 이렇게 말했다》에 나오는 단호한 예언자의 목소리나 《인간적인, 너무나 인간적인》에 알알이 박힌 잠언조의 목소리에 나 역시 젊은 날 얼마나 열광하고 흥분했던가. 니체에 관한 평전 중 널리 인정받는 이보 프렌첼Ivo Frenzel의 책에서, 젊은 니체에게 한때 가장 큰 영향을 미친 예술가요 동지였던 리하르트 바그너Wilhelm Richard Wagner를 향해 니체가 가차 없이 결별을 결행하는 장면에서 심장이 쿵쾅쿵쾅 요동쳤다. 젊은 니체의 우상이던 바그너가 '우상 파괴의 대상'이 된 것이다. 이 장면에서 그 사람, 니체가 보였다.

> 그(바그너)는 〈팔치팔〉 소재의 특별히 기독교적인 모티브를 표현하는 데 자기가 얼마나 진지하게 임했는가를 알려주었다. 니이체는 얼음 같은 침묵 속에 빠져들더니 갑자기 실례한다는 말을 하고는 어둠 속으로 사라져버렸다. 두 사람은 그 후 다시 만나지 않았다.
>
> — 이보 프렌첼, 《니이체》

마을 담벼락에 붙은 이정표를 따라가니 물방앗간 크기의 작은 교회가 나타났다. 마당에는 세련됐다고 해야 할지, 재미있다고 해야 할지, 아무튼 니체를 기념하는 흰 조각상 몇이 어우러져 있었다. 벌거숭이 니체, 선글라스를 낀 멋쟁이 니체가 서로를 바라보며 서 있는 형상은 우리 시대에도 거듭 되살아나는 니체의 사상을 적절히 표현하고 있었다. 조형물을 찬찬히 감상하다 교회 뒤편으로 가자 니체가 잠든 무덤이 있었다. 정신병자로 지낸 마지막 10년간 그를 돌보고 보호한 어머니와 여동생 무덤도 나란히 놓여 있었다.

생물학적으로 1900년에 삶을 마감한 니체는 정신적으로는 1889년 이탈리아 토리노에서 사망했다. 마부에게 매 맞는 말을 보고 발작을 일으킨 뒤 정신이 되돌아오지 않았다. 고대 그리스 문헌을 연구하기 시작해 평생 유럽의 고루한 사상들을 통렬하게 전복해온 '생각의 싸움꾼'인 그가 무려 10여 년을 망각과 암흑 속에서 살았다는 게 참으로 아이러니해 보인다. 너무 높이 날아올라간 나머지 태양에 녹아버린 이카루스의 밀랍 날개처럼, 니체의 생각과 철학도 신들이 불경하게 느낄 만큼 위험한 선까지 바짝 다가갔던 것일까? 정신이 먼저 허물어진 니체가 결국 긴긴 망각의 암흑으로 빠져드는 장면을 체코 소설가 밀란 쿤데라는 다소 극적인 상상력을 덧붙여 다음과 같이 적었다.

토리노의 한 호텔에서 나오는 니체. 그는 말과 그 말을 채찍으로 때리는 마부를 보았다. 니체는 말에게 다가가 마부가 보는 앞에서 말의 목을 껴안더니 울음을 터뜨렸다. 그 일은 1889년에 있었고, 니체도 이미 인간들로부터 멀어졌다. 달리 말해 그의 정신 질환이 발병한 것이 정확하게 그 순간이었다. 그런데 내 생각에는 바로 그 점이 그의 행동에

뢰켄의 자그만 교회 앞마당에 서 있는 니체 기념 조형물들.
니체가 또 다른 니체를 바라보며 방문객에게 질문을 던진다.
"나는 누구인가?" 그리고 말한다. "너 자신을 발명하라."
니체는 날마다 새롭게 태어나고 진화한다.

마을 교회 뒤뜰에 어머니, 누이와 나란히 누운 니체.
니체의 묘에 그의 책을 올려놓았다.
인류에게 가장 큰 선물이 될 거라 자신했던 바로 그 책을.

심오한 의미를 부여한다. 니체는 말에게 다가가 데카르트를 용서해
달라고 빌었던 것이다.

— 밀란 쿤데라,《참을 수 없는 존재의 가벼움》

　　니체의 무덤과 대면했지만 나는 여전히 그에 대해선 엄두
가 나질 않는다. 어떻게 니체를 알고 이해한다 할 수 있을까. 논
리적으로 따져 밝히는 글보다 폭발하고 발산하는 영감의 언어들
속에서 수도 없이 길을 잃게 된다. 어떤 대목은 굉장히 파쇼적이
고 무척 위험해 보인다. 우생학을 공공연하게 긍정하거나 설파
하는 글의 경우는 납득하고 받아들이기가 쉽지 않다. 사후에 그
토록 가까웠던 여동생과 친척들에 의해 그의 사상이 나치즘에
이론적으로 이용당한 까닭도 결국은 그의 글에서 기인한다. '영
겁회귀永劫回歸', '위버멘쉬Übermensch(초인overman)', '신의 죽음' 같
은 개념들을 어떻게 쉽게 받아들일 수 있을까. 니체는 알 수 있
는 사람이 아니라 느껴야 하는 사람이 아닐까.

　　니체의 무덤과 마을을 느긋하게 둘러본 뒤, 애써 외면했던
막막한 절망감이 엄습했다. 바이센펠스로 돌아가는 차편을 구
할 수 없다는 것이 내게 닥친 현실이었다. 뢰켄에도 택시회사 같
은 게 있으리라 생각한 것 또한 오판이었다. 구멍가게조차 없는
마을이었다. 먼저 타고 온 택시의 길로 가늠하건대, 바이센펠스
까지는 도저히 걸어갈 거리가 아니었다. 하는 수 없었다. 아침에
온 길과 반대편으로 걸어서 거기 있다는 이웃 마을로 향했다. 두

어 시간 걸었을까. 마침내 마을에 도착했고, 다행히 콜택시 서비스를 알리는 입간판을 발견해 택시를 탈 수 있었다. 어디, 니체를 만나고 돌아가는 길이 쉬울까!

바이센펠스에서 라이프치히로 돌아가는 기차에 타고 《차라투스트라는 이렇게 말했다》를 다시 펼쳐들었다. 차라투스트라의 입을 빌려 죽음에 대해 설파하는 니체의 목소리에 밑줄을 그었다. "창조하는 자들이여, 그대들의 삶에는 수많은 고통스러운 죽음이 있어야 한다." 말하던. "지상에 충실하라. 내세의 희망을 말하는 자를 믿지 말라." 말하던. "이 삶, 현재의 삶이 그대의 영원한 삶"이라 가르치던.

10

모든 인간은 죽는다,
어떤 사람들만 빼고

❖

루트비히 판 베토벤

프란츠 슈베르트

요한 슈트라우스

요하네스 브람스

오스트리아 빈 중앙 묘지

1750년, 바흐가 죽었다. 바흐가 죽고 6년 뒤, 1756년에 드디어 볼프강 아마데우스 모차르트가 오스트리아의 북쪽, 지금은 독일과 맞닿아 있는 잘츠부르크라는 조그만 동네에서 태어났다. 1760년부터 영국에서 산업혁명이 시작되었다. 산업혁명이 일어난 지 10년 뒤인 1770년 독일의 본에서 베토벤이 태어났다. 1789년, 이후의 세계사를 바꾸게 될 프랑스대혁명이 일어났다. 프랑스대혁명 2년 뒤인 1791년, 모차르트가 빈에서 사망한다. 모차르트가 죽고, 6년 뒤(1797)에 슈베르트가 빈의 교육자 집안에서 태어났다. 1809년, 빈이 나폴레옹에게 두 번째로 함락되었을 때, 하이든은 그곳 빈에서 죽었고, 하이든이 죽었을 때 멘델스존이 태어났다. 그로부터 4년 뒤인 1813년에 베르디와 바그너라는, 19세기 오페라를 이끄는 두 주역이 함께 태어났다. 1827년, 베토벤이 57세의 나이로 빈에서 사망한다. 그 이듬해 1828년 슈베르트가 젊은 나이로 역시 빈에서 죽는다.

강헌, 《전복과 반전의 순간 1》

겨울 내내 슈베르트Franz Peter Schubert의 연가곡 〈겨울 나그네〉 CD를 닳도록 듣던 때가 있었다. 가을 내내 베토벤의 〈교향곡 7번〉에서 헤어나지 못하던 시절도 있었다. 바그너와 자코모 푸치니Giacomo Puccini의 음악을 (그들의 정치적 한계에도 불구하고) 여전히 좋아하고 바흐와 모차르트Wolfgang Amadeus Mozart의 천재성에 대해서도 공감하지만, 나는 늘 슈베르트 아니면 베토벤으로 돌아오곤 했다. 바이올린을 꽤 잘 켰던 아인슈타인이 "나에게 죽음이란 모차르트를 더 이상 들을 수 없게 되는 것"이라며 모차르트 '덕후'임을 자임했듯, 나는 슈베르트와 베토벤의 변치 않는 추종자임을 고백하고 싶다. 그들 음악은 앓기에 좋고 사색하기에 좋은 묘약이다.

보잘것없었다는 외모로 평생 가난에 찌들어 천하에 둘도 없는 루저loser로 살다가 매독으로 추정되는 병으로 이른 나이에 사망한 슈베르트나, 역시 가무잡잡하고 볼품없는 외모에 괴팍하고 폭력적이며 온갖 콤플렉스 덩어리였다던 베토벤. 그 두 작곡가가 거기 함께 누워 있다는 것만으로도 나는 늘 오스트리아 빈의 중앙묘지를 동경해왔다. 베토벤 곁에 묻히고 싶어 한 불행했던 사내 슈베르트의 유언은 그렇게 이뤄졌다고 했다.

빈의 겨울, 설렘을 가득 안고 서게 된 음악가들의 묘원. 이렇게 한정된 공간에 이토록 위대한 예술가들이 한데 잠든 곳이 세상에 또 있을까. 불과 20~30평이나 될까 한 반원형 작은 광장에 베토벤, 슈베르트, 요하네스 브람스Johannes Brahms, 요한 슈트라우스Johann Strauss가 묻혀 있다. 함께 묻히진 않았지만 모차르트는 그 중앙에 추념비로 서 있다. 베토벤의 묘를 등진 곳엔 조금 덜 알려져 있지만 음악사에 또렷한 궤적을 남긴 작곡가 후고 볼프Hugo Wolf가 인상적인 조각 작품과 함께 누워 있다.

반원형의 그 작은 광장과 묘들 앞에서 나는 한참을 서성였다. 유명인들의 묘지에서는 그 앞을 서성이는 것만으로도 명상이 되고 사색이 되는 법인데, 여러 위인이 한곳에 잠들어 있으니 당최 쉽게 묘역을 벗어날 수가 없었다.

귓가엔 잔잔하거나 격정적인 음악이 잦아들지 않고 쉼 없이 흘렀다. 반원을 이룬 묘지들을 따라 시계 반대 방향으로 걷자니 브람스의 〈교향곡 3번 3악장〉이 먼저 비감하게 흘렀고, 그러다 갑자기 슈트라우스가 작곡한 경쾌한 왈츠풍의 〈아름답고 푸른 도나우 강〉으로 바뀌더니, 곧 쓸쓸하고 슬픈 슈베르트의 〈겨울 나그네〉 연가곡이 온몸을 휘감았다. 사랑을 잃고 늙은 악사와 겨울 여행을 떠난 나그네의 마음은 이내 베토벤의 〈교향곡 7번 2악장〉 음보를 따라 무거운 걸음을 떼며 더 깊은 고독 속으로 잦아들어갔다. 반원의 묘역 중심에 추념비로 서 있는 대선배 모차르트가 후배 작곡가들을 솜씨 좋게 지휘하는 듯 보였다. 반원이라니. 가히 오케스트라 배치를 연상시키는 묘역이 아닌가.

　19세기까지만 해도 유럽 변방에 불과했던 러시아에 푸시킨, 고골, 투르게네프, 도스토옙스키, 톨스토이, 체호프, 고리키 등의 작가들이 어쩌다 한꺼번에 등장했는지 규명하기 어렵듯, 바흐가 사망한 1750년부터 20세기 초까지 독일과 오스트리아 등지에 이 위대한 음악가들이 어떻게 바통을 이어받으며 등장하게 됐는지 명쾌하게 설명해주는 사람도, 책도 만나지 못했다. 왜 셰익스피어나 찰스 디킨스를 배출한 영국에선 이만한 음악가들이 한 명도 나오지 않았던가. 에두아르 마네Édouard Manet, 클로드 모네Claude Monet, 폴 세잔Paul Cézanne, 폴 고갱Paul Gauguin, 빈센트 반 고흐Vincent Van Gogh, 앙리 마티스Henri Matisse, 파블로 피카소Pablo Picasso 같은 미술가들을 키워낸 프랑스에선 왜 음악이 그만큼 정열적으로 폭발하지 못했던가.

　예술과 문화가 흐르고 분출하고 사멸하는 방향은 예측하기도 분석하기도 어렵다. 바흐와 헨델Georg Friedrich Händel로부터 점화된 서양음악의 황금기를 모차르트와 베토벤을 중심으로 더듬은 강헌의 음악비평서 《전복과 반전의 순간》의 한 챕터는 클래식 음악에 대한 훌륭한 입문서로 읽힌다. 정치사회적 분석을 놓치지 않으면서 음악가들이 선 시대적 위치를 알게 하고 그들의 인간적 체취까지 느끼게 해준다. 베토벤의 최후를 묘사한 다음과 같은 글을 보자.

빈의 신왕궁 정원에 마련된 모차르트 석상.
빈에서 모차르트의 묘지는 쉽게 찾을 수 없었다.

고전주의에서 낭만주의로.
서양 근대음악의 가장 찬란한 장면을 보여주는 이곳.
위에서부터 베토벤, 슈베르트, 슈트라우스와 브람스의 묘.

"친구들이여, 박수를 쳐라! 연극은 끝났다." 베토벤의 유언이라고 알려진 말이다. 그러나 이 말은 그가 죽기 하루 전에 한 것이다. 실제로 베토벤은 이런 말을 끝으로 눈을 감는다. "아깝다, 아까워. 너무 늦었어!" 베토벤은 뭘 아까워했던 걸까. 베토벤은 병석에서 와인을 주문했다. 그런데 그 배달이 조금 늦었다. 그는 마지막 와인을 먹지 못하고, 아니 따보지 못하고 눈을 감았다. 그의 와인 도착이 너무 늦었다고 한탄하면서 죽었다.

— 강헌, 《전복과 반전의 순간 1》

나치에게 환영받은 게르만 민족주의자 바그너나 나치에 부역한 전력이 있는 20세기 클래식의 슈퍼스타였던 베를린 필의 지휘자 헤르베르트 폰 카라얀Herbert von Karajan, 베니토 무솔리니Benito Mussolini와 친했던 푸치니 같은 음악가들을 보면, 《데미안》에서 "음악은 도덕과 무관해서 좋아."라던 말이 무색해질 만큼 음악이 대체로 보수적인 예술이 아닐까 의심하게 된다.

그러나 강헌의 책에 따르면 모차르트나 베토벤은 당시로서는 상당히 급진적인 음악가들이었던 모양이다. 천재 모차르트는 자신을 후원하는 귀족들을 우스꽝스럽게 그린 〈돈 조반니〉나 〈피가로의 결혼〉 같은 오페라를 씀으로써 귀족들의 불만을 사고 스스로를 고립과 궁핍으로 몰아갔다. 나폴레옹에 고무되었다가 그의 정치적 욕망에 환멸을 느껴 그를 부정하게 된 베토벤은 산책길에서 우연히 마주친 귀족과 황녀 앞에 (함께 있던 위대한 괴테는 모자를 벗어 인사를 하고 길을 비켜주었음에도 불구하고) 뻣뻣하게 서서 모자를 더 깊이 눌러 썼다는 일화를 남길 정도로 반골 기질이 다분했다. 이 불분명한 일화를 두고 밀란 쿤데라는 조금 다른 해석을 덧붙이기도 했다.

> 베토벤이 모자를 벗지 않은 채 일군의 귀족들과 마주쳤다고 해서 그것이 곧 그 귀족들은 경멸스런 반동가들이고 그는 찬미할 만한 혁명가임을 의미할 수는 없다. 이것이 의미하는 바는 창조하는 자가 지배하는 자보다 더욱 존경받을 자격이 있다는 것이다. 창조가 권력의 우위에 있고, 예술이 정치의 우위에 있다는 것. 작품들은 불멸하지만 전쟁이나 왕자들의 무도회는 그렇지 못함을 의미하는 것이다.
>
> ― 밀란 쿤데라, 《불멸》

'영화 〈제3의 사나이〉 마지막 장면 촬영지'라는 수식어가 늘 따라붙는 광활한 빈 중앙묘지에 관한 글을 읽다가 나는 이 위인들과는 다른 어느 음악가의 이름을 발견하고 몹시 흥분하고 말았다. 동서양 모든 역사를 통틀어 가장 억울한 누명을 쓴 채 잠들어 있을 그 망자의 이름은 안토니오 살리에리Antonio Salieri다. 모차르트 독살에 그가 관여했다는 속설은 러시아 작가 푸시킨이 희곡 〈모차르트와 살리에리〉에 처음으로 등장시켰고, 극작가 피터 셰퍼가 희곡 〈아마데우스〉에서 이어받았으며, 밀로시 포르만Miloš Forman 감독이 영화 〈아마데우스〉로 만들면서 마침내 사실처럼 굳어져버렸다. 이로써 살리에리는 천재를 시기하고 질투한 둔재, 혹은 이인자 콤플렉스의 대명사가 되었다. 훌륭한 곡을 작곡해내지는 못하지만 위대한 곡은 대번에 알아차리는 귀를 가진 그가 모차르트의 새로운 곡들을 몰래 엿들으며 속으로 감탄하고 눈물을 삼키다 마침내 증오에 가득 차 내뱉는 영화 속 대사는 인간적으로 너무 절절하고 가슴 아프게 울린다.

"신이여, 왜 저런 건달 같은 놈에게는 위대한 재능을 주고 나처럼 노력하는 자는 둔재로 만들었나이까? 신이여, 나는 당신을 증오합니다. 신을 조롱하지 말라고요? 흥, 인간을 조롱하지 마시오! 불공평한 신이여! 이제부터 당신은 나의 적입니다!"

살리에리의 이 절규는 열등한 자, 주목받지 못한 자, 패자를 대변하는 목소리다. 그런데 실존했던 살리에리가 정녕 그런 사람이었을까?

희곡이나 영화 내용과 달리 역사적으로 알려진 살리에리는 베토벤, 모차르트, 하이든Franz Joseph Haydn과 같은 시대를 살았고, 베토벤을 비롯해 슈베르트, 리스트Franz von Liszt 등을 가르친 음악교육자이자 위대한 스승이었으며 앞서 언급한 후배 작곡가들보다 당대에는 훨씬 '잘나가는' 최고의 궁중음악가였다. 그가 눈을 감은 지 200년이 되어가는 이 시대에 자신이 이렇듯 폄하되고 오해받고 있다는 사실을 안다면 그는 어떤 기분일까.

그의 누운 자리가 궁금해 빈 중앙묘지를 찾아 헤맸다. 중앙묘지는 상당히 넓었다. 파리의 페르라셰즈 묘지보다 더 넓은 듯

빛바랜 영광이 다양한 표정으로 곳곳에 잠들어 있던 드넓은 묘지.
살리에리는 어디에 누웠을까.

베토벤 묘지 뒤편에 있는 작곡가 후고 볼프의 묘.
사랑과 죽음이 극단으로 표현된 조각이 매우 인상적이었다.

했다. 그가 묻혀 있다던 묘역은 입구에서도 꽤 멀었다. 여러 묘역을 지나면서 다양한 표정의 묘지 조각들과 다 쓰러져가던 묘석들을 바라보자니 애틋한 감정마저 들었다. 찬란했던 합스부르크 왕가 시절, 오스트리아-헝가리제국 시절의 빛바랜 영광이 묘지 곳곳에 잠들어 있었다.

오래 헤맸지만 끝내 살리에리의 무덤은 찾을 수 없었다. 변변한 안내 표지판이 없는 걸 보니 찾는 사람이 많지 않은 듯했다. 약 200년 전 사망한 사람을 그의 직계 후손이 아니고서야 누가 찾겠는가. 그의 제자였던 베토벤이나 리스트만큼 이름을 떨치지도 못했는데. 게다가 둔재이자 패자, 질투로 똘똘 뭉친 이인자의 대명사로 낙인찍힌 사람인데.

묘지를 나서며 인생의 허망함이나 예술의 영원함 따위를 떠올려봤다. 역사에 이름을 남긴다는 것은 무슨 의미일까. 불멸의 작품을 남긴다는 건 또 무엇일까. 아아, 저기 아무 말 없는 무덤들은 오늘 이곳을 찾은 나에게 무슨 말들을 하고 싶은 것일까. 하나의 선율, 하나의 음 속에 자신의 삶을 숨겨둔 저들은 확실히 불멸의 존재가 되었다. 소설 《피터팬》의 유명한 첫 구절 '모든 아이는 자란다. 한 사람만 빼고.'를 살짝 비틀어 문득 이렇게 적고 싶어졌다.

'모든 인간은 죽는다. 어떤 사람들만 빼고.'

드넓은 묘지에 찬란했던 서양음악사의 주옥같은 곡들이 누군가 턴테이블에 올려놓은 LP 곡처럼 잔잔히 흘렀다. 화음이나 대위법 등 음악을 즐겁고 아름답게 만드는 모든 요소를 제거하고자 했던 아널드 쇤베르크Arnold Schönberg의 실험이나, 굉음과 소음 등으로 음악사상 논란이 가장 많은 연주회를 연 이고리 스트라빈스키Igor' Fedorovich Stravinsky, 아무런 음악도 연주하지 않은 채 4분 33초 만에 들고 있던 지휘봉을 내려놓은 존 케이지John Cage의 퍼포먼스가 있었지만, 서양음악은 언제나 다시 바흐나 모차르트, 베토벤, 바그너, 구스타프 말러Gustav Mahler의 자리로 돌아오곤 했다. 전자기타와 신디사이저, 힙합의 시대를 지나 유튜브와 아이돌의 시대에도 저들이 빚어낸 음악들은 여전히 우리에게 최신 음악처럼 들려온다. 적어도 나에겐 그렇다.

말러는 아직도 천진하게 그리고 직접적으로 호모 센티멘탈리스에 호소하는 최후의 대작곡가이다. 감정은 말러 이후의 음악계에서는 수상쩍은 것이 된다. 드뷔시는 우리를 매혹시키고자 하지 감동시키고자 하지 않으며, 스트라빈스키는 감정들에 부끄러움을 느낀다. 로라에게는 말러야말로 최후의 작곡가이며, 브리지트의 방에서 록의 울부짖음이 터져 나올 때, 전자기타 음악에 눌려 소멸 중인 유럽 음악에 대한 그녀의 상처 입은 사랑은 그녀를 극도로 화나게 했다.

— 밀란 쿤데라,《불멸》

II

죽음이 이토록 괴로운 것이라면,
차라리 죽고 싶다

❖

프란츠 카프카

체코 프라하 유태인 공동묘지

안토닌 드보르자크

베드르지흐 스메타나

체코 프라하 비셰그라드 국립묘지

한 번도 보지 못했던 판사는 어디에 있는가? 한 번도 가보지 못했던 상급 법원은
어디에 있는가? 그는 두 손을 쳐들고 모든 손가락을 쭉 폈다.

그러나 카의 목구멍에 한쪽 남자의 양손이 놓이고 다른 남자는 칼로 그의 가슴을
깊이 찌르고 그것을 두 번이나 돌렸다. 흐려지는 눈으로 카는 두 남자가 바로
자기 앞에서 뺨과 뺨을 맞대고 종말을 바라보고 있는 것을 보았다. "개 같군."
그가 말했다. 그가 죽은 후에도 치욕만이 남아 있을 것 같았다.

프란츠 카프카, 《심판》

　　　　　　　　　　　군대에서 첫 휴가를 받고 부산 친구 집에서 이틀을 지내다가 다음 날 아침 배를 타고 여수로, 거기서 버스를 타고 목포로 향하던 남도 여행의 하루를 잊지 못한다. 다도해를 뚫고 나가는 뱃전에는 옅은 해무가 끼어 있었고 남도의 들녘을 물들이는 저녁놀 위로 들판마다 무언가를 태우는 연기가 피어올랐다. 그때 손에 든 책이 프란츠 카프카의 《변신》이었다. 책의 첫 문장에서 다짜고짜 벌레로 변해버린 사내 그레고르 잠자는 끝내 사람으로 되돌아오지 않았다.

　　　이 어처구니없는 소설을 어떻게 받아들여야 하나. 뭐라고 해야 할까. 도스토옙스키를 오래 앓았던 나는 곧 '문학'이라는 병이 중증으로 진전돼 '카프카병'을 앓게 되리라 짐작했다. 부대로 복귀한 뒤 내무반의 취침등 아래서 카프카의 《심판》과 《성》 등을 읽어나갔다. 예상대로 '도스토옙스키병'보다 결코 가볍지 않은 병증이었다. 삶에 대한 극한의 회의와 탈출구를 찾을 수 없는 절망감이 그의 대부분 소설에서 읽혔다. 사회인이 되어 병은 많이 치유(실은 망각되고 유보)됐지만 예민한 시절 영혼에 깊이 새겨진 카프카로부터의 상흔은 쉽사리 지워지지 않았다.

그런 카프카의 묘지를 찾아가는 길이었다. 오래전 체코 프라하에 와서 카프카가 누이동생과 함께 잠깐 살았다는 황금소로의 생가를 찾은 적이 있다. 거기선 감동보다는 실망을 많이 한 터라 프라하에서 카프카의 흔적을 더 찾아볼 생각을 하지 않았다. 그러다 카프카 관련 책에서 그의 묘지에 관한 글을 읽고는 그 묘지를 찾지 않은 걸 후회했다. 그러곤 기억해뒀다. 다시 프라하에 가면 카프카의 묘를 꼭 한번 찾아가보겠노라고.

카프카의 최후를 그린 구절을 《카프카 평전》에서 찾아보니 작가는 죽음의 순간마저도 극심한 고통 속에 사경을 헤맨 모양이다. 시시각각 다가오는 죽음의 고통이 극에 달하자 카프카는 그를 치료하며 곁을 지킨 의사 클롭스토크에게 이렇게 말했다 한다.

"나를 죽여주게. 그렇지 않으면 자넨 살인자야."

기묘한 분위기로 소설을 끝맺곤 했던 카프카 자신의 결말도 그렇듯 몹시 비극적이었다. '삶이 소중한 이유는 언젠가 끝나기 때문이다.'라고 언젠가 어딘가에 적어두었던 카프카는 소중한 삶을 누려보기나 했던가.

그의 작품 가운데 좋아하는 중편소설 〈변신〉과 단편소설 〈단식 광대〉는 결말이 매우 흡사한 분위기를 자아낸다. 벌레로 변신한 그레고르 잠자는 하녀가 신경질적으로 던진 사과에 맞아서 시름시름 앓다 죽고, 왕년에는 썩 잘나갔지만 결국 사람들에게 잊힌 단식 광대는 방치된 우리 속 지푸라기 더미에서 한참 만에 발견되어 마지막 말을 내뱉고는 죽는다. 벌레가 죽은 뒤 우울했던 가족이 모처럼 교외로 소풍을 나가면서 그새 싱싱하고 팔팔한 젊음을 갖게 된 딸을 바라보는 것으로 〈변신〉은 끝을 맺고, 단식 광대 대신 우리를 차지한 표범 역시 건강하고 팔팔하게 우리 안을 활보하는 것으로 〈단식 광대〉는 끝난다. 영문도 모르고 체포돼 끝내 재판관의 얼굴조차 보지 못한 채 사형을 선고받고 어느 날 낯선 이들에게 끌려가 처형당하는 《심판》 속 요제프 카의 '개 같은 죽음' 뒤엔 그런 '팔팔함'마저도 없다.

프라하 중앙역에서 지하철로 10여 분밖에 걸리지 않는 외곽에 카프카가 묻힌 유태인 공동묘지가 있었다. 입구에서부터 유럽의 여느 묘지들과는 분위기가 썩 달랐다. 묘마다 개성을 살린 조각과 비문으로 화려하게 장식한 유럽의 공동묘지와 달리 삭막하기 이를 데 없었다. 무덤을 꾸미는 조각품은 그 어떤 묘지에도 없었다. 독일어 사전에도 등재되었다는 '카프카에스크 kafkaesque', 즉 '카프카스럽다'라는 표현이 어울리는 을씨년스럽고 적막한 묘지였다.

유태인 공동묘지에서 카프카의 묘를 찾는 일은 어렵지 않았다. 묘지 정문으로 들어서자 곧바로 카프카의 묘를 가리키는 이정표가 눈에 들어왔다. 이정표를 따라 가니 한쪽에 사람들이 모여 서 있었고, 그곳에 카프카가 누워 있었다. 역시 별다른 장식 없이 길쭉한 비석만 비쭉 솟아 있었다. 비석에는 그 말고도 두 사람의 이름이 나란히 더 적혀 있었다. 문학에 대한 아들의 열정은 물론 그의 장래, 그의 결혼까지 가로막으며 집안의 독재자로 군림했던 아버지 헤르만 카프카Hermann Kafka와 어머니 율리에 카프카Julie Kafka의 이름이다. 작가 프란츠 카프카가 평생 벗어나고자 했던 아버지의 그늘에서 끝내 달아나지 못한 채 부친과 합장된 묘비를 보니 마음이 착잡해졌다. 아들인 프란츠 카프카는 부모보다 먼저 사망한 것으로 기록돼 있다. 묘비에 적힌 그 단조로운 기록들만 봐도 카프카의 절망이 고스란히 전해졌다.

카프카의 묘를 둘러보던 사람들이 곧 그 묘지 맞은편 벽에 붙은 가묘의 묘비석 쪽으로 다가갔다. 거기엔 낯익은 이름이 새겨져 있었다. 막스 브로트Max Brod였다. 카프카와 절친했던 작가이면서 카프카를 끝내 배신한(?) 친구, 막스 브로트. 자신의 유고를 읽지도 말고 그대로 불태워달라던 카프카의 유언을 지키지 않고, 사후 그의 작품들을 읽어본 뒤 세상에 발표함으로써 하마터면 영영 잊힐 뻔했던 카프카를 오늘날의 위대한 작가로 만든 장본인이다. 두 묘비 사이에서 자신의 유고를 불태워달라던 카프카의 마음과 그 유언을 어길 수밖에 없었던 친구 막스 브로트의 마음을 모두 헤아려보았다.

"사랑하는 막스, 아마 이번에는 더 이상 일어날 것 같지 않네. (중략) 만일을 대비해서 내가 쓴 모든 것과 연관해서 나의 마지막 의지는 이렇다네. 무엇보다도 내가 쓴 것 중《선고》,《화부》,《변신》,《유형지에

프란츠 카프카. 그에게는 꽃을 꼭 바치고 싶었다.
살아 있는 동안에도, 생을 마감한 후에도 부친에게서 벗어나지 못한 불행한 작가.
내 젊은 날을 어떤 식으로든 지배했던 작가.

서》,《시골의사》와 단편 〈어느 단식 광대〉, 이 책들만 남겨놓게. 내가 저 다섯 책과 단편을 남겨놓으라고 말한다고 해서, 그것이 새로 인쇄되어 미래에 전해져도 좋다는 뜻은 아니네. 그 반대라네. 그것은 완전히 사라져야 한다는 게 내 본래의 소망이네. (중략) 이 모든 것은 예외 없이 전혀 읽어서는 안 되네. 이 모든 것은 예외 없이 불살라져야 하네. 그것도 가능한 한 빨리 시행해주었으면 하네. 프란츠."

— 이주동,《카프카 평전》

오랜 세월 낮엔 보험회사에서 일하고, 한밤이 되어 습관처럼 써댄 그 엄청난 글들을, 왜 그는 모두 없애버리라 했을까. 죽음을 앞둔 한 인간의 단순한 허무나 변덕 아닐까, 추측도 해봤다. 그러나 그 유언이 진심이었음은 마지막 소설을 두고 했다는 작가의 말로 입증될 것이다.

"소설은 쓰이기 위해 존재하는 것이지, 읽히기 위해 존재하는 게 아니다."

세상에 이처럼 순결하고 준엄한 문학의 태도가 또 있을까. 이처럼 결벽적인 글쓰기의 결기가 또 있을까. 다행스럽게도 친구의 유언을 거역한 막스 브로트 덕분에 우리는 카프카의 편지와 일기를 비롯해《성》같은 말년 걸작까지 만날 수 있게 됐다.

카프카는 한동안 잊힌 작가였다. 1924년 마흔 살의 나이로 그가 사망한 뒤 유럽 전체가 제2차 세계대전의 격랑에 휩싸이는 바람에 국적도 언어도 헷갈리는 작가를 챙길 여유가 없었으리

라. 그를 새롭게 발굴해낸 이들은 전후 프랑스의 실존주의자들이다. 알베르 카뮈Albert Camus와 장 폴 사르트르Jean Paul Sartre 등에 의해 그는 실존 문제를 일찌감치 감지한 작가로 받아들여졌다. 그러나 사회 변혁을 꿈꾸는 마르크스주의자들에 의해선 대체로 '검은 문학', '악마의 문학'으로 비판받기도 했다. 혁명 이후 소비에트에 의해 배척받은 도스토옙스키를 떠올리게 한다. 그러나 도스토옙스키가 빚어낸 인물들이 그렇듯, 카프카가 절망으로 그려낸 인간상 역시 외면할 수 없는 진정성과 울림을 안겨준다. 카프카를 무시하거나 외면할 수 없었던, 그렇다고 긍정할 수도 없었던 마르크스주의 지식인들의 고민은 1934년 망명지 덴마크에서 조우한 벤야민과 브레히트의 대화에서도 엿볼 수 있다. 카프카에 대해 쓴 벤야민의 논문을 두고 브레히트는 카프카를 둘러싼 어둠을 밝혀야 한다고 말한다. 그럼에도 카프카가 그려낸 세계의 예언적 위대함을 폄하할 수는 없었던 모양이다.

브레히트는 나를 포함한 그 이전의 어느 누구보다도 더 분명히 카프카의 작품에 나타나고 있는 예언적 면을 강조하였다. "카프카는 단하나의 문제를 가지고 있었는데, 그것은 조직의 문제였다. 그를 사로잡았던 것은 개미집과 같은 국가라는 조직체에 대한 불안이었다. 그리고 인간이 그들의 공동체적 삶의 여러 조직 형태 속에서 스스로 어떻게 소외되어 가고 있는가 하는 문제였다. 그는 이러한 소외의 몇몇형태, 예컨대 소련비밀경찰GPU의 조직 형태를 미리 예견하였다. 그러나 그는 아무런 해결책도 발견하지 못하였고 또 그의 불안의 꿈으로부터 벗어나지 못하였다. 카프카 문학의 정확성이란 어떤 부정확한 것, 즉 꿈꾸는 자의 정확성이다."라고 브레히트는 말하였다.

— 발터 벤야민,《발터 벤야민의 문예이론》

카프카가 잠들어 있는 유태인 공동묘지에서 국가적으로 추앙받는 체코 유명인들이 잠든 비셰그라드 국립묘지까지는 지하철로 예닐곱 정거장이 채 되지 않았다. 옛 군주들이 프라하의 중심지로 삼았던 비셰그라드 성곽 터 한쪽에 마련된 이 묘지에는 우리에게도 친숙한 안토닌 드보르자크Antonín Dvořák, 베드르지흐 스메타나 같은 음악가들을 비롯해 '로봇'이라는 단어를 처음 사용한 작가 카렐 차페크Karel Čapek, 체코인들이 존경하는 시인 얀 네루다Jan Neruda, 아르누보 화가 알폰스 무하Alfons Mucha 등의 무덤이 있다. 생전에 그리 이름을 알리지 못한 카프카가 비셰그라드 묘지에 묻히지 못한 것은 당연했으리라.

괴괴한 분위기의 유태인 묘지와 달리 비셰그라드 공동묘지는 수준 높은 조각품과 장식들로 가득 차 있었다. 블타바 강변에 우뚝 선 비셰그라드 언덕에 비스듬히 비치는 오후 햇살을 따라 조각들이 살아 꿈틀거리는 듯한 현실감을 자아냈다.

드보르자크와 스메타나는 음악의 수도였던 독일이나 오스트리아 작곡가들과는 달리, 체코 혹은 보헤미안 음악의 세계를 창조해낸 작곡가들이다. 미국으로 건너가 거기서 얻은 영감으로

비셰그라드 국립묘지는 조각품과 비석, 비문의 서체 등에서
프랑스나 러시아, 다른 유럽 나라와는 썩 다른 느낌을 풍겼다.
경건하면서도 자유분방한 묘지였다.

비셰그라드 언덕 위, 볕이 잘 드는 자리에 잠든 드보르자크.
비셰그라드 국립묘지 중앙의 잘 보이는 곳에 누운 스메타나.
카프카의 자리는 정녕 없는가.

만들었다는 드보르자크의 〈신세계 교향곡〉도 보헤미안 정서에서 벗어나지 못했고, 초반부에 마구 꼬인 듯 여러 악기가 복잡하게 길항하다 멋진 선율로 정리되며 물결치는 스메타나의 〈나의 조국〉도 독일, 오스트리아 음악과는 사뭇 다른 분위기다.

문학이며 다른 예술은 어떤가. 그 누구의 문학과도 같지 않은 카프카를 비롯해, 프랑스로 망명한 꽤 철학적이고 관념적인 작가 밀란 쿤데라, 널리 알려지지 않았지만 제1차 세계대전을 코믹하게 다룬 위대한 고전 《병사 슈베이크》를 쓴 작가 야로슬라프 하셰크Jaroslav Hašek도 매우 독창적인 작품 세계를 보여준다. 장식미가 돋보이는 아르누보 미술을 개척한 알폰스 무하의 우아하고 세련된 그림에도 서유럽 미술에서는 찾아볼 수 없는 독창성을 발견할 수 있다. 체코적인, 어쩔 수 없이 체코적인 분위기라는 게 있는 듯하다.

석양이 뉘엿뉘엿 넘어가는 비셰그라드 언덕을 내려와 강을 따라 프라하 중심부의 카를교로 왔다. 저녁놀 비끼던 남도의 어느 젊은 날, 카프카의 《변신》을 읽고 흥분에 빠졌던 그 시간이 문득 떠올랐다. 문학이라면 목을 매고 죽어도 좋을 나무라고 생각하던 때였다. 비록 우울하고 절망적인 소설이었지만, 그런 소설에 깊이 감정 이입하던 젊은 날은 역설적으로 환하고 밝은 빛을 뿜어내던 시절이었다. 그 저녁이 이 저녁에 안부를 물었다.

프라하 시내 카를교에서. 저 묵묵한 석상들만이
도시의 슬픔과 영광을 기억하고 있으리라.

part III

프랑스

나와 함께
모든 노래가 사라진다면

짐 모리슨

에디트 피아프

마리아 칼라스

프랑스 파리 페르라셰즈 묘지 ①

(전략)

내가 내켜 부른 노래는
어느 한 가슴에도
메아리의 먼 여운조차
남기지 못할 수 있다.
그러나 삶의 노래가
왜 멎어야 하겠는가
이 세상에서……

(중략)

나와 함께 모든 별이 꺼지고
모든 노래가 사라진다면
내가 어찌 마지막으로
눈을 감는가.

김남주, '나와 함께 모든 노래가 사라진다면' 부분,
《나와 함께 모든 노래가 사라진다면》

———— 세 번째 찾는 파리였으므로 나는 당연히 페르라셰즈 묘지에 가기로 마음먹었다. 약 20년 전 파리 첫 여행에선 몽파르나스 묘지에 갔고, 10여 년 전 두 번째 파리 여행에선 몽마르트르 묘지에 들렀다. 세 번째로 그 도시에 간다면 틀림없이 페르라셰즈 묘지를 찾아가리라 오래전부터 마음먹었다.

그러면서 나는 종종 묻곤 했다. 파리에 간 사람들이 루브르박물관이나 오르세미술관은 필수 코스처럼 찾으면서 도심에 있는 묘지들은 왜 그냥 지나치는 걸까. 셰익스피어앤드컴퍼니 서점에서 작가들의 책을 만나고 작가들이 즐겨 찾았다는 카페 뒤마고나 카페 플로르에 들러 커피를 한 잔 마시고는 오면서 정작 그 도시에 언젠가 어디선가 살았던 작가들의 육신이 잠든 묘지엔 어째서 관심이 없는 걸까. 어떤 면에서 나는 묘지들이 도심의 이름난 박물관이나 도서관이나 서점 못지않게 중요하고 의미 있는 장소라 생각해왔다. 책이나 작품이 작가들과 마음의 대화를 나누는 매개라면 그들이 영면해 있는 묘지는 그들과 대화할 수 있는 또 다른 공간이 아닐까, 하고.

파리에 도착해 지인이 소개해준 한인 민박집을 찾아갔다. 도착하자마자 주인장에게 페르라셰즈 묘지에 대해 물었다. 그곳에 가려 한다고 했더니 주인이 뜻밖이라는 듯 나를 쳐다봤다. 페르라셰즈 묘지를 물어본 민박객은 처음이라고 했다. 주인이 실제 거주하는 집이 마침 부근이라 그 앞을 자주 지나다니는데, 이따금 묘지 입구에서 유럽의 단체 관광객들을 보긴 했어도 한국인 민박객 중에 페르라셰즈 묘지를 묻거나 찾는 사람은 없었다고, 파리를 몇 번씩 와본 사람들도 마찬가지라고 말이다.

단일 공동묘지 중에서 우리에게 친숙한 수많은 역사적 인물이 한 공간에 잠들어 있는 곳으로 페르라셰즈 묘지만 한 곳이 세상에 또 있을까 싶다. 묘지로 들어서는 지하철역만 두세 군데일 정도로 광활한 부지에 200년 넘게 조성됐는데, 이 공동묘지에 영면 중인 사람들 이름만 열거해도 하나의 근현대 유럽문화사가 쓰일 정도다.

1804년 나폴레옹 1세Napoléon 1의 명에 의해 조성된 이 공동묘지는 처음엔 크게 주목받지 못하다가 프랑스인이 사랑한 극작가 몰리에르Molière와 고전주의 시인 장 드 라퐁텐Jean de La Fontaine 등의 묘가 이장되면서부터 프랑스, 특히 파리 예술가들의 육신과 영혼의 휴식처로 자리 잡았다. 몰리에르를 위시해 나폴레옹이 총애한 화가 자크 루이 다비드Jacques Louis David, 그 후배인 외젠 들라크루아Ferdinand Victor Eugéne Delacroix, 아메데오 모딜리아니Amedeo Modigliani, 카미유 피사로Camille Pissarro, 조르주 쇠라Georges

페르라셰즈 묘지 입구.
책이나 작품이 작가들과 마음의 대화를 나누는 매개라면
그들이 영면해 있는 묘지는 바로 그 대화의 공간이 아닐까.

Pierre Seurat, 음악가로는 프레데리크 쇼팽Frédéric François Chopin, 조르주 비제Georges Bizet, 조아치노 로시니Gioacchino Antonio Rossini 등이 이 묘지에 몸을 누였고, 오노레 드 발자크Honoré de Balzac, 오스카 와일드Oscar Wilde, 마르셀 프루스트Marcel Proust, 기욤 아폴리네르Guillaume Apollinaire, 폴 엘뤼아르Paul Éluard, 거트루드 스타인Gertrude Stein, 사데크 헤다야트Sādeq Hedāyat 등의 작가들과 사진작가 나다르Nadar, 영화인 조르주 멜리에스Georges Méliès와 막스 오필스Max Ophüls, 이을마즈 귀네이Yılmaz Güney, 무용가 이사도라 덩컨Isadora Duncan, 성악가 마리아 칼라스Maria Callas, 싱어송라이터 짐 모리슨Jim Morrison, 샹송 가수 겸 영화배우 에디트 피아프Edith Piaf 등이 이 묘지에서 지친 육신을 쉬고 있다.

이 쟁쟁한 이름들 가운데, 페르라셰즈 묘지에서 가장 인기 있는(?) 인물은 누가 뭐래도 밴드 '도어즈'의 리드 싱어인 미국 출신의 록 스타 짐 모리슨일 것이다. 1943년 미국에서 태어나 1971년 파리에서 심장마비로 사망한 그의 무덤은 어찌나 참배객이 많은지 아예 묘지 전방 2~3미터 앞에 철책이 쳐져 있어 먼발치에서만 바라볼 수 있다.

나 역시 페르라셰즈에서 가장 먼저 향한 곳이 짐 모리슨의 묘지였다. 10년 넘게 다닌 단골 LP바에서 누군가 찍어온 짐 모리슨의 무덤 사진을 보고 오래전부터 이곳을 그리워했다. 한 번도 가보지 못한 곳을 그리워할 수도 있을까? 그런 일은 가능했다. 예전 파리 여행 때 페르라셰즈 묘지를 먼저 찾지 않은 것을 후회할 정도였다. LP바 벽에 붙어 있던 사진엔 철책 같은 게 없었는데 짐 모리슨에 대한 식지 않는 사랑과 그리움이 그새 철책을 세우도록 한 모양이었다. 스스로를 폭발시켜 자멸하려는 듯 포효에 가까운 모리슨의 목소리는 일상이 갑갑하고 따분하게 느껴질 때 강렬한 자극과 흥분을 불러일으키기에 충분했다.

할리우드의 수많은 스타와 감독을 배출한 UCLA 영화학과 출신인 짐 모리슨은 아르튀르 랭보Jean Nicolas Arthur Rimbaud를 동경하고 니체를 탐독하던 조용한 시인 지망생이었다. 우연한 기회에 오르간 연주자 레이 만자렉Ray Manzarek 등의 멤버를 만나 그룹 도어즈를 결성한 그는 1966년 첫 앨범을 내면서부터 당시 유행하던 히피들의 음악과 마약에 절어 질러대는 듯한 사이키델릭 음악의 선두주자로 급부상한다. 1·2차 세계대전을 거치며 서구 이성주의에 한계와 환멸을 느낀 젊은이들이 인도와 동양, 마약과 환각으로 도피하며 반전과 평화를 부르짖던 히피즘은 짐 모리슨에게서 자신들의 목소리를 찾았다. 엘비스 프레슬리Elvis Presley가 사라진 자리에 비틀즈의 '브리티시 인베이전(British Invasion, 비틀즈를 필두로 영국 출신 밴드들이 미국 팝 시장의 높은 벽을 넘어 선풍적 인기를 끈 현상)'이 대세를 이루던 1960년대 후반 록음악계에 짐 모리슨과 사이키델릭 록의 등장은 새로운 저항 문화의 한 흐름으로 자리 잡았고, 이는 1969년 우드스톡 페스티벌에서 정점을 이룬다.

그러나 무대와 생방송에서조차 기행을 일삼던 짐 모리슨, 노래 가사로 마약을 권장하고 무대 위에서 거침없이 성기를 드러내놓기도 하며 멈출 줄 모르던 광기에 자멸해가던 짐 모리슨은 1971년 7월, 작업을 핑계로 건너온 파리의 한 아파트 욕조에서 약물 과다 복용으로 조용히 숨을 거두었다.

> 그 시절에 우리는 모두 짐 모리슨이었다. 짐 모리슨이 LSD와 코카인으로 자신의 머리를 선동하고, 버본 위스키와 진으로 내장 기관을 선동하고, 바지 지퍼를 열고 페니스를 꺼내 관중을 선동할 때, 우리는 그의 고통을 느낄 수 있었다. 공유할 수 있었다. 그리고 짐 모리슨이 죽었을 때, 우리 속의 짐 모리슨도 함께 죽었다. 존 레논도, 믹 재거도, 보브 딜런도 짐 모리슨이 남긴 빈자리를 이어받을 수는 없었다.
> — 무라카미 하루키,《그러나 즐겁게 살고 싶다》

향년 27세. 그와 함께 1960년대 후반 록을 이끌던 '3인의 J', 즉 재니스 조플린Janis Joplin, 지미 헨드릭스Jimi Hendrix 모두 공교롭게도 27세에 사망하면서, '27세'는 록 뮤지션에게 저주의 나이로 불리게 됐다. 미국에서 태어나 활동한 짐 모리슨의 육신이 파리 페르라셰즈 묘지에 묻히게 된 사연이다. 종종 어떤 자존심 강한 파리 사람들은 이방인인 모리슨의 묘지와 그 인기를 탐탁지 않게 여기기도 한다고 들었다.

도어즈의 곡 중 가장 좋아하는 곡은 12분에 달하는 대작

한 번 만나보지도 못한 사람을 이토록 오래 그리워할 수도 있을까.
짐 모리슨은 다시 미국으로, 다시 무대로, 다시 삶으로 돌아가지 못했다.
대신 여기 묻혀 전설이 되었다.

'The End'다. 탁월한 뮤지션들의 가장 훌륭한 음반은 데뷔 앨범인 경우가 많은데, 이 곡 역시 데뷔 앨범 〈The Doors〉 마지막에 수록돼 있다. 역시 짐 모리슨이 작사·작곡했다. 록 음악 최고의 명곡 중 하나가 아닐까 싶다. 베토벤의 교향곡, 모차르트의 레퀴엠, 브람스나 말러의 곡들에 육박한다. 영화 〈지옥의 묵시록〉도 입부에서 베트남 밀림에 퍼붓던 네이팜탄 이미지 위로 흐르던 이 곡의 메시지는 자체로 묵시록적이다. 아버지를 살해하고 어머니와 사랑을 나누고 싶다는 오이디푸스 콤플렉스적인 가사가 결코 가볍게 들리지 않는다.

짐 모리슨과는 전혀 다른 장르의 대중음악을 했지만, 한때 '프랑스인들의 연인'으로 불린 샹송 가수 에디트 피아프의 묘지는 페르라셰즈 언덕 위쪽에 자리 잡고 있어 입구에서 한참을 걸어 올라가야 했다. 묘지 대리석 상판에는 바로 누운 예수 그리스도의 조각과 참배객들이 두고 간 빨간 장미가 나란히 놓여 있었다.

1915년 12월 19일, 파리 빈민가인 벨빌 거리 72번지의 허름한 집 계단에서 헐벗은 고아로 발견된 에디트 피아프는 성인이 되어서도 체구가 작고 외모가 볼품없는 여성이었다. 그런데도 장 콕토Jean Cocteau며 이브 몽탕Yves Montand, 조르주 무스타키Georges Moustaki 등 당대 가장 인기 있는 사내들에게 사랑을 받았다. 이 여성의 매력은 어디에서 비롯된 것일까. 세상을 떠난 지 50년

사랑의 찬가를 부르며 장밋빛 인생을
살다 간 에디트 피아프.
버림받은 아이에서 가장 사랑받는 가수로 살다 간 사람.
그녀 곁의 장미가 유난히 붉고 싱싱했다.

이 훌쩍 넘은 그녀의 묘지에 여전히 성성한 장미가 놓이는 까닭은 무엇일까. 에디트 피아프가 사망한 날이 1963년 10월 11일이고, 그녀를 열렬히 흠모했던 장 콕토가 심장마비로 사망한 날 또한 그날이다. 에디트 피아프의 부음을 듣고 콕토가 슬픔을 이기지 못해 몇 시간 뒤 심장마비로 숨졌다는 이야기가 전해진다. 사랑과 함께하는 '장밋빛 인생'을 찬미하며, 또 "아무것도 후회하지 않는다Non, je ne regrette rien"고 당당히 부르짖으며 '사랑의 찬가'를 노래한 그녀의 목소리는 여전히 귓가에 생생하기만 하다.

모든 예술의 정점에 시가 있다고 했던가. 그중에서도 노래로 불리는 시가 가장 윗길에 있을 터다. 대중을 발견하고 대중이 예술의 주인이 된 20세기, 대중의 마음을 어루만져준 가수들의 노래는 자체로 20세기 예술의 중심에 자리 잡고 있다. 사후 50~60년이 되어가는 오늘날에도 짐 모리슨과 에디트 피아프의 묘지에 참배객이 끊이지 않는 이유다.

그들뿐이랴. 한때 에디트 피아프의 연인이자 프랑스 영화의 아이콘이기도 했던 이브 몽탕이 페르라셰즈 묘지 한쪽에 묻혀 있고, 20세기 불세출의 소프라노 마리아 칼라스, 현대무용의 전설 이사도라 덩컨의 유해도 묘지 중앙 납골당에 모셔져 있다.

책과 작품으로 만난 고인들을 찾아 44헥타르(13만 3,100평)에 30만 개의 무덤이 있다는 페르라셰즈 묘역을 얼마나 헤맸는지 모른다. 그런데 어찌된 일일까. 파리에 머무는 동안 두 번이나 페르라셰즈 묘지를 찾아가 헤맸는데 무수한 유골이 봉안된 납골당에서 마리아 칼라스가 누운 자리만은 끝내 찾지 못했다. 따분하고 무료해진 신들이 자신들의 목소리를 그녀에게 내려주었다던 마리아 칼라스. 자신의 어머니를 배신하고 자신을 스타로 키워준 사람들을 배신한 팜므파탈로도 기억되는 마리아 칼라스. 끝내 선박왕 오나시스Aristotle Socrates Onassis를 존 F. 케네디John Fitzgerald Kennedy 대통령의 미망인 재클린Jacqueline에게 빼앗기고 말년을 쓸쓸하게 보내다가 파리의 한 아파트에서 죽은 지 며칠이 지나서야 발견됐다는 바로 그 마리아 칼라스를 말이다.

따지고 보면 난해한 업적을 남긴 예술가들보다 더 많이 그리운 이들은 결국 대중과 가까운 곳에서 그들의 희로애락을 노래해준 대중 가수들이지 않던가. 존 레논이나 프레디 머큐리, 김광석이나 유재하의 노래를 꺼내 들으면 그들이 어디 멀리 가 있는 게 아니라는 생각이 든다. 대중가요의 그 유치하다는 가사와 노래들이야말로 가장 질긴 생명력으로 살아남아 지금 울고 있는 누군가의 눈물을 닦아주고 어깨를 토닥여주고 있지 않은가. 한 번도 가까이서 본 적 없는 먼 나라, 먼 시대의 그 사람들이 문득 그립다. 한번 만나보지도 못한 사람을 그리워할 수도 있을까? 그럴 수도 있을 것 같다.

세상에서 제목이 가장 슬픈 시집은 우리 시인 김남주의 유고 시집《나와 함께 모든 노래가 사라진다면》이라 생각한다. 한 사람이 세상을 떠난다는 건 그가 부르던 노래가 사라진다는 걸

묘지를 거니는 사람은
누구나 손을 모으고 마음을 여미는
순례자가 된다.

뜻한다는 그 말이 그렇게 슬프게 곱씹어질 수가 없다. 우리에게 사랑과 위로의 노래를 남기고 간 이들은 결코 죽을 수 없는 존재들이다. 그들의 육신은 세상에 없어도 그들의 노래는 누군가의 입을 통해 어디선가 누군가를 위해 불리고 있을 것이다.

13

죽음은 어째서 늘 이기는가?

❖

자크 루이 다비드

오노레 드 발자크

마르셀 프루스트

오스카 와일드

기욤 아폴리네르

프레데리크 쇼팽

조르주 비제

프랑스 파리 페르라셰즈 묘지 ②

발자크는 1850년 8월 18일 일요일에 세상을 떠났다. (중략)

그의 시신은 페르라셰즈 묘지로 옮겨졌다. 많은 등장인물을 진두지휘한 발자크.

발자크가 페르라셰즈 묘지에 옮겨지던 날, 비가 몇 방울 떨어졌다.

빅토르 위고와 알렉산드르 뒤마는 걸어서 장례 행렬을 따라갔다.

발자크의 아내는 아주 당당했다. 그녀는 공증인에게 이렇게 썼다.

"4개월 동안 전 발자크의 아내가 아니라 보호자였습니다. 불치병에 걸린
남편을 치료하는 동안, 전 건강도 잃고 재산도 날렸어요. 게다가 남편은
빚과 골치 아픈 문제들까지 남겨놓고 갔습니다."

미셸 슈나이더, 《죽음을 그리다》

이유 없는 무덤은 없다고, 모든 무덤은 나름의 이야기를 흙더미 깊숙한 안쪽에 간직하고 있을 터다. 거기 잠든 사람의 육신과 함께 세상에서 영원히 묻히게 된 어떤 은밀한 이야기들을 품은 채. 그 이야기 속 주인공들이 겪었을 슬픔과 환희, 절망과 공포의 기운도 멸하여 세상에 흔적마저 없어지고, 모든 무덤에는 무겁고 고요한 침묵만이 흐른다.

한 사람 한 사람이 하나의 우주이듯 그들이 누운 무덤 한 기한 기 또한 봉인된 또 하나의 우주일 터다. 그런 무덤들이 거대한 은하계를 이루는 공동묘지의 세계는 말해 무엇하랴. 이곳이야말로 광대무변한 코스모스요, 위대한 빅뱅의 현장이 아닌가. 아, 세상에 알려지지 않은 채 사라져버린 얘기, 영원히 묻힌 비밀과 진실은 얼마나 많을까. 그중엔 우리가 철석같이 믿고 따르는 진실을 완벽하게 뒤집을 만한 것들도 있지 않을까.

1804년 황제대관식을 올리던 해에 나폴레옹 1세는 건축가 알렉산드르 테오도르 브롱냐르Alexandre Théodore Brongniart에게 17헥타르(5만 1,425평)에 달하는 거대한 묘지를 설계하도록 명했다.

예수회 수도원이 있던 자리에 처음 조성된 이 묘지는 교회 묘지에 묻힐 자격이 없던 무신론자나 비기독교 신자, 자살한 사람까지 품어 안음으로써 종교와 인종을 초월한 파격적 묘지로 자리 잡았다. 당대엔 시 외곽으로 인식돼 별로 인기가 없다가 일약 예술가들의 묘지가 된 계기는 극작가 몰리에르와 시인 라 퐁텐의 유해가 이곳에 이장되면서부터라 한다. 그 뒤 확장에 확장을 거듭한 끝에 지금은 44헥타르(13만 3,100평)에 이르렀고, 화장된 유골까지 포함해 30만 개 무덤을 품은 파리 최대의 공동묘지가 됐다. 세상에서 가장 유명한 공동묘지인 페르라셰즈 이야기다.

19세기 초부터 활발하게 이용된 페르라셰즈 묘지의 초기 모습은 어땠을까. 당시 발표된 소설 두 편에서 그 흔적을 엿볼 수 있다. 1830년에 출간된 스탕달Stendhal의 《적과 흑》, 1835년 출간된 오노레 드 발자크의 《고리오 영감》이다. 이 탁월한 소설들에는 파리의 삶과 긴밀하게 밀착된 페르라셰즈 묘지가 묘사돼 있다.

> 페르라셰즈의 묘지에 갔을 때, 대단히 친절해 보이며 극히 자유주의적인 언사를 사용하는 한 남자가 네 원수의 무덤을 가르쳐주겠다고 자진해서 쥘리엥에게 제안했다. 교묘한 정략에 의해 그 무덤에는 비석도 세워두지 않았던 것이다. 그러나 눈에 눈물을 글썽이며 쥘리엥을 품에 껴안다시피 한 자유주의자와 헤어지고 나서 쥘리엥은 자기 시계가 없어진 것을 알았다.
>
> — 스탕달, 《적과 흑》

"가서 페르라셰즈 묘지에 장지를 5년 계약으로 사고 성당과 장의사에게 3급 장례를 부탁하게. 만약 사위와 딸들이 자네가 쓴 비용을 내지 않겠다고 하면 묘비에 이렇게 새기도록 해. '레스토 백작부인과 뉘싱겐 남작부인의 아버지인 고리오 씨, 두 대학생의 비용으로 묻혀 여기 잠들다.'라고."

— 오노레 드 발자크, 《고리오 영감》

나폴레옹의 출세와 성공에 고무된 가난한 시골 출신 청년 쥘리엥 소렐이 소매치기를 만나 시계를 털린 페르라셰즈 묘지나, 두 딸의 출세에만 열과 성을 쏟다가 딸들에게조차 외면당하며 비참한 죽음을 맞는 고리오 영감의 페르라셰즈 묘지는 19세기 파리인의 삶과 퍽 가깝게 묘사되고 있다.

이렇게 정착된 묘지에 근대 회화의 아버지인 다비드와 19세기 대표적 낭만주의 화가 들라크루아, 음악가 쇼팽과 비제, 로시니, 사진작가 나다르 등이 묻히면서 페르라셰즈 묘지는 파리의 또 다른 성지가 됐다. 곧 영국 출신의 소설가 오스카 와일드, 프랑스 소설가 발자크와 마르셀 프루스트, 시인 기욤 아폴리네르, 폴 엘뤼아르를 비롯한 예술가들이 뒤를 이어 이 묘지에 지친 육신을 의탁했고, 20세기에 가장 많이 사랑받은 대중예술가 마리아 칼라스, 에디트 피아프, 짐 모리슨, 이브 몽탕 등이 묻히며 파리를 찾는 여행자들에게 한 번쯤 들러야 할 명소 아닌 명소가 됐다. 묘지 한쪽에는 1871년 파리코뮌 당시 생포된 시민군을 정부

파리코뮌 참가자들을 무참히 총살한 자리에 세운 추념비.
역사는 아주 어렵고도 무겁게 그 발걸음을 뗀다.

군이 일렬로 세워놓고 총살한 자리에 세워진 '시민의 벽'이 있어 19세기 격변의 역사를 보여주기도 한다. 프랑스혁명이 구축하도록 한 묘지이자 100년 넘게 이어온 혁명과 반혁명의 지난한 역사를 증언하는 장소인 셈이다.

국경을 넘은 유럽 전역에 걸쳐 정치, 경제, 문화 등 모든 분야의 변혁을 초래한 프랑스혁명의 여파 때문일까, 19세기 프랑스는 세계의 중심 국가로 급부상했다. 발터 벤야민이 저서에서 언급했듯 프랑스의 수도 파리는 '19세기 세계의 수도'였다. 빅토르 위고와 발자크, 스탕달, 알렉상드르 뒤마Alexandre Dumas, 귀스타브 플로베르Gustave Flaubert, 에밀 졸라Émile Zola, 기 드 모파상Guy de Maupassant 등의 소설가와 샤를 보들레르Charles Pierre Baudelaire, 폴 베를렌Paul Verlaine, 스테판 말라르메Stéphane Mallarmé, 랭보 등 시인으로 이어지는 프랑스 문인들의 계보는 19세기 서양 근대문학 그 자체였다. 마네, 모네, 세잔, 고흐, 고갱, 르누아르Pierre Auguste Renoir, 로트레크Henri de Toulouse Lautrec 등에 이어 피카소, 마티스, 마르셀 뒤샹Marcel Duchamp 등의 화가들이 모여든 파리는 또한 근대 서양미술사의 수도 역할을 독점하다시피 해왔다. 근대 문화 수도로서의 그 찬란했던 영광과 궤적을 한눈에 가늠해볼 수 있는 장소야말로 파리의 묘지들이고, 그중에서도 이곳 페르라셰즈 묘지가 아니던가.

입구에서 나눠주는 A4 규격의 지도를 들고 묘지를 순례하

는 일은 참배객에 따라서는 몇 시간, 혹은 며칠이 걸리는 일이
된다. 인문학적 지식이 풍부하고 예술에 대한 관심이 높은 사람
일수록 묘지에서 만나야 할 고인의 수는 늘어날 것이며, 감수성
풍부한 사색가들은 더 많은 시간이 필요할지 모른다. 난해한 지
도를 해독하듯 묘지의 구역과 번호를 확인하고 세월에 의해 마
모된 묘비석을 찬찬히 더듬다가 마침내 찾아낸 위인들의 무덤
앞에 서면 경건함보다 반가움이 앞선다. 옛 사람들의 육성을 책
으로 먼저 만난 참배객에게 여기서 전해지는 전율은 책에서와는
다른 독특한 독서 경험을 제공한다.

아, 내 앞에 누운 이가 나폴레옹을 직접 만나 그 초상화를
그린 다비드가 아닌가! 내 앞에 누운 사람이 19세기 프랑스인들
의 어마어마한 풍속화를 그려낸 《인간희극》의 작가 발자크가 아
닌가! 마르셀 프루스트, 오스카 와일드, 기욤 아폴리네르, 또 쇼
팽과 비제가 지금 내 앞에 누워 잠들어 있는 것 아닌가!

아, 그런데 어찌하여 이토록 한 분야의 일가를 이룬 사람들,
시대를 거스른 위대한 반항아들도 끝내 죽음에는 이기지 못하고
여기 이렇게 힘없이 누워 있는가! 죽음은 어째서 늘, 누구에게나
승리하는 것일까. 유명인들의 죽음과 그들 한 사람 한 사람의 짧
고 놀라운 삶을 곱씹고 되새기는 데는 정해진 방법이 있을 수 없
다. 지극히 개인적인 흥분과 감회만 있을 뿐이다.

그런 보이지 않는 텍스트 외에도 이 오래된 묘지는 훌륭한
볼거리를 제공한다. 묘지를 가득 메운 조각과 묘석만 봐도 200년

이상 다양한 양식으로 발전해온 조형물의 흐름을 어렴풋하게나마 일별할 수 있다. 그러나 아무리 이름 있는 사람의 묘지라 해도 모두 아름답고 화려하게 장식되어 있는 건 아니다. 다비드나 프루스트, 비제, 몰리에르 등의 묘지는 그들의 업적이나 예술혼에 비해 비교적 단조롭고 무뚝뚝해 보인다.

그런가 하면 오스카 와일드의 묘에 세워진 독특한 조형물에는 동성애자였던 고인을 사랑하는 조문객들의 립스틱 자국이나 낙서가 덧칠해져 유리 보호막을 쳐야 할 정도다. '초현실주의 surrealism'라는 용어를 처음 사용했으며 '캘리그램calligram'이라는 표현 기법으로 사물의 형상을 본 떠 시어들을 배열한 시인 기욤 아폴리네르의 묘비는 단단하면서 재질이 자연스러운 화강암을 이용해 생전의 자유로운 예술혼을 느끼게 한다. 보호 본능을 자극하는 연약한 고인의 흉상과 함께 조문객들이 놓고 간 꽃들로 둘러싸인 쇼팽이라든가, 대리석 대신 스테인리스 강철을 재료로 쓴 터키 영화감독 이을마즈 귀네이의 묘지 역시 고인을 기리는 독특한 콘셉트가 있다.

묘지를 화려하게 장식하는 것을 터부시하거니와 묘지 자체를 혐오 시설로 인식해 시의 먼 외곽으로 추방해온 동양의 전통과 달리 유럽 사람들에게 공동묘지는 색다른 의미를 갖는 장소임에 틀림없다. 유럽인들에게 묘지는 죽은 자의 시신을 매장하는 곳이라는 것 외에 어떤 의미를 갖는 장소일까?

단조롭거나 풍요롭거나,
무뚝뚝하거나 자유분방하거나.
200여 년의 시간이 축적된 만큼
다양한 모습으로 거기 서 있는
'묘지'라는 텍스트.

(왼쪽 위부터 시계 방향으로)
비제, 다비드, 와일드, 쇼팽, 프루스트,
아폴리네르의 묘.

그러나 아무리 아름답다 해도 묘지는 묘지, 그 한 가지 명목만으로 매년 2백만 명의 여행자를 끌어들일 수는 없다. 프랑스 묘지 전문 인터넷 사이트에서 물었다. "당신에게 묘지는 어떤 곳인가?" 응답 결과 (2002. 8. 6. 현재), 정원(72.2%), 박물관(26.4%), 기도하는 곳(25%), 산책하는 곳(20.8%), 죽음(33.7%). 이 중 박물관 부분을 주목할 필요가 있다. 사실 페르 라셰즈를 비롯 파리의 묘지는 박물관으로 지정된 문화재이고, 그렇기 때문에 여행서에는 미술관과 박물관과 마찬가지로 묘지가 반드시 중요하게 안내되어 있다.

— 함정임, 《그리고 나는 베네치아로 갔다》

20세기 초 '벨에포크belle époque'라 칭하는 아름다운 황금기를 구가하며 대단한 활력을 보였던 오스트리아의 빈이나 제2차 세계대전 이후의 뉴욕, 근래 런던 같은 도시들에게 예술의 중심 자리를 이따금 빼앗기긴 했어도 파리는 여전히 서구 문화예술의 수도로 변함없이 사랑받고 있다. 파리의 하늘 아래에서는 언제든 어디서든 누군가가 세상을 시끄럽게 하거나 깜짝 놀라게 할 작업을 준비해왔고, 이 시간에도 누군가는 준비하고 있을 터다. 내가 그 어느 곳보다 페르라셰즈를 찾아가고자 했고, 닷새쯤 파리에 머무는 동안 두 번이나 다녀온 이유다. 에펠탑이나 개선문이나 루브르박물관은 그 여행에서 아예 생략했다. 그런 곳보다 페르라셰즈 묘지가 내겐 훨씬 중요했다. 박물관과 미술관, 서점과 찻집에서도 혁명사나 예술사를 공부할 수 있겠지만, 페르

페르라셰즈 묘지에 가을이 깃들고 있었다.
다가올 겨울을 생각하니 조금 쓸쓸해졌다.
그들이 그랬듯, 우리 역시 죽음을 이기지는 못할 것이기에.

라셰즈 묘지에서는 그런 곳들과는 조금 다른 자료와 학습법으로 공부가 가능할 것이다.

세상에 새로움을 불러일으키려 노력했던 크리에이터들의 걸음이 멈춘 묘지들은 잊히고 버려진 공간이 아니라 유럽의 역사라든가 삶과 죽음의 문제를 가르쳐주는 살아 있는 학교이자 강의실로 남아 있다.

14

파리, 이방인들의 도시에서

❖

사데크 헤다야트
이을마즈 귀네이
프랑스 파리 페르라셰즈 묘지 ③

'데카당'으로 낙인 찍힌 그는 고국(이란)에서 이해받지 못하는 작가였을 뿐 아니라,
의도적으로 무시되고 박해받는 작가이기도 했다. 점점 지치고 의욕을 상실한
헤다야트는 다시 파리로 가기를 희망했고, 그 희망은 1950년 이루어졌다.
친구인 한 의사가 테헤란에서는 고칠 수 없는 병에 걸렸다는 진단서를 써준 것이다.
(중략) 그러나 1951년 4월, 헤다야트는 파리에서 가스를 틀어놓고 자살했다.
그는 파리의 페르라셰즈 묘지에 묻혔다.

사데크 헤다야트, 《눈먼 부엉이》 중 옮긴이 배수아의 글

파리를 말할 때 빼놓을 수 없는 수식어 중 하나는 '이방인들의 도시'일 것이다. 프랑스혁명 이후 서구 근대 문화예술의 수도로서 이방의 수많은 지식인과 예술가를 불러들인 전통이 지금까지 이어지고 있다. 고흐, 고갱, 피카소, 쇼팽, 오스카 와일드, 사뮈엘 베케트Samuel Beckett 등 인접한 나라에서 온 이방인들을 비롯해 에밀 시오랑, 이고르 스트라빈스키, 외젠 이오네스코Eugène Ionesco, 미르체아 엘리아데Mircea Eliade, 줄리아 크리스테바Julia Kristeva, 마르크 샤갈Marc Chagall 등 유럽 내 조금 먼 지역에서 온 이방인들, 헤밍웨이, 거트루드 스타인, 스콧 피츠제럴드, 만 레이Man Ray 등 미국인들, 그밖에 더 많은 비서구 지식인과 예술인이 저마다의 꿈과 야망을 안고 파리, 넓게는 프랑스를 찾아왔다.

그들에게 파리는 어떤 도시였을까. 왕과 왕비를 단두대에서 처형한 대혁명의 경험이 있는 도시. 공화정과 왕정을 반복하며 자유·평등·박애 정신이 더 단단해진 도시. 늘 새로운 창조적 시도와 철학적 사유가 탄생하고 극단의 일탈과 견고한 이성이 공존해온 도시. 특별히 이방인들에겐 현기증 나는 문명의 최전선으로 여겨졌을 터다. 그리하여 생을 마땅히 부려놓고 싶은 장소, 혹은 자신들의 낙후된(?) 조국으로 돌아가 전파하고 싶은 선진 문화의 학교가 아니었을까.

　개인적으로 가장 먼저 떠오르는 파리의 이방인은 고흐가 권총 자살한 해인 1890년, 혈혈단신으로 프랑스에 넘어온 조선 최초의 프랑스 유학생 홍종우다. 갑신정변의 주인공 김옥균을 암살한 바로 그 사람 말이다. 일본의 메이지유신이 프랑스 정치사상에 많은 영향을 받은 것을 안 홍종우는 일찌감치 프랑스 유학길에 올랐다. 19세기 말에 갓을 쓰고 도포 자락을 휘날리며 프랑스 도심을 활보하고 다녔을 조선인 유학생 홍종우. 법학도로서 파리 사교계를 기웃거리며 호구책으로 〈춘향전〉과 〈심청전〉을 최초로 불역한 사람이기도 했다.

　조선에 돌아와 그가 한 일들을 보면 그러나, 프랑스혁명의 정신을 다른 방향으로 활용한 듯싶다. 서구 정치사상을 일찌감치 접한 그가 어찌하여 새로운 근대를 열고자 했던 풍운아 김옥균을 암살하고 황국협회를 설립해 독립협회를 해체시킨 수구 정치인이 되었던가. 19세기 파리를 몸소 겪고 배웠다고 '자유·평등·박애의 전도사'가 되는 건 아닌 모양이다. 오히려 프랑스혁명을 반면교사 삼아 격변하는 개화기에 고종에게 대한제국 수립을 건의하고 황실 권력으로 개혁을 이루려 했던 왕당파다운 모습을 보였다. 우리의 근대 서구 사상 유입사에 있어, 개화파의 거두 김옥균만큼이나 그를 암살한 최초의 프랑스 유학생 홍종우의 내면을 면밀히 엿보는 일도 꼭 필요하지 않을까 싶다.

조선의 홍종우가 예외적으로 느껴질 만큼, 프랑스 파리는 아시아계 지식인들을 열혈 혁명가로 키운 도시이기도 했다. 훗날 아시아 사회주의 운동에서 주도적 역할을 했고 사회주의 국가 건설의 지도자가 된 지식인들이 20세기 초 파리에 머물며 혁명의 꿈을 펼쳐간 것을 기억해야 할 것이다.

베트남 혁명의 지도자로 자국민들이 가장 존경하는 호찌민 胡志明과 중국 혁명의 영원한 이인자지만 역시 중국인들이 가장 사랑하는 지도자 저우언라이周恩來도 1920년대 초 파리 13구의 멀지 않은 곳에 각각 살았던 것으로 알려졌다. 20세기 후반 중국의 개혁과 개방을 이끈 실용주의 노선의 지도자 덩샤오핑鄧小平 역시 10대 후반에 프랑스로 넘어와 자동차 납품업체에서 일하며 유학 생활을 하는 동안 저우언라이를 만났고, 프랑스 공산주의에 영향을 받았다. 식민지 조국의 해방과 평등한 사회주의 세상을 꿈꾸며 크루아상과 진한 에스프레소도 사랑하게 되었으리라. 이들의 파리 체류 경험이 아시아 혁명 운동에 얼마나 지대한 영향을 미쳤을지는 충분히 짐작하고도 남는다.

먼먼 바다 건너 이방인들 외에 끊임없이 죽음과 절망, 허무, 고독을 설파한 루마니아 출신의 작가 에밀 시오랑도 기억할 만한 파리의 이방인이다. 모국어인 루마니아어 외에 제2 모국어인 프랑스어를 습득해 가장 완벽하고 우아한 문체를 구사하는 산문

가로 인정받은 그는 평생 불면증에 시달렸지만 85세까지 천수를 누리고, 파리의 페르라셰즈가 아닌 몽파르나스 묘지에 묻혔다. 같은 루마니아 태생의 프랑스 극작가 이오네스코 역시 〈대머리 여가수〉 등의 희곡을 통해 아일랜드 출신의 사뮈엘 베케트와 더불어 전후 부조리극이라는 새로운 연극 운동을 이끈 인물로 몽파르나스 묘지에서 영면 중이다.

소르본대학에서 잠시 교수를 지낸 탁월한 신화학자 미르체아 엘리아데도 루마니아 사람이며, 롤랑 바르트Roland Barthes가 아낀 제자 줄리아 크리스테바는 오만한 서유럽이 유럽에 포함시키기를 주저하는 유럽 변방의 나라 불가리아 출신이다.

이국에서 작가로 산다는 건 국적이나 민족을 넘어서야 하는 일일 터다. 언어의 문제이자, 그 언어로 습득된 생각을 끊임없이 벼려야 하는 문제일 터다. 에밀 시오랑은 결국 완벽하게 습득한 프랑스어로 프랑스 산문 정신을 이끈 성공한 이방인이 됐다.

그것을 겪고는 살 수 없는, 더 이상 아무것도 의미가 없다고 느끼게 되는 경험들이 있다. 그래도 인간이 살 수 있는 것은 끝없는 긴장을 객관화하면서 진정시켜주는 글쓰기를 통해서뿐이다. 창조는 죽음의 마수로부터의 일시적인 구원이다. 삶이 내게 주는 모든 것, 그리고 죽음에 대한 생각으로 나는 터질 것만 같다. 외로움으로, 사랑으로, 증오로, 이 세상의 모든 것으로 죽을 것만 같다.

— 에밀 시오랑, 《절망의 끝에서》

다소 생소하겠지만, 소설가 사데크 헤다야트는 생전에 조국 이란에서 철저한 무명 작가로 살아야 했다. 그의 작품들은 늘 금서 목록에 오르곤 했다. 그러나 지난해 찾아갔던 이란에서는 웬만큼 책을 읽는 사람이라면 모두 그를 잘 알고 그를 사랑하며, 대부분의 책방에도 그의 책이 가장 잘 보이는 곳에 진열돼 있었다. 헤다야트의 고독과 문학이 이해되고 수용되기까지 꽤 오랜 시간이 걸린 셈이다.

일찌감치 유학길에 올라 프랑스 문화를 접한 뒤 이란으로 돌아온 헤다야트는 소설 집필에 몰두하는 것은 물론, 모파상, 체호프, 에드거 앨런 포, 카프카, 라이너 마리아 릴케_{Rainer Maria Rilke} 등의 서구 문학을 모국어인 페르시아어로 처음 소개한 번역가이기도 했다. 특히 카프카의 작품들을 이란에 처음으로 번역 소개한 작가답게 그의 대표작으로 불리는 소설 《눈먼 올빼미》는 기괴하고 종잡을 수 없는 이미지들로 가득하다. 논리와 이성의 플롯이 아니라 혼돈과 무의식의 플롯으로 만들어진 작품이다.

'파리'라는 무한한 자유와 창조의 세상을 경험한 탓일까, 그에 대비되는 꽉 막힌 조국의 대기에 질식한 탓일까. 헤다야트는 비교적 서구친화적이던 이란의 팔레비왕조에서조차 적응할 수 없는 작가가 됐다. 다시 파리로 쫓기듯 돌아와야 했고, 곧 이 도시에서 짧은 생을 스스로 마감해 페르라셰즈에 묻혔다. 그러나 정작 나는 페르라셰즈 묘지 어딘가에 잠들어 있다는 사데크 헤다야트의 묘지를 끝내 찾지 못했다.

페르라세즈에 묻힌 유명인들의 명단과 그 위치를 표시한 A4 한 장짜리 지도에서 특별히 눈에 띈 인물이 한 명 더 있다. 터키의 영화감독 이을마즈 귀네이다. 1982년이던가, 칸 영화제 그랑프리(황금종려상)는 이을마즈 귀네이의 영화 〈욜〉에게 돌아갔다. 이 작품은 영화 자체로도 훌륭하지만 감독인 이을마즈 귀네이와 영화 제작에 얽힌 이야기 또한 한 편의 영화 같다.

1937년 터키의 부유한 집안에서 태어난 이을마즈 귀네이는 앙카라와 이스탄불에서 법학과 경제학을 공부했지만 일찌감치 영화의 길을 선택했고 영화배우로도 명성을 날려 터키 대중의 우상으로 떠올랐다. 그런 그가 민중의 고통을 담은 영화들을 만들면서 갖은 옥고를 치른다. 불온한 소설을 발표한 죄, 수배된 범인을 은닉한 죄, 살인죄 등으로 10년 이상 복역하던 그는 오랫동안 맘에 품었던 특별한 영화 제작에 몰두한다. 감옥 안에서 영화를 만드는 것이었다. 감옥에서 시나리오를 집필하고 자신의 조감독 출신인 셰리프 괴렌Serif Gören을 통해 영화 제작을 지휘하던 중, 1980년 군부 쿠데타로 모든 영화의 상영과 제작이 금지되자 탈옥하여 스위스로 망명했다. 거기서 대표작 〈욜〉을 편집 발표하고 이듬해 칸에서 그랑프리를 차지하며 명성을 얻지만, 1984년 프랑스에서 암으로 사망하고 만다.

'인생의 길'을 의미하는 〈욜〉은 꽤 오래전에 봤음에도 아직 그 감동이 생생히 기억되는 수작이다. 감독 자신의 경험을 바탕으로 만들어진 영화인데, 감옥에서 일주일간 휴가를 받은 다섯

페르라셰즈 묘지 한쪽 끄트머리에 있던
터키 영화감독 이을마즈 귀네이의 묘.
이방인의 묘에 꽃을 바친 이들은 누구일까.

모범수 중 단 한 명도 감옥으로 돌아오지 못하는 에피소드들을 통해 쿠르드족 문제를 포함한 터키의 암울한 현실을 고발한다. 그렇게 사랑한 조국이었지만 그의 육신은 결국 낯선 나라의 도시에 묻혔다. 까맣게 잊힐 법도 한 인물이건만 그의 묘지엔 그를 기억하는 누군가가 가지런히 놓고 간 꽃들이 놓여 있었다.

늦게 안 사실이지만, 페르라셰즈에 묻힌 이방인들 가운데 대한민국 출신 화가 고암 이응노도 있다고 한다. 1904년 충남 홍성 출신으로 일본에서 그림을 배워 일제강점기부터 이름을 떨친 그는 한국전쟁 직후 55세의 나이에 프랑스로 넘어가 한국 서예를 접목한 추상미술을 선보여 유럽 화단에 센세이션을 일으켰다.

그러던 그가 1967년 선거를 앞둔 박정희 정권에 의해 조작된 동베를린 간첩단 사건, 일명 '동백림 사건'에 연루되어 남한으로 강제 소환된 일이 있다. 독일에서 활동하던 음악가 윤이상 등 유학생 그룹과 한국에서 활동한 시인 천상병 등 수많은 지식인이 간첩 혐의를 받고 모진 고문과 함께 옥고를 치렀지만 선거가 끝난 1969년 대법원 최종심에서 간첩 혐의가 밝혀지지 않아 거의 대부분 사면됐다. 그 뒤에도 대한민국 입국이 거듭 불허되자 이응노는 한국 국적을 포기하고 프랑스로 귀화한다. 얼마나 그립고도 징글맞은 조국이었을까. 1989년 프랑스에서 사망한 그의 육신도 페르라셰즈 묘지 어딘가에 묻혀 있다고 한다.

파리코뮌 추모비와 가까운 곳에 있던 조형물.
누군가의 죽음에 대해 무엇을 말하고자 했을까.

정치, 경제, 문화 등 전 분야에 걸친 혁명을 통해 일찌감치 근대로 진입한 서구가 그들에게 타자他者로 인식되던 비서구 나라들에게 지대한 영향을 미친 것은 사실이다. 하지만 새로움을 잃어가던 유럽의 문화예술에 아시아와 아프리카 각지의 전통 예술이 끼친 영향 또한 늘 함께 언급해야 할 것이다. 고흐와 피카소의 미술부터 클로드 드뷔시Claude Achille Debussy와 푸치니의 음악, 브레히트의 서사극, 헤세의 문학 등 많은 작품이 동양과 아프리카의 예술에 빚지고 있다. 실크로드를 통한 종이와 국수, 수많은 문물의 전파라든가 문명의 충돌을 야기한 십자군 전쟁을 통해 앞선 과학과 지식들이 유럽에 새로움을 불러일으킨 오래된 역사는 잠시 논외로 하더라도 말이다.

　　그토록 단단하게 다져온 자유·평등·박애 정신과 톨레랑스tolérance를 바탕으로 한 사회의 전통, 이방인들에게 관대했던 프랑스(더 나아가 유럽)의 문도 21세기에 접어들어서는 어쩐지 비좁고 각박해만 보인다. 세계적 추세라 할 만한 민족주의와 자국 우선주의, 보호무역의 기치를 내건 보수적 가치가 득세하는 상황들을 지켜보노라면 역사가 늘 쉼 없이 전진하는 것만은 아니라는 생각이 든다.

15

썼노라, 살았노라, 사랑했노라

✢

스탕달

프랑수아 트뤼포

프랑스 파리 몽마르트르 묘지

스탕달은 1837년 9월 27일, 몽마르트르 묘지에 묻히고 싶다는 유언을 남기면서
한마디 더 덧붙였다. "전망 좋은 곳에"라고. 죽어서도 품격과 아름다움이
중요하다는 듯이!

미셸 슈나이더, 《죽음을 그리다》

모든 소설은 인물에 관한 이야기이며, 그 인물이 어떤 환경에 처해 어떻게 변화해가는가를 차분히 관찰해가는 이야기다. 이것이 내가 생각하는 소설의 정의다. 개인의 자각, 자아의 탄생으로 특징 지워지는 것이 근대소설이라고 본다면 등장인물의 갈등과 변화에서 소설의 본질을 찾는 이런 시각은 마땅하다.

흔히 서양 근대소설의 효시로 불리는 세르반테스의 《돈키호테》 이후, 뛰어난 소설가들은 위대하고 매력적인 인물을 창조해 시대를 반영하고 인간 보편의 성정을 그려왔다. 소설 속 인물들은 종종 그 충만한 현실감 때문에 흡사 실제로 언젠가 이 지구상에 살다 간 사람들처럼 여겨지기도 한다. 톨스토이의 안나 카레니나와 네흘류도프, 도스토옙스키의 라스콜리니코프와 이반 카라마조프, 빅토르 위고의 (장발장보다는) 쟈베르 경감과 꼽추 콰지모도, 카프카의 그레고르 잠자와 단식하는 광대, 헤세의 데미안과 크눌프와 골드문트, 허먼 멜빌의 에이햅 선장과 필경사 바틀비, 에밀리 브론테Emily Brontë가 그린 냉혹한 사내 히스클리프, 마크 트웨인의 허클베리 핀과 헤밍웨이의 '노인'에 이르기까지. 또《삼국지》의 유비, 관우, 장비, 조조부터 루쉰의 아Q, 미시마 유키오의 검은 주인공, 우리 소설의 주인공들인 소설가 구보 씨나《광장》의 이명준까지. 소설이 아닌 희곡의 주인공들이지만 햄릿, 리어왕, 오셀로, 맥베스, 리처드 3세 등 셰익스피어의 악한 주인공들 역시 오랜 세월 사람들에게 사랑받아온 가상 인물들이다. 그들을 창조한 작가는 오래전 불귀의 객들이 됐으나, 책 속 주인공들은 지금까지도 펄펄 살아서 누군가의 가슴에 설렘과 공포, 기쁨과 연민을 안겨주고 있다. '인생은 짧고 예술은 길다'는 말은 이런 걸 두고 한 말이었던가.

스탕달이 쓴《적과 흑》의 주인공 쥘리엥 소렐 역시 문학사에 빼놓을 수 없는 매력적인 인물 중 하나다. 가난한 산골에서 태어난 잘생긴 외모의 쥘리엥은 당시 모든 유럽 젊은이에게 신분 상승의 가능성을 보여준 나폴레옹 보나파르트Napoléon Bonaparte를 추종하며 일찌감치 입신양명의 욕망에 사로잡힌다. 우연한 기회에 지방 소도시의 귀족집 가정교사를 거치며 귀족 부인과의 사랑으로 야망을 키워가던 쥘리엥은 성공 직전에 더 큰 야망이 좌절되고, 이에 격분해 자신을 사랑했던 귀족 부인을 해하려다가 끝내 형장의 이슬로 사라진다. 정의롭거나 선하다 할 수 없는 캐릭터지만 오만과 욕망으로 똘똘 뭉친 이 인물에게 알 수 없는 매력과 동정을 느끼게 된다.

곰곰 생각해보면 문학사를 수놓은 위대한 캐릭터 중 우리가 공감과 연민을 느끼는 인물들은 착하고 선하며 도적적이기보다

악하고 냉혹하거나 한없이 부족하고 초라하다.

쥘리엥 소렐을 창조한 작가 스탕달은 파리의 몽마르트르 묘지에 묻혀 있다. 그가 아니더라도 몽마르트르의 묘지를 그냥 지나칠 수는 없었다. 꽤 오래전 한 번 찾아갔지만,《적과 흑》을 읽은 뒤 만나게 될 스탕달은 예전과 다른 느낌이리라.

소설만큼이나 격정적으로 살았다고 알려진 스탕달은 자신의 묘비명을 필생의 걸작으로 만들기 위해 고심한 모양이다. 사람의 한평생은 묘비명에 새길 문구를 위해 바쳐진다던 누군가의 말처럼.

스탕달은 자신이 살아있을 때는 자신의 글이 사람들에게 깊은 인상을 주기를 바랐고, 죽어서는 멋진 비문이 자신을 꾸며주기를 원했다. 그래서 1821년부터 자신의 묘비에 뭐라고 적을지를 골똘히 생각했다. 세상을 떠나기 무려 20여 년 전부터. 그는 '이곳에 잠들다'란 비문 대신 '밀라노 사람 앙리 벨, 그는 썼노라, 살았노라, 사랑했노라'를 선택했다. (중략) 하지만 세월이 지난 후 사람들은 스탕달이 정한 단어의 순서를 바꾸었다. '썼노라, 살았노라, 사랑했노라'를 '썼노라, 사랑했노라, 살았노라'로 바꾼 것이다. 스탕달의 유언 집행자인 로맹 콜롱이 스탕달이 구상한 비문을 조금 고치는 것이 좋겠다고 판단하고 손쉽게 바꾸어버린 것이다.

— 미셸 슈나이더,《죽음을 그리다》

(위) 스탕달이 잠든 자리. 어쩌면 쥘리엥 소렐도 같이 잠들었을 자리.
쓴다는 것은 산다는 것이고 사랑한다는 것이다.
(아래) 프랑수아 트뤼포. 좀 더 많은 영화를 남겨도 좋았을 사람.

여행에서 돌아와 읽은 이 책의 구절에도 불구하고, 내 사진에 찍힌 스탕달의 묘비에서 '썼노라. 살았노라. 사랑했노라.'라는 구절을 읽어낼 수 없었다. 미리 알고 갔더라면 작가의 묘비를 좀 더 자세히 봤을 텐데.

유명한 지성들의 임종과 마지막 남긴 말들을 기록한 미셸 슈나이더의 위 책에 따르면 스탕달은 항상 자신이 길거리에서 죽게 될까 봐 두려워했다고 한다. 아무도 자신을 알아보지 못하는 시골 여인숙에서 잠든 채 뇌출혈로 죽는 게 소원이라 말했다고도 한다. 그의 소망은 일부만 이뤄졌다. 바라던 대로 뇌출혈로 사망했지만, 때와 장소는 사람들이 한창 붐비는 저녁 일곱 시경 큰길가였다.

파리 북부 18구 지역에 높이 솟은 몽마르트르 언덕은 '물랭루주' 같은 잔뼈 굵은 유흥업소들이 위치한 환락가로 유명하다. 파리 시내가 한눈에 내려다보이는 사크레쾨르대성당과 19세기부터 모여든 가난한 예술가들의 작업실이 있던 자리로도 유명하고, 한쪽 경사면에 넓게 자리 잡은 몽마르트르 묘지도 그 명성의 한 부분을 차지한다. 언덕을 오르내리다 보면 육교 아래 잠겨 있는 듯한 공동묘지가 눈에 들어온다.

페르라셰즈, 몽파르나스와 함께 파리 3대 묘지로 꼽히는 몽마르트르에는 스탕달 외에도 파리에 망명한 독일 시인 하인리히 하이네Heinrich Heine, 환상적인 곡을 많이 쓴 낭만주의 음악가

몽마르트르 언덕을 오르는 길에
만나게 되는 몽마르트르 묘지.
파리의 옛 이야기를 감추고 있는 곳.

루이 엑토르 베를리오즈Louis Hector Berlioz, 시인 마르셀린 데보르 드 발모르Marceline Desbordes Valmore 그리고 장뤼크 고다르Jean-Luc Godard와 함께 누벨바그 운동을 이끈 영화감독 프랑수아 트뤼 포François Truffaut 등이 잠들어 있다. 인상파 화가 에드가르 드가 Edgar Degas 역시 이 묘지에 묻혀 있다는데, 찾을 수는 없었다.

오후에 도착해 묘지 문이 닫히기 전까지 이어진 묘지 순례의 발걸음은 젊은 날 퀴퀴한 시네마테크 상영관에서 몰두해 본 영화들의 감독인 프랑수아 트뤼포의 묘 앞에 오래 멈춰졌다. 〈400번의 구타〉를 비롯해 〈피아니스트를 쏴라〉, 〈쥘 앤 짐〉, 〈마지막 지하철〉 등의 영화를 남긴 트뤼포의 존재는 이 고전적 느낌의 공동묘지에서 단연 '튄다'. 자신의 불행했던 유년 시절을 투영한 영화 〈400번의 구타〉의 반항 소년 앙투안 두아넬 역시 영화사에 오래 남을 캐릭터다. 가출과 경범죄 등으로 소년원에 갇힌 앙투안은 획일적인 교육과 엄격한 규율을 강요하는 사회를 탈출해 바다로 향한다. 그렇게 반항자의 계보를 잇는다.

영화 연출뿐 아니라 쟁쟁한 논객으로도 활동한 트뤼포는 프랑스와 세계 영화계에 자신만의 목소리를 낸 탁월한 이론가이자 싸움꾼이었다. 거장 앨프리드 히치콕Alfred Hitchcock과 대담을 하며 날카롭고 거침없는 질문을 이어가던 저돌적인 영화감독, 장뤼크 고다르 등과 함께 잡지 〈카이에 뒤 시네마〉 등을 펴내며 새로운 영화 담론을 이끌어갔던 혈기왕성한 누벨바그 운동의 기수는 불과 52세에 뇌종양으로 사망해 이렇듯 허망하게 묘지 한 구

몽마르트르 묘지에서 언덕으로 오르던 길목.
100년 전에도 꼭 이런 모습이었을 것만 같은 풍경들.

석을 차지하고 있다. 비록 젊은 날의 뾰족함이 많이 마모되었다 해도 조금 더 살아 원숙해진 노년의 시각으로 영화를 만들었다 면 우리는 어떤 영화들을 보게 됐을까 상상해본다. "영화를 사랑 하는 첫 번째 방법은 영화를 많이 보는 것이고, 그다음은 영화에 대한 평을 쓰는 것이며, 세 번째는 직접 영화를 만드는 것"이라 했던 그의 말이 어디 영화에만 해당되겠는가.

폐장 시간이 다가오는데, 나는 어떤 이의 묘지를 찾지 못해 안절부절못하고 있었다. 지도를 들고 서성이며 몽마르트르의 너 른 공동묘지를 헤맸다. 그 사람의 묘를 만나지 못하면 어쩐지 몽 마르트르를 다녀왔다고 말할 수도 없을 것만 같았다. 그의 이름 은 바츨라프 니진스키Vaslav Fomich Nizhinskii. 역사상 가장 유능하 고 유명한 남성 무용수로 꼽히는 니진스키는 당대 조각가 오귀 스트 로댕Auguste Rodin이 춤추는 그의 조각상을 만들 정도로 아름 다운 육체와 동작을 선보인 '무용의 신'이었다. 1913년 5월 29일, 모더니즘 예술의 일대 사건으로 기록된 스트라빈스키의 〈봄의 제전〉 공연에선 발레 안무를 맡기도 했다.

그러나 그가 더욱 유명해진 또 다른 이유는 널리 알려진 그 의 비극적 인생 때문이다. "신은 니진스키를 창조했다. 그리고 파괴했다."라는 누군가의 말처럼 그의 전성기 뒤에 찾아온 재앙 과도 같은 불치병과 그로 인한 지루한 암흑기는 이 문제적 예술 가를 다른 각도로 바라보게 한다.

폴란드계 러시아 무용수로 전성기를 구가하며 전무후무한 최고의 발레리노로 이름을 날린 니진스키는 가장 찬란했던 20대에 조발성 치매증과 신경쇠약, 조현병 증세를 보여 무대에서 내려와야만 했다. 그 뒤 30여 년간 정신병원과 요양소를 오가는 기나긴 투병 생활은 추락한 천재의 절망이 어떠한 것이었을지를 잘 보여준다. 끝내 1950년 런던의 사설 정신병원에서 사망한 그의 유해는 1953년 이곳 몽마르트르 묘지로 이장됐다.

'무용의 신'으로까지 날아올랐던 니진스키의 끝없는 추락을 떠올리며 생각한다. 죽음이란, 심장이나 뇌가 정지해 육신이 더 이상 꿈틀거리지 않을 때를 말하는 것인가. 아니면 어떤 이에겐 그보다 훨씬 먼저 찾아오기도 하는 것인가.

시간이 되어 묘지 정문 쪽으로 나갈 것을 요구하는 직원들에게 쫓겨 니진스키의 묘는 결국 만나지 못했다. 대신 그가 뱉은 영혼의 절규가 혹시 묘비명에 적힌 것은 아닐까 생각해봤다. 서평가 로쟈 이현우가 자주 인용하는 그 문장, "나는 울고 싶은데, 신은 내게 쓰라고 명령한다. 그는 내가 아무것도 하지 않는 걸 바라지 않는다. 아내는 울고 또 운다. 나 역시 운다."라는.

묘지를 나와서 몽마르트르 언덕으로 천천히 올라가 사크레쾨르대성당 앞 계단에 앉았다. 이제 몽마르트르 언덕을 떠올리면 그곳에서 활동했던 예술가들이 아니라 영화 〈아멜리에〉에 등장한 말괄량이 악동 아가씨가 먼저 생각난다. 마케팅에서 종종

작품 속 캐릭터들도 언젠가 죽음을 맞이할까?
캐릭터들의 무덤도 언젠가 어디엔가 세워지게 될까?

언급하듯 회사나 기업은 망해서 사라져도 그 기업이 만든 상품의 브랜드는 그보다 오래 살아남는다고 한다. 브랜드라는 것도 기업이 만들어낸 일종의 캐릭터일 것이다.

이 광활한 지구별의 어느 한 공간을 언젠가 살다 간 작가들은 이제 세상에 없지만, 그들이 만들어낸 캐릭터들은 아직도 책장과 마음속에 살아남아 우리를 울리고 웃기고 위로해주는 친구로 남아 있다. 그 캐릭터들도 언젠가 죽을까? 캐릭터들의 무덤도 언젠가 어디엔가 세워지게 될까? 그 언젠가는 우리가 더 이상 책을 펼쳐 읽지 않거나 문학과 예술, 상상력 속에서 삶의 공감과 길을 구하지 않을 때일까? 모르긴 몰라도 매력적인 캐릭터들은, 쉽사리 죽지 않을 것 같다.

쓰지 못한 글을
쓸 시간이 필요하다

✣

수전 손택
시몬 드 보부아르
마르그리트 뒤라스
프랑스 파리 몽파르나스 묘지 ①

글을 쓸 수 없다. 내가 느끼는 절망에 내가 목소리를 허락하지 못하기(않을 것이기)
때문이다. 번번이, 결국에 가서는, 의지다. 절망을 거부하느라 나 스스로 내 에너지를
차단하고 있다.

데이비드 리프, 《어머니의 죽음》 중 죽음을 앞둔 수전 손택의 일기

　　　　　　　　　　　　페르라셰즈 묘지에서는 유명인들의 묘 위치를 보기 좋게 표시해 정리한 한 장짜리 지도를 나눠줬고, 몽마르트르 묘지에서는 입구에 붙은 입간판 안내문이 전부였는데, 몽파르나스 묘지에선 정문 옆 사무실에 빳빳하게 코팅한 지도가 여러 개 비치돼 있었다. 그 지도 하나를 들고 묘지 사잇길을 거닐며 가고자 하는 구역을 찾아가면 되었다.

　생전에는 계약 결혼을 이어가며 서로 다른 호텔의 객실을 썼으나 죽어서는 한자리에 묻혔다는 장 폴 사르트르와 시몬 드 보부아르Simone de Beauvoir의 합장묘, 갈등과 애증으로 얽힌 시인 보들레르와 그의 가족묘, 아일랜드 출신의 극작가 사뮈엘 베케트 외에는 몽파르나스 묘지에 묻힌 사람들을 다 기억해내지 못했는데 지도를 보자 기억이 새록새록 되살아났다. 사뮈엘 베케트와 쌍벽을 이룬 부조리극의 대표 주자 외젠 이오네스코, 초현실주의 화가이자 사진가였던 만 레이, 귀스타브 플로베르의 제자이자 〈비곗덩어리〉, 〈여자의 일생〉 등의 소설을 쓴 단편소설의 대가 기 드 모파상, 〈동물의 사육제〉를 작곡한 음악가 카미유 생상스Camille Saint-Saëns 등은 20여 년 전 이곳을 찾았을 때도 분명 만났을 것이다.

꼼꼼하게 목록을 일별하니 까맣게 잊었거나 그새 묘지에 묻힌 인물들, 책이나 영상 등을 통해 새롭게 알게 된 유명인들의 이름이 눈에 들어왔다. 20여 년 전엔 전혀 알지 못했던 루마니아 출신의 작가 에밀 시오랑이며,《자살론》을 쓴 사회학자 에밀 뒤르켐Émile Durkheim, 에밀 졸라의 '나는 고발한다'라는 탄핵문으로 프랑스 민주화에 큰 영향을 미친 '드레퓌스 사건'의 주인공 알프레드 드레퓌스Alfred Dreyfus. 또 프랑수아 트뤼포, 장뤼크 고다르와 함께 누벨바그를 이끈 영화감독 에리크 로메르Éric Rohmer, 영화 〈시네마 천국〉의 맘씨 좋은 영상기사 알프레도 할아버지 역을 소화해낸 배우 필리프 누아레Philippe Noiret, 프랑스인들의 사랑을 한 몸에 받은 샹송 가수 세르주 갱스부르Serge Gainsbourg 등이다. 묘지 지도에 표시된 이름들에는 '아는 만큼 보인다'는 말이 곧바로 적용될 만했다. 종종 몽파르나스 묘지를 다녀온 사람들의 방문기를 보면 개인마다 알고 있는 사람이 달랐고, 관심 갖고 참배한 유명인들 또한 달랐다.

목록을 일별하다가 눈을 의심케 하는 이름 하나가 튀어 올랐다. 수전 손택Susan Sontag이라고? 그 수전 손택이 맞나? '대중문화의 퍼스트레이디', '뉴욕 지성계의 여왕'이라 불리던 미국 여성이 왜 이곳 머나먼 이방의 묘지에 묻혀 있을까? 짐 모리슨이나 만 레이 같은 미국인처럼 그녀도 말년에 파리에 와서 사망한 것일까? 까닭이 몹시 궁금해졌다.

검색해보니 손택은 백혈병으로 오래 투병하다가 2004년 자신의 거주지인 미국에서 사망한 것으로 나온다. 어찌된 일일까? 그녀의 아들 데이비드 리프David Rieff가 어머니 손택의 투병과 사망 과정을 기록한 책에 해답이 있을까 싶어 뒤져봤다. 책에 묘사된 그녀의 묘지 부분은 이랬다.

> 어머니는 파리 몽파르나스 공동묘지에 묻혔다. 광택 나는 검은 석판 아래 한때 미국의 작가였고 1933년부터 2004년까지 살았던 수전 손택의 방부 처리된 유해가 누워 있다. 어머니의 친구였던 작가 에밀 시오랑의 무덤이 그 맞은편 약 이백 미터 거리에 있다. (중략) 요컨대 몽파르나스는 가장 문학적인 공동묘지, 이승의 파르나소스라고 할 수 있다. 문제의 남자들, 문제의 여자들이 더 이상 이승에 존재하지 않는 것이다.
>
> — 데이비드 리프, 《어머니의 죽음》

그렇다. 문제의 남자들과 문제의 여자들이 한데 잠들어 있는, 세상에서 가장 소란스러운 묘지가 몽파르나스 아니던가. 한밤이 되면 그 문제적 작가들의 영혼이 깨어나 도대체 그들이 거쳐온 한바탕 삶이 뭐였고, 사랑이란 게 뭐였고, 문학과 예술이 뭐였으며, 그래서 죽음이 뭐였는지를 놓고 시끄럽게 토론이라도 벌이지 않을까 싶다. 보들레르, 사르트르, 보부아르에 수전 손택까지 끼어들면 아아, 정말 볼만하겠다 싶다. 파리에서 가장 너른

문제적 작가들이 한데 잠들어 있는,
세상에서 가장 소란스러운 묘지, 파리 몽파르나스 묘지.
밤이 되면 그들의 영혼이 깨어나 시끌벅적하게 토론이라도 벌일 것만 같다.

페르라셰즈 묘지가 짐 모리슨과 에디트 피아프, 오스카 와일드 등에 의해 대중의 사랑을 많이 받는 묘지라면, 또 몽마르트르 묘지가 스탕달이나 드가, 니진스키, 발모르 등으로 인해 고전적 느낌을 풍기는 묘지라면, 몽파르나스는 유독 시대를 거스른 반항적 인물들이 많이 묻힌 문제적 묘역으로 내게 다가온다.

거기 묻힌 사람들 중에서도 가장 문제적인 인물을 꼽는다면 역시 수전 손택이 아닐까? 미국 사회 한복판에서 "백인은 역사의 암癌"이라든가 "미국은 대량 학살 위에 세워졌다"는 등의 독설을 거침없이 퍼부었던 여성 평론가이자 작가인 수전 손택. 1994년 내전에 휩싸인 구유고연방의 사라예보로 달려가 총알이 빗발치던 도심 한가운데서 연극 〈고도를 기다리며〉를 올려 절망 가운데 희망의 불씨를 피우고자 했던 실천하는 사상가 수전 손택. 누군가의 말 못할 고통의 현장을 왜 그토록 아름답게 사진으로 담아내는 거냐고 항변해 포토 저널리스트들을 주눅 들게 했던 예리한 평론가. "해석은 문학작품에 대한 이성의 반역"이라며 일찌감치 당돌하고 전복적인 담론을 쏟아낸 비평가. 그러나 그 자신은 사상가나 비평가보다 소설가로 인정받고 싶어 했던 사람. 그렇게 거침없던 여성인데 곁에서 지켜본 아들의 증언에 따르면 그 누구보다 다가오는 죽음을 두려워한 것으로 묘사된다. '죽음'이라는 단어를 아예 입에 올리기조차 꺼렸을 만큼.

수전 손택뿐일까. 일반인들은 납득하거나 실천하기도 어려운 사르트르와의 계약 결혼을 이어가다가 생의 종착지에 이르러 사르트르와 한 무덤에 묻힌 시몬 드 보부아르는 어떤가. 어린 시절 인도차이나에서 자라 나치 치하에서 레지스탕스 운동에도 참여했다가, 노년에는 서른여덟 살 연하의 얀 앙드레아Yann Andréa와 열정적인 사랑을 이어가며 젊을 때보다 더 아름답기를 갈망했던 마르그리트 뒤라스Marguerite Duras는 또 어떻고. 그 오롯하고 당당했던 여성들이 이제는 모두 눈을 감고 몽파르나스의 가깝고도 먼 묘택에 서로 안부를 묻듯 묻혀 있다.

"천상에서건 지상에서건, 불후의 명성에 집착해봤자 죽은 자에게는 아무런 위안이 되지 않는다"던 보부아르나, "내가 아무것도 아닌 것이 되리라는 사실과 화해할 수 없다"던 마르그리트 뒤라스의 말에는 죽음에 대한 두려움과 허무함이 잔뜩 담겨 있다. 수전 손택 역시 "슬픔의 골짜기에 이르렀을 때는 날개를 펼쳐라."라며 짐짓 당당해 보이려 했지만 다가오는 죽음 앞에 그렇지 못했다는 증언이 전해진다. "내가 있는 곳에 죽음은 없으며 죽음이 있는 곳에 나는 없다"던 그리스 철학자 에피쿠로스Epicouros의 말에서 위안을 구하더라도 죽음은 겪어보지 못한 모두에게 두렵기만 한 사건일 것이다.

그러나 패기 넘치던 날의 작가들에게 죽음은 그다지 절박하지 않은, 철학적 사유와 문학적 통찰로 포장될 무엇이었는지도 모른다. 이를테면 채 마흔이 되지 않았던 시절 보부아르는 사르트르에게 헌정한 소설《모든 인간은 죽는다》에서 수백 년간 죽지 않은 채 긴긴 유럽 역사와 함께 살아온 불멸의 주인공을

SUSAN SONTAG
1933 - 2004

수전 손택은 총알이 빗발치던 사라예보에서 공연을 올리고,
미국 백인의 역사를 부끄러워하며 반성을 촉구하다,
자신이 사랑한 파리에 묻혔다.

보부아르와 사르트르(위), 뒤라스와 앙드레아(아래)의 합장묘.
생전에 지식인 사회를 떠들썩하게 했던 두 커플은
지금 무슨 대화를 나누고 있을까.

등장시킨다. 불사의 영약을 마시고 얻게 된 불멸이 그 주인공에게는 과연 축복이었을까? 보부아르는 불멸성이란 결국 무서운 형벌이며, 하루하루를 더 의미 있게 살도록 만드는 유한한 삶이야말로 인간 실존의 의미 있는 길임을 얘기한다. 죽음에 임박한 보부아르에게도 젊은 날의 이런 사유는 여전히 유효한 생각이었을까?

작가들에게는 죽음이라는 두려움에 또 다른 절망이 보태진다. 그들의 죽음이 남들과 다른 건 '더 이상 뭔가를 쓰지 못한다'는 사실에 있는 모양이다.

에드워드 사이드Edward Said가 살고자 했던 이유는 크게는 어머니처럼 아직도 써야 할 것이 너무 많다고 느꼈기 때문이다. 그리고 어머니가 그랬던 것처럼, 사이드도 그러기 위해서 얼마나 큰 고통을 받아야 하는가는 문제 삼지 않았다. 그러면서 그가 받았던 고통이란…… 사이드는 마지막 2년 동안 받은 치료로 위가 임신 말기 여성의 배만큼 부풀어 올랐다. 통증은 말로 못할 정도였다. 그러나 어머니가 수없이 말했듯이 "그렇게 연장한 기간 동안 그가 해낸 작업을 봐."
— 데이비드 리프, 《어머니의 죽음》

어머니는 어머니답게 아직 쓰지 못한 글을 쓸 시간이 "필요하다"고 말하곤 했다. (중략) 예전부터 어머니는 살면서 하고 싶지 않았던 일

손택, 뒤라스, 사르트르와 보부아르.
그들이 떠났을 때 세상은 잠시 쓸쓸해졌을 것이다.
그들을 기억하는 사람들마저 사라질 때
비로소 망각 속에 묻히게 될 것이다.

을 너무 많이 했다는 말을 가끔씩 했다. 하지만 이제 드디어 자신에게 정말로 소중한 일을 하겠다고, 특히 소설을 더 많이 쓰겠다고 했다. 다만, 어머니에게 필요한 것은 시간이었다.

— 데이비드 리프,《어머니의 죽음》

저명한 에세이스트가 되기보다 소설가가 되기를 늘 꿈꿨다는 수전 손택은 2004년 12월, 71세의 나이로 영면에 들었다. 파리와 그곳 작가들을 너무도 사랑한 어머니를 위해 아들은 그녀의 유해를 먼 이국 땅에 모셨다.

'타인의 고통'이라는, 다소 모호하고 감상적으로 들리는 수전 손택의 말이 오늘날 폭력과 공포의 시대에 접어들어 점점 더 절실하게 공감되는 세상이다. 아물지 않고 나아지지 않은 채 더 깊어져만 가는 당대의 고통과 슬픔, 누군가의 고통이 나의 무관심과 연결되어 있음을 일깨우려 한 그녀의 타협 없는 목소리를 듣는다. 두려움과 고통을 넘어 피안의 세상으로 건너간 손택 여사의 무덤 앞에 서니, 그녀가 다시 위엄을 갖춰 말하는 듯싶다. 누군가 지금 겪고 있을 참담한 고통에 대해 "다 같이 슬퍼하자. 그러나 다 같이 바보가 되지는 말자."라고 말하던.

17

죽음은 부조리하다,
삶이 그러하듯이

❖

샤를 보들레르

사뮈엘 베케트

외젠 이오네스코

만 레이

프랑스 파리 몽파르나스 묘지 ②

블라디미르 갈 수 없어.

에스트라곤 왜?

블라디미르 우리는 고도를 기다리고 있네.

에스트라곤 (절망적으로) 아! (후략)

사뮈엘 베케트, 《고도를 기다리며》

———— 몽파르나스 묘지에 처음 갔을 때 한참
헤맨 끝에 보들레르의 가족묘를 발견했더랬다. 식구들 이름이
빼곡 적힌 묘석에서 그의 이름을 간신히 찾아냈다. 묘석 위 다양
한 언어의 시가 적힌 종이들을 보고 나도 따라 자작시를 적어 올
려놓았었다.

20여 년이 지나 다시 방문했을 때도 보들레르의 묘는 찾기
힘들었다. 지도에 표시된 길가 묘지를 서성이다 뭔가 잔뜩 올려
진 묘석이 보이면 그곳이 시인의 묘일 터였다. 이번엔 한발 앞서
찾아왔을 어느 한국 여행자가 한글로 적어 올린 메모가 눈에 띄
었다. 시는 아니었다. 호기심에 슬쩍 보니 젊은 날 자신에게 큰
영향을 준 시인에 대한 감사와 함께 시인 앞에 서게 된 흥분과
떨림이 적혀 있었다. 불문학 전공자일까? 시인 지망생?

나는 오래전에 쓴 자작시 하나를 간신히 기억해내어 갖고
있던 종이에 한 자 한 자 적고는 다시 한 번 묘석 위에 가지런히
올려놓았다. 그러고 보니 긴 세월 동안 시를 별로 써보지 못했
다. 부끄러웠지만, 한편으로는 공모전에 시가 당선된 것보다 보
들레르의 묘석에 시를 올려놓은 것이 훨씬 설레고 기분 좋은 일

보들레르 묘지를 찾는 법.
묘석 위에 시 같은 것을 적은 종이들이 잔뜩 보이면 그곳일 가능성이 높다.
나도 시를 적어 묘석 위에 바쳤다.

같았다. 그래, 묘지란 그런 곳이지. 나보다 150년쯤 앞서 이 지구 별을 살다 간 망자 앞에서 묘한 떨림을 느끼거나 잊고 살던 시를 적어 바치며 무언의 대화를 한참 나누다 오는 곳.

막스 피카르트Max Picard의 《침묵의 세계》에서 '살아 있는 침묵을 가지지 못한 도시는 몰락을 통해 침묵을 찾는다.'라는 글귀를 자주 인용하는 건축가 승효상은 번잡함과 소란함이 지배하는 현대 도시에서 우리 영혼을 맑게 빚어내는 신성하고 경건한 침묵의 장소를 도시가 반드시 갖춰야 한다고 말했다. 묘지가 그런 장소라는 것이다. 그러고 보면, 오늘날 도시를 이루는 중요한 요소 중 하나가 신경을 곤두세우는 온갖 소음과 잡음이 아닐까 싶다. 심지어 호젓하다는 공원에서조차 말이다.

묘지는 죽은 자가 아닌 남은 자, 산 자들이 자신의 삶을 성찰하기 위한 장소라고도 말한다. 동서양을 막론하고 비록 마을 외곽이나 구석에 자리를 잡고 있되, 묘지 하나쯤 품지 않은 도시는 드물 것이다. 언젠가 그 마을에 살다 간 사람들의 육신과 숨결이 잠든 묘지는 지금 그 마을의 주인이 된 사람들과 함께 호흡하며 오늘의 삶 일부를 이룬다. 그게 어디 궁벽한 시골마을들만의 이야기일까. 현란하고 맵시 있는 근대 문화의 수도 파리도 거대한 묘지의 도시가 아닌가.

이 세상을 떠나 다른 세상으로 간 죽은 자들을 위한 묘지는 눈에 잘 띄지 않는 도시 외곽으로 빼주는 것이 보통이다. 그러나 파리에서는 그렇지 않다. 파리에서 죽은 자를 위한 묘지는 살아 있는 사람들의 공간에 함께 위치한다. 삶의 공간 속에 들어와 있는 죽음의 공간인 파리의 묘지들은 삶의 유한성을 일깨운다. (중략) 파리지앵들에게 묘지는 단지 죽은 자들을 위한 휴식처만이 아니라 산 자들을 위한 공원이 되기도 한다. 그래서 무언가 고백할 것이 있거나 약속을 받아야 할 일이 있는 사람들은 묘지를 만나는 장소로 잡기도 한다.

— 정수복, 《파리의 장소들》

신시가지에 조성된 라데팡스를 다녀온 뒤 지하철을 타고 몽파르나스 묘지로 달려왔다. 페르라셰즈 묘지나 몽마르트르 묘지도 파리 시내에 있지만, 몽파르나스 묘지는 특히 도심 한복판에 자리 잡은 모양새다. 대학과 공원과 빌딩, 유명 식당과 시장 등이 인접해 있다. 묘지가 혐오 시설이 되어 도시 안에 안길 명분을 잃은 우리와는 대조적이지만, 오래전엔 이곳도 파리 외곽에 속한 곳이었다고 한다. 도시가 점차 몸집을 불려가면서 자연스럽게 비대해진 도시 안에 묘지가 안긴 형국이랄까.

원래 몽파르나스 묘지가 있던 자리는 지금의 몽마르트르와 마찬가지로 풍차와 카바레 등이 늘어선 환락가이자 유명한 빈민가였다. 빅토르 위고의 《레미제라블》에 등장하는 가난한 사람들의 모델이 몽파르나스에 살던 빈민들이었다고 한다. 1824년 파리시는 주민들의 반대를 무릅쓰고 그 부지에 공동묘지를 조성하기 시작했다. 1870년과 1890년 그리고 1892년, 묘지 주변에 도로 확장 공사를 진행하면서 에드가 케네 거리, 에밀 리샤르 거리 등 네 개의 거리로 둘러싸인 오늘날 묘지 모습으로 정착됐다. 현재 몽파르나스 묘지에는 3만 4,000기의 묘가 안장돼 있다고 한다.

20세기 들어 이 부근은 예술가들의 주요 무대가 됐다. 제1차 세계대전부터 제2차 세계대전이 벌어지던 시기에 이곳 몽파르나스 일대에서 활동하던 예술가와 유명인을 가리키는 '몽파르노Montparnos'라는 말이 생길 정도였다. 피카소가 몽파르나스 문화를 주도한 좌장이었고 헤밍웨이, 거투르드 스타인, 살바도르 달리Salvador Dali 등 영화 〈미드나잇 인 파리〉에 등장하는 인물들과 모딜리아니, 아폴리네르, 마티스, 헨리 밀러Henry Miller 같은 작가들이 이 일대에서 활동한 것으로 알려졌다. 계약 부부였던 사르트르와 보부아르는 몽파르나스 묘지 인근에 호텔이나 아파트를 얻어 생활하다가 사후 묘택도 이곳에 마련했다.

몽파르나스 묘지에는 유난히 찾고 싶은 역사적 인물이 많았다. 정문과 가까운 곳에 누운 사르트르와 보부아르 합장묘, 마르그리트 뒤라스의 묘, 앞서 언급한 보들레르 외에도 방문자의 발길을 무시로 붙잡는 묘가 많다.

무엇보다 나는 베케트와 이오네스코의 묘를 한달음에 달려가 만났다. 에스트라곤과 블라디미르라는 두 등장인물을 통해 아무리 기다려도 끝내 오지 않는 '고도 씨'를 기다리는 연극 〈고도를 기다리며〉나, 논리에 맞지 않는 엉뚱한 대사와 기괴한 행동으로 구성된 연극 〈대머리 여가수〉, 〈코뿔소〉 같은 작품은 서양 연극사를 지배해온 고대 그리스의 비극 체계를 뒤집으며 일종의 반反연극으로서의 '부조리극'을 정착시킨 대표작들이다. 그런 부조리극의 두 거장이 불과 20~30미터 거리를 사이에 두고 영원한 안식을 취하고 있었다.

제2차 세계대전 뒤 유럽 사회를 휩쓸었던 실존주의와 20세기 철학의 주요 화두가 된 언어 문제가 맞물린 부조리극은, 제1차 세계대전 이후 니체와 프로이트 등의 영향을 받은 다다이즘과 초현실주의의 발흥을 떠올리게 한다. 비록 그 전통이 독일의 페터 한트케Peter Handke 정도에게만 이어져 확고한 흐름을 형성하진 못했지만, 이들 연극은 지금까지도 열렬히 사랑받고 있다.

그 작품들이 하도 실험적이고 부조리하게 느껴져서인가, 두 극작가의 묘지는 썩 다른 분위기를 풍겼다. 반듯한 묘석 위에 별다른 장식도 없이 고딕에 가까운 서체로 또렷이 새긴 이름과 생몰 연대가 오히려 독특한 느낌을 자아냈다. 그들의 묘지가 전혀 부조리해 보이지 않아서 역설적으로 부조리했다.

이들 묘지에서 멀지 않은 곳에 영화배우 필리프 누아레와 영화감독 에리크 로메르가 잠들어 있다. 필리프 누아레가 여기 잠들어 있다니. 사망 사실조차 몰랐던 나는 은연중에 그의 차기작을 기다리고 있었는지도 모른다. 〈시네마 천국〉의 영사기사 알프레도 할아버지와 〈일 포스티노〉의 시인 파블로 네루다, 서로 다른 두 캐릭터만으로도 우리에게 많은 걸 남겨놓은 배우다. 더 이상 스크린에서 어떤 배우의 얼굴, 그가 창조한 캐릭터를 볼 수 없다는 사실은 그들을 금세 그리운 사람으로 만든다.

잔잔한 일상 속에 남녀의 심리와 사랑을 부려놓은 식물성 영화들의 감독 에리크 로메르도 거기서 가까운 곳에 묻혀 있다. 프랑수아 트뤼포, 장뤼크 고다르와 함께 영화사상 가장 영향력 있는 잡지 〈까이에 뒤 시네마〉의 논객으로 활동했고 우리 감독 홍상수에게 많은 영향을 준 감독이기도 하다. 이처럼 몽파르나스 묘지에는 20세기 연극과 영화의 거장들이 많이 묻혀 있다.

미국의 사진가 만 레이는 제1차 세계대전 이후 유럽에서 발흥한 다다이즘에 깊은 영향을 받고는 "미국(뉴욕)에서는 다다이즘이 싹틀 수 없다!"라고 선언한 뒤 파리로 넘어왔다. 그와 친분이 깊었던 마르셀 뒤샹의 소개로 파리의 예술가 그룹에 들어간 만 레이는 이후 사진을 활용한 독특한 예술 세계를 펼쳤다. 카메라를 사용하지 않은 채 인화지에 맺힌 부정형 이미지들로 표현한 그의 사진은 특별히 그의 이름을 따서 '레이요그라피Rayography'라는 이름을 얻기도 했다. 1839년 프랑스 의회에 의해 세계 최초의 독자적 사진 현상 방법으로 공인받은 루이 자크 망데 다게르Louis Jacques Mandé Daguerre의 '다게레오타이프Daguerreotype'처럼, 자신의 이름을 얻은 사진 기법을 창조해낸 작가였다. 다다이즘의 뒤를 이은 초현실주의 운동의 대표 작가로

아일랜드 출신의 극작가 베케트와
불가리아 출신의 극작가 이오네스코의 묘지.
전후 부조리극을 이끈 작가들의 묘지답지 않게 반듯하고 고요했다.
그들의 무덤이 전혀 부조리해 보이지 않아서 역설적으로 부조리했던.

부상한 만 레이의 사진들은 사진으로 회화를 하고 회화에 사진을 적극 활용하는 전통을 만드는 데 크게 공헌했다. 초상화를 대체하는 것으로 발명된 사진의 위력을 증명이라도 하듯, 묘석에 새겨진 사진 속 만 레이가 방문자를 뚫어져라 노려보며 그에 대해 많은 걸 말해주거나 은폐하고 있었다. 만 레이는 어떤 사람이었을까?

사뮈엘 베케트, 외젠 이오네스코, 만 레이가 모두 비프랑스인들이고 보면, 몽파르나스도 이방인들에게 많은 자리를 마련해준 묘지인 셈이다.

몽파르나스 묘지는 에밀 리샤르 거리를 사이에 두고 두 개 구역으로 나뉜다. 그 너머 다른 묘역에는 모파상과 함께 몇몇 유명인 묘가 더 있을 것이다. 하지만 너무 지치고 허기졌다. 파리의 묘지를 산책하려면 파리 시내 전체를 산책하는 것만큼이나 단단한 체력이 필요하다. 거기 잠든 이들이 불러일으키는 감정이 격렬하다면 더더욱 그렇다. 나는 호젓한 뤽상부르공원이나 센강, 예술가들이 즐겨 찾은 뒤마고 카페, 셰익스피어앤드컴퍼니 서점에서보다 훨씬 더 깊은 명상과 사색을 파리의 묘지들에서 즐겼다. 묘지야말로 소음과 분주함이 넘치는 도시에서 가장 철학적인 장소, 깊은 사색의 성소가 아닐까.

사색과 명상도 체력이 받쳐줘야 하나 보다. 너른 묘지 곳곳에 흩어져 있는 그리운 사람들을 찾아다니다 보니 다리도 아프고 배도 몹시 고팠다. 모든 욕망, 모든 본능을 내려놓은 망자들

세계적으로 유명한 서점 중 하나인 셰익스피어앤드컴퍼니 서점.
가난한 작가와 예술가들의 아지트였던 이곳이
이젠 파리의 명소가 됐다.

무덤 사이에서 살아 있는 육신에 찾아오는 허기와 식욕이 좀 민망했다. 망자들에게 미안한 마음도 들고 불경스럽게 여겨지기도 했지만 뭔가 맛있는 걸 먹어야겠다는 생각이 들었다. 묘지를 산책하며, 역설적으로 더 강렬한 삶의 의지와 욕망이 솟아올랐다.

18

아무나 이곳에 잠들지 못한다

볼테르

장 자크 루소

빅토르 위고

알렉상드르 뒤마

에밀 졸라

프랑스 파리 팡테옹

볼테르는 자신의 《철학 사전》에 '죽음'이란 항목을 포함시키지 않았다.

어쩌면 죽음에 대해 굳이 말할 필요가 없어서일 수도 있고,

아니면 죽음에 대해 이미 너무 많은 글을 썼기 때문일 수도 있다.

"나는 태어날 때부터 죽어가고 있다."고 말했던 볼테르는 계속해서

삶을 영위하고 있는 자신을 보며 언제나 놀라워했다.

그는 여든셋까지 살았다.

미셸 슈나이더, 《죽음을 그리다》

죽음은 공평하다. 왕에게나 노예에게나, 부르주아에게나 프롤레타리아에게나, 브라만에게나 크샤트리아에게나 불가촉천민에게나, 누구에게나 피할 수 없이 동등하게 찾아온다. 고통에도 예외가 없으며 잠깐의 유예도 없다. 절대 권력을 휘두르며 불로불사를 꿈꿨던 시황제도 죽음을 피해 멀리 달아나진 못했다. 때론 왕이나 귀족보다 깊은 산골에 화전을 일구고 사는 농부에게 죽음은 더디 도착하기도 한다. 죽음이 누구에게나 공평하다는 사실이야말로 세상의 불공평과 불의, 그로 인한 울분을 삼키며 사는 대다수 민중에겐 그나마 삶을 견딜 수 있는 실낱같은 위안이 아닐까.

그런데, 정말 그럴까? 천국과 지옥, 아수라와 축생, 윤회 등의 논리는 증명도 확인도 할 수 없고, 세속 너머를 알지 못하는 인간 세상에서 죽음은 여전히 하나의 차별이자 불공평한 것은 아닐까? 사막 위에 산만한 피라미드를 쌓거나 세상에서 가장 아름다운 건축물이라 불리는 타지마할 같은 묘를 만들고, 수많은 진흙 병사를 빚어 무덤을 지키게 한 황제의 무덤들은 어떤가. 더 오래된 과거엔 왕이나 신분 높은 사람이 죽으면 그 가족과 신하,

하인들을 함께 묻었다는데, 그런 풍속들이 없으니 죽음은 이제야 비로소 공평해진 것일까.

그나마 관습이 정한 장례 절차에 따라 묻힌 사람들이라면 다행일 것이다. 매장과 헌화의 풍속은 이미 오래전 이 지구별을 살다 간 네안데르탈인 시대부터 시작됐다고 하지만, 인류를 통틀어 한 뼘 땅 뙈기의 묘지 하나 갖지 못한 채 들판이나 바다, 전장의 계곡에 버려져 짐승의 먹이가 되고 바람에 날리는 먼지가 된 죽음들은 얼마나 많았을 것인가. 아, 세상의 흙과 바다, 대기가 온통 죽은 사람들의 뼈와 살과 혼백으로 이루어져 떠다니고 있는 것은 아닌가. 죽은 자를 이루었던 원소가 산 자의 원소 속에 깃들어 삶의 에너지가 되고 있는 것이 아니던가.

파리의 팡테옹에 가면 그 나라에서 영웅으로 인정받은 사람들의 묘를 만날 수 있을 거라고 했다. 팡테옹은 뤽상부르공원과 소르본대학에서 멀지 않았다. 또 헤밍웨이, 제임스 조이스 등 유명 작가들이 파리에 머물 때 거주했던 집과도 가까워 이 일대는 하나의 문학 답사 코스를 이룬다고 했다.

루이 15세Louis XV가 자신의 병이 나은 것을 감사해 교회를 세운 것이 팡테옹의 시초다. 자크 제르맹 수플로Jacques Germain Soufflot라는 건축가가 고딕식 교회 구조에 그리스 건축의 위엄을 조화시켜 축조했다는 이 건물은 세상에서 가장 완전한 건축물로 일컬어지는 로마의 판테온보다 규모가 훨씬 크고 웅장하다.

처음엔 교회였다가 프랑스혁명 이후 혁명정부에 의해 혁명 영웅의 유해를 안치하는 장소로 활용되기 시작했으며, 이때부터 '팡테옹'이라 불렸다. 그 뒤 혁명과 반혁명을 거듭하면서 왕실의 교회나 예배당이 되기도 하고, 파리코뮌 당시 코뮌의 사령부가 되기도 했다. 1851년엔 물리학자 장 베르나르 레옹 푸코Jean Bernard Léon Foucault가 지구의 자전을 증명하기 위해 로비에서 진자(추) 실험을 한 것으로 그 이름을 더 널리 알렸다. 그러던 것이 1885년 프랑스의 문호 빅토르 위고의 유해가 안장되면서 오늘날과 같은 국가 묘역으로 정착했다. 팡테옹은 프랑스혁명의 위업을 달성한 계몽주의와 이에 대한 반성으로 등장한 낭만주의, 또 나치에 저항한 레지스탕스의 사상이 함께 잠든 프랑스 사상사의 성소로 자리 잡았다.

팡테옹 입구에 들어서면 박물관에서나 봤음 직한 황홀한 그림들이 벽면을 채우고 있다. 성서나 프랑스 역사에서 소재를 따온 그림들은 때론 잔인한 묘사와 함께 찬란하고 숭고한 광경을 묘사함으로써 이 국가적 건축물에 빛을 더한다. 웅장한 로비 곳곳에 서 있는 생동감 넘치는 조각품들은 금방이라도 살아 움직여 회랑 안으로 뛰쳐나올 것만 같다. 역사화와 조각품들이 둘러싼 회랑 중앙에는 숫자 눈금이 매겨진 원형 그래프 위로 돔 천장에서부터 긴 줄로 이어진 추가 있다. 움베르토 에코Umberto Eco의 소설 제목으로도 쓰인, 그 유명한 '푸코의 진자'다.

그런데 회랑 주위를 아무리 둘러봐도 팡테옹에 묻혔다는 국

파리의 팡테옹은 근대 역사의 격변에 따라
혁명정부의 본부, 종교적 성소, 혹은 묘지로 탈바꿈해온
파리의 역사적 건축물이다.

가적 영웅들, 그러니까 볼테르며 장 자크 루소, 빅토르 위고, 알렉상드르 뒤마, 에밀 졸라, 퀴리 부부, 앙드레 말로, 장 폴 마라 Jean Paul Marat 등의 무덤은 찾을 수 없었다. 마땅히 물어볼 사람도 눈에 띄지 않았다. 마침 사람들이 로비 안쪽으로 몰려가고 있었다. 그중 한 사람에게 물어보니 그쪽에 지하 묘지로 내려가는 통로가 있다고 했다.

지하 납골당으로 이어지는 계단은 비좁고 가팔랐다. 지하로 내려서자 어둡고 무겁고 끈적끈적한 공기가 떠다녔다. 눅진눅진 수많은 방이 미로처럼 엉켜 있었다. 묘지이기에 앞서 한 번 간히면 빠져나오지 못할 혁명기의 감옥 같았다. 입구 초입 안내문의 평면도만 봐도 지하 묘역의 어마어마한 규모를 짐작할 만했다. 70여 명의 정치인, 철학자, 예술가 등이 이 묘지에 묻혀 있다고 했는데, 볼테르와 루소 등 근대의 여명을 밝힌 계몽주의 철학자들의 묘가 중앙 상단부에 모셔져 참배객들을 먼저 맞았다. 복도를 따라 이어진 작은 방마다 그들이 잠든 크고 단단해 보이는 석관이 놓여 있었다. 아, 저기 볼테르가 누워 있구나. 저기 루소가 누워 있구나. 중세의 미망을 걷어내고 근대를 열어간 생각들이 저기 누워 있구나. 그곳은 가히 '생각의 묘지'였다.

미리 체크해둔 방 번호를 따라 무엇보다 나의 관심사인 문학인들의 묘지로 향했다. 미로 같은 복도를 한참 지나니 더 많은 사람이 잠든 석실이 나왔다. 그 방 하나에 빅토르 위고와 알렉상드르 뒤마, 에밀 졸라의 묘가 모여 있었다. 대문호들의 생전 활동과 그들 작품에 대한 해설, 생전 모습이 담긴 사진들이 프린트되어 석실 앞에 전시되어 있었다. 아,《레미제라블》과《파리의 노트르담》,《삼총사》와《몬테크리스토 백작》,《목로주점》과《제르미날》의 웅숭깊은 상상력이 여기 한데 잠들어 있구나!

　개인적으로는 제2차 세계대전 이후 이어진 누보로망부터의 프랑스 소설이나 누벨바그로부터 이어진 프랑스 영화들에 전적으로 찬사만 보내기는 힘들었다. 과도한 실험과 차별화를 위한 차별화, 난해한 철학에 바탕을 둔 프랑스의 문학예술이 과연 성공적인 흐름을 형성했는지 늘 의문이 든다.

　그에 비하면 19세기 프랑스 예술은 얼마나 찬란하고 치열하며 훌륭했던가. 여기 잠든 위고와 뒤마, 졸라를 비롯해 스탕달과 발자크, 플로베르, 모파상, 마르셀 프루스트로 이어지는 19세기 프랑스 소설은 서구 문학예술이 가야 할 길을 제시해왔다. 그 소설들 역시 당대엔 굉장히 실험적인 작품들로 여겨졌지만, 그 안에 자유·평등·박애 정신과 따뜻한 휴머니즘을 늘 잃지 않았다. 그러한 정신의 거장들이 여기 묻혀 있는 것이 아닌가.

　그러자 또 다른 의문이 찾아들었다. 어찌하여 스탕달이나 발자크, 플로베르와 프루스트는 여기 묻히지 못했는가. 어째서 위고와 뒤마, 졸라만이 여기 안장될 수 있었을까. 장 폴 마라, 마리 퀴리, 앙드레 말로는 이곳에 묻혔는데 그들과 어깨를 나란히 한 많은 정치인, 학자, 작가는 왜 이곳에 묻히지 못했을까. 그 기준은 무엇일까. 찾아보니 뒤마의 경우, 고향 마을에 묻혀 있던 유해를 2002년 그의 탄생 200주년을 기념하여 이곳 팡테옹으로 이장해왔다고 했다. 에밀 졸라도 몽마르트르 묘지의 가족묘에 묻혔다가 팡테옹으로 옮겨진 것으로 안다.

그런 생각도 잠시, 팡테옹의 너무도 위압적이고 무거운 분위기 때문인지, 지하의 어둡고 탁한 공기가 숨이 막혀선지 오히려 자연에 묻힌 이들이 더 행복할 거라는 생각이 들었다. 팡테옹에 묻힐 자격이 충분함에도 자신의 고향 마을인 세트의 해변 묘지에 묻힌 폴 발레리Paul Valéry나, 사망 60주년을 맞아 팡테옹으로의 이장이 논의됐지만 유족의 반대로 사랑했던 마을 루흐마항에 남은 카뮈 같은 작가들 말이다. 바람과 강물, 햇살 속에 함께 흐르고 스며 자연의 일부가 된 망자들의 죽음이 훨씬 더 자유롭고 행복한 것 아닐까.

저 어두컴컴한 지하 묘지에 육중한 석관을 낙인처럼 덮고 누운 이들, 도처에서 온 관광객들에게 죽음마저 구경거리가 되어버린 이들, 그런 영면이 과연 편안하고 영광스럽기만 할까? 이 묘지야말로 죽은 자들이 아니라 산 자들, 혹은 어떤 정치적 의도를 위한 장소가 아닐까 싶다. 존경심과 경외심, 혹은 조장된 애국심이나 민족주의 같은 것을 부추기는 희생양들이 여기에 묻힌 이들이 아닐까. 어쩌면 그들 중 누군가는 편안히 '잊힐 권리'를 갈구하고 있지 않을까. 모든 죽음이 공평하지는 않을 거라는 생각은 팡테옹에서 역설적으로 되살아났다.

팡테옹 지하의 작가들 묘역.
육중한 석관을 낙인처럼 덮고 누워
관광객들에게 죽음마저 구경거리가 되어버린 이들.
그런 영면이 과연 편안하고 영광스럽기만 할까?

지하 묘역에서 서로 마주하고 있는 루소와 볼테르의 묘.

국가 묘지답게 팡테옹 중앙홀의 조각품들은
민족과 국가의 신성함과 단합을 강조하고 있었다.

파리의 팡테옹과 비교되는 영국 런던의 웨스트민스터 사원 묘지엔 어쩌다 시간을 못 맞추는 바람에 들어가지 못했다. 11세기경 영국 에드워드 왕Edward the Confessor에 의해 세워져 역사로나 권위로 최고 존엄을 자랑하는 이 사원은 영국 왕실과 국가 행사가 거행되는 장소로 활용되어 왔다.

그런데 웨스트민스터 사원의 이름을 더욱 존엄하게 만드는 것은 '아무나 잠들 수 없는' 그곳에 묻힌 사람들의 면면에 의해서다. 영국의 골든에이지를 열어젖힌 엘리자베스 여왕을 비롯해 역대 영국의 왕과 왕비들, 근대 물리학의 태두 아이작 뉴턴과 서양음악의 대부 헨델, 진화론으로 세상을 발칵 뒤집어놓은 찰스 다윈Charles Robert Darwin 등이 잠들어 있으니 그곳 역시 오늘날의 세상을 만들어온 생각의 무덤이기도 하다. 《두 도시 이야기》, 《위대한 유산》의 작가 찰스 디킨스나 《테스》의 토머스 하디, 배우 로렌스 올리비에Laurence Olivierm 등도 거기에 누워 있다. 최근에는 신체적 장애를 극복하고 위대한 업적을 일궈내 많은 사람에게 희망과 교훈을 안겨준 스티븐 호킹Stephen William Hawking의 유해가 뉴턴의 묘 바로 옆에 안치됐다고 한다. 다음에 런던 갈 일이 있다면 꼭 한번 찾아가보려 한다.

모든 죽음은 공평한가. 인간을 창조하려 했으나 괴물을 만들어버린 《프랑켄슈타인》의 실패를 넘어 온전한 육체와 정신을 소유한 로봇 혹은 포스트휴먼의 등장은 가능한 일일까. 〈공각기

동대〉 같은 SF 영화가 그렸듯, 낡은 육체를 버리고 새로운 육체를 구입해 정신과 마음을 장착함으로써 영생을 구하는 놀라운 미래는 과연 찾아올까. 불멸의 존재, 신이 되려는 부유한 호모사피엔스들의 기획은 성공할 수 있을까. "인간이 신을 발명했을 때 역사는 시작되었고, 인간이 신이 될 때 역사는 끝나리라."라고 말한 유발 하라리Yuval Noah Harari의 경고는 무시할 수 없는 울림으로 다가온다.

먼 미래 이야기는 잠시 접어두자. 팡테옹에 묻힌 사람들은 대체로 왕과 귀족이 독점해온 세상을 민중에게 돌려주고자 애썼다. 그들이 싸우고 지켜온 자유·평등·박애 정신은 오늘날 만인이 평등하다는 생각을 비로소 널리 공유하게 만들었다. 그러나 죽음만은 여전히 공평해 보이지 않는다. 어떤 이의 죽음은 다른 이의 죽음보다 더 고귀하고 위대한 것일까. 죽음마저 공평하지 않다면 우리는 어디에서 이 불평등한 인간 세상의 슬픔과 억울함을 위로받을 수 있을까. 죽은 자들이 모두 입을 다물고 있어 결코 알 수가 없다. 죽음 너머의 세상이 있다면, 부디 여기 이 세상보다 더 평등하고 공정한 곳이기를.

태양은 묘지 위에 붉게 타오르고

✢

빈센트 반 고흐

프랑스 파리 인근 오베르쉬르우아즈 공동묘지

가세만이 겨우 말을 꺼낼 수 있었다.

"절망하지 맙시다, 우린 빈센트의 친구들이니까. 빈센트는 죽지 않았소.
그는 결코 죽지 않을 거예요. 그의 사랑, 그의 천재성, 그가 창조해낸 위대한
아름다움은 영원히 살아남아 세상을 살찌울 겁니다. 나는 그의 그림을 볼 때면,
언제나 거기서 새로운 믿음, 인생의 새로운 의미를 발견했지요.
그는 거인巨人이었고……위대한 화가……위대한 철학자였습니다.
그는 예술을 향한 사랑 앞에 순교한 것입니다."

어빙 스톤, 《빈센트, 빈센트, 빈센트 반 고흐》

────　　　　　오베르, 정확히는 오베르쉬르우아즈라
불리는 작고 고요한 마을은 파리에서 멀지 않은 소읍이다. 환승
시간까지 포함해 파리에서 기차로 한 시간 반 정도면 갈 수 있으
니 바로 질러간다면 한 시간도 채 걸리지 않을 가까운 외곽에 있
다. 그림에 미친 화가 빈센트 반 고흐와 그를 아낌없이 도운 동
생 테오도 그 거리를 가깝게 느꼈을까. 그리 멀지 않다는 얘기를
들은 탓에 늦은 아침을 먹고도 꾸물거리며 파리 북부 역으로 향
했고 급할 것 없이 현장에서 기차표를 구했다.

　　파리의 묘지들을 찾아간다 했을 때 지인이 빼먹지 말라고
귀띔해준 묘지가 오베르에 있는 빈센트 반 고흐의 묘지였다. 그
때까지도 나는 고흐의 묘지가 남부 도시 아를 어디쯤 있을 거라
생각했다. 짧고 강렬했던 고흐의 삶에서 광기의 절정을 이룬 곳
이 프랑스 남부로 알고 있어 생을 마친 곳도 그 부근일 거라 생
각했던 것이다. 책을 뒤적여보니, 아를과 생레미에서 정신병 치
료를 받던 고흐가 평생 후원자였던 동생 테오의 보살핌 속에 파
리 인근 마을 오베르로 왔고, 거기서 70여 일을 머물며 80여 점
의 작품을 불꽃처럼 토해낸 뒤 삶을 마쳤다고 나와 있었다. 꼭

고흐의 묘를 찾는 일이 아니더라도 그가 남긴 그림의 활활 타오르던 황홀경 속으로 소풍 간다 생각하니 마음이 한없이 설레고 긴장됐다.

고흐의 삶에 대해 제대로 알고 관심을 갖게 된 건 시인 최승자가 1980년대 초에 번역한 책 《빈센트, 빈센트, 빈센트 반 고흐》를 통해서였다. 그 책이 내 마음과 머리에 부려놓은 장면들이 너무도 강렬해 오랫동안 잊히지 않았다. 프로이트와 미켈란젤로의 전기소설도 쓴 미국의 전기소설가 어빙 스톤Irving Stone의 저작으로, 고흐가 사망한 1890년으로부터 불과 40여 년 뒤인 1930년대에 씌어져 고흐의 삶과 예술혼을 세상에 알리는 데 크게 공헌했다. 고흐의 삶에 심취한 작가가 많은 자료와 취재를 통해 써내려간 이 책은 20세기 전기문학의 귀감으로도 평가된다.

어빙 스톤이 후기에 밝혔듯 독자들은 책을 읽으며 '이 이야기 중 어디까지가 사실일까?' 궁금해하지 않을 수 없다. 딱딱한 자료와 분석에 함몰되지 않고 생생한 장면과 인물 묘사로 전개되어 일단 굉장히 재미있게 읽힌다. 작가는 몇 가지 꾀를 부려 픽션을 포함시키긴 했지만 "기술상 특권을 제외하고는 이 책 전체가 사실"이라고 자신 있게 말한다. 빈센트와 테오 형제 사이에 오간 편지를 기본에 두고 네덜란드, 벨기에, 프랑스 등 고흐가 살았던 도시를 직접 방문해 얻은 자료와 증언을 바탕으로 쓴 책이라 했다. 책 말미에 그가 만나 도움 받은 사람들 이름도 열거했는데, 고흐 그림에 등장하는 가셰 박사의 아들로 추정되는 폴 가셰Paul

Gachet도 언급된다. 고흐 사망 뒤 반세기가 되기도 전에 쓰인 이 평전적 소설, 혹은 소설적 평전은 치밀한 고증과 자료 조사로 고흐의 생애에 대한 생생하고 입체적인 이야기를 들려준다.

알려진 바와 같이, 빈센트 반 고흐는 네덜란드의 한 목사 집안에서 태어나 평생 유럽 여러 곳을 전전하다 오베르에서 생을 마친 화가다. 처음엔 부친처럼 목회자를 꿈꿨고 헤이그의 화랑에서도 근무했으나 곧 해고되는 등 순탄치 않은 젊은 시절을 보냈다. 그러던 중 그의 재능을 일찌감치 알아본 동생 테오의 격려와 도움으로 본격적인 화가의 길을 걷게 된 것이 1880년경, 그의 나이 20대 후반에 이르러서다. 늦게 시작한 그림에 몰두해 10년간 900여 점의 그림을 그리며 창작혼을 불태우다가 불꽃에 달려든 부나비처럼 산화해간 광기와 정열의 화가 빈센트 반 고흐. 이 소설 아닌 소설, 평전 아닌 평전의 목록도 고흐 삶의 궤적을 좇으며 그가 머문 도시를 따라 이어진다. 런던, 보리나주, 에텐, 헤이그, 누에넨, 파리, 아를, 생레미, 마지막으로 오베르가 각 장의 이름이다.

오베르역은 왕복 이차선 선로로 이뤄진 소박한 시골 간이역이었다. 역사를 빠져나오자 작열하는 태양이 고흐 그림의 붓 터치처럼 마을의 빛과 그늘을 짙게 채색하고 있었다. 고흐 그림의 모델이 된 가셰 박사가 이 역으로 빈센트 형제를 마중 나온 대목에서 가셰는 빈센트의 손을 잡으며 말한다.

이 아담한 시골 간이역에 고흐를 비롯한
당대 유명 화가들이 화구를 들고 내렸을 것이다.

"여기가 진짜 화가의 마을이라는 걸 알게 될 거요. 당신도 곧 여기가 좋아질 거야. 이젤을 갖고 왔군. 물감은 충분하오?"

오베르는 고흐 이전에도 폴 세잔, 카미유 피사로 등의 화가가 찾아와 그림을 그린 곳이고, 가셰 박사는 그들과 먼저 친분을 맺은 사람이었다. 고흐를 가셰 박사에게 소개한 사람도 피사로였다.

오베르는 작은 마을이라 고흐의 그림 속 장소를 따라 찬찬히 돌아다녀도 반나절이면 충분하다. '오베르의 시청'이라든가 '오베르쉬르우아즈의 교회', 최후 걸작인 '까마귀가 있는 밀밭'의 실제 장소들은 시간이 멈춰버린 듯 130년이 훌쩍 지난 지금도 옛 모습을 거의 그대로 간직하고 있다. 조금 낡은 것이라면 닥치는 대로 밀어버리고 새로운 도로와 건물을 세워버리는 우리에겐 도저히 만나기 힘든 풍광이자 경험일 것이다. 고흐가 이젤을 세워놓고 그림을 그렸으리라 추정되는 지점마다 완성된 그림과 작품 해설이 함께 담긴 입간판이 세워져 있다. 마을 전체가 살아 있는 고흐의 미술관인 셈이다.

역사 맞은편의 비좁은 골목을 따라 올라가면 망망한 밀밭이 펼쳐지고 그 맞은편에 공동묘지 입구가 있다. 적잖은 무덤들 사이를 헤매다 간신히 묘지 북쪽 끝에 있는 두 기의 묘 앞에 섰다. 거기에 빈센트와 테오 형제가 나란히 합장돼 있었다. 부부나 일가족의 합장묘가 아닌 형제가 한곳에 묻힌 풍경은 퍽 낯설었다. 어빙 스톤의 책 마지막 장 제목처럼 '죽음 속에서도 그들은 서로

시간이 멈춘 마을, 오베르쉬르우아즈.
고흐의 묘지로 향하는 길목에 있던 시청과 교회.
100여 년 전에 그림으로 담은 풍경이 그대로 남아 있다는 것이 놀라웠다.
명화의 실제 풍경을 직접 마주한 감격이란!

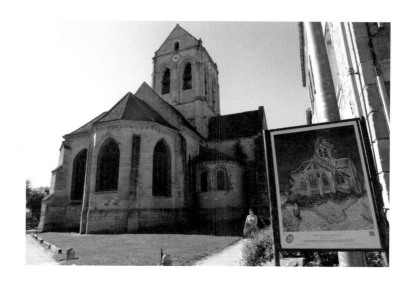

'두 개의 심장에 하나의 마음'이라 불린 형제,
빈센트 반 고흐와 테오 반 고흐의 합장묘.
세상에 이보다 더 눈물겨운 우애가 또 있을까.
죽음도 이들을 갈라놓지는 못했다.

나뉘지 아니하였'던 것이다. '두 개의 심장에 하나의 마음'이라 불린 형제. 세상에 이보다 눈물겨운 우애가 또 있을까.

빈센트 반 고흐는 그렇다 쳐도 동생 테오 반 고흐 역시 간단한 사람은 아니었다. 미술사학자 E. H. 곰브리치Ernst Hans Josef Gombrich가 극찬했듯이, "자신도 가난뱅이였으면서 항상 형 빈센트를 성심껏 도왔던, 참으로 놀랄 만한 인물"이었던 것이다. 정열의 화가 빈센트가 헌신적인 동생 테오에게 보낸 편지들은 거의 '문학작품'에 육박하는 감동과 흥미를 안겨준다.

고흐의 묘석에 다가가 그 거친 돌 표면에 살짝 손을 얹어보았다. 한낮의 열기를 머금어서인가, 아니면 그의 붓 터치처럼 두텁고 강렬하게 살다 간 열정이 전해져서인가. 손끝에서부터 불길 같은 전율이 활활 일었다. 작열하는 9월의 태양이 묘비를 뜨겁게 달궜다. 저 이글거리는 햇살이 고흐 안의 무언가를 움직여 그처럼 격렬한 붓 터치를 가능케 한 것은 아니었을까.

> 고흐가 사용한 붓놀림 하나하나는 단지 색채를 분할하기 위한 것일 뿐만 아니라 그 자신의 격앙된 감정을 전달하기 위한 것이었다. 그는 이러한 영감의 상태를 아를에서 보낸 편지에서 설명하고 있다. "때때로 너무나도 강렬한 감정에 빠져 나 자신이 지금 무엇을 하고 있는지 모를 때가 있다. 마치 말을 할 때나 편지를 쓸 때 거침없이 단어들이 줄줄 쏟아져 나오듯 붓놀림이 이루어지곤 한다." (중략) 고흐의 붓 자국은 그의 정신 상태에 대해서 우리에게 직접적으로 말해주고 있다.

그 이전의 어떤 화가도 고흐만큼 시종일관 효과적으로 이러한 기법을
구사하지는 못했다.

— E. H. 곰브리치, 《서양미술사》

최초의 유화 애니메이션 영화 〈러빙 빈센트〉에는 빈센트 반
고흐의 그림들과 함께 오베르쉬르우아즈의 풍경이 스크린 가득
꿈결처럼 재현된다. 한 번 방문한 적 있는 오베르 마을의 아름다
운 오솔길과 풍광이 영화를 보는 내내 마음속에서 되살아났다.
고흐의 자살에 의문을 제기한 몇몇 저작을 바탕으로 범인을 쫓
는 추리 형식을 취하고 있지만, 그 얼개는 그리 중요해 보이지
않았다. 화가 100여 명이 10여 년에 걸쳐 작업한 유화 애니메이
션의 장면 장면은 고흐의 기법을 흉내 낸 두껍고 거칠며 열정적
인 붓 터치로 가득했다. 보는 내내 고흐가 조금만 더 살아서 더
많은 작품을 남겼다면 어떤 그림들이 영화에 덧붙여질까, 또 서
양 근대미술사는 어떻게 바뀌었을까 상상해봤다. 10년간 900여
점을 그려낸 폭발적 열정만으로도 혀를 내두를 만하지만, 그의
때 이른 죽음으로 세상에 태어나지도 못한 작품들을 상상하면
안타깝고 섭섭한 마음마저 든다.

누에고치가 뽕잎을 먹고 실을 뽑아내듯 어떤 예술가들은 극
한의 고통을 머금어 찬란한 예술 작품을 토해내는 모양이다. 고
흐가 그랬고 슈베르트와 도스토옙스키, 카프카, 프리다 칼로Frida

Kahlo 같은 이들이 그랬다. 그러나 예술가 개인의 고통과 절망이 예술의 질료가 되던 시절은 이제 먼먼 옛 이야기가 된 것만 같다. 세상은 너무 빠르게 변해가고 새로운 예술적 시도는 곧바로 모방되거나 복제되며, 서사는 넘치고 넘쳐 너무도 쉽게 생산되고 소비된다. 이런 환경 속에서 온몸을 던져 작품을 뽑아내는 작가들의 고통마저도 길거리에서 쉽게 구입할 수 있는 소모품처럼 가볍고 간단하게 소비되기 십상이다.

"물감으로 그림 그리던 시대는 피카소로 끝났다"던 누군가의 말처럼 20세기가 시작된 이래 미술은 더 이상 현실의 그럴 법한 '재현representation'만을 목적으로 하지 않았다. 재현의 몫은 새롭게 탄생한 사진과 영상으로 넘어간 지 오래다. 이젠 사진이나 영상조차 재현이라는 무거운 십자가를 오롯이 지려 하지 않는다. 재현의 틀을 넘어 조금 다른 관념을 표현하려는 시도는 사진과 영상에서도 오래전부터 꾸준히 시도되어 왔다. 재현의 짐을 벗어던진 자리에 생각과 관념, 콘셉트 등이 붓 터치와 물감의 질감을 대신해온 것이 20세기 이래 미술사가 아니던가.

왕과 귀족에게 주문받은 성화나 인물화 등을 넘어 개인의 자의식을 그림으로 그리기 시작한 프란시스코 고야Francisco Goya 의 시도나, 수세기 동안 서양미술을 지배한 원근법과 소실점의 원리를 과감히 버림으로써 형태의 올곧은 재현을 넘어선 폴 세잔과 피카소의 시각 혁명, 상표명이 버젓이 붙은 기성품 변기를 미술관에 설치해 '샘'이라 이름 붙인 마르셀 뒤샹의 콘셉트 혁명을 거쳐 오늘날의 미술은 좀 더 복잡한 모습을 띄게 됐다. 이미지에는 어떤 마법 같은 힘이 있을 거라 믿었던 선사시대 인류의 생각과는 하늘과 땅 차이만큼 다르지만, 텍스트(문자) 중심의 시대를 오래 거친 뒤 찾아온 현재 디지털 문명도 새로운 이미지의 시대가 될 거라고 빌렘 플루서 Vilém Flusser를 비롯한 많은 미디어 철학자들은 진단한다. 그렇게 창조되고 유통되는 이미지들이 우리 삶과 문화를 어떻게 바꿔놓을지에 대해서도 희망과 우려가 교차한다.

대작 논란이며 위작과 표절 논란이 범람하는 혼탁한 예술계를 보면 마음은 더욱 착잡해진다. 고흐가 이 시대에 다시 태어난다 한들 그가 화단에 제대로 이름이나 알릴 수 있을까. 그의 이름을 우리가 접하게 될 수나 있을까. 오베르 같은 외딴 시골에 파묻혀 작업하고 있을 고통의 예술가를 찾아낼 수나 있을까. 그런 시절, 그런 예술의 시대를 그리워하는 것 자체가 시대착오적인 일은 아닐까. 예술의 죽음, 문학의 죽음을 떠드는 자들의 말에 왜 자꾸 내 귀가 솔깃해지는가.

오베르의 햇살은 매서웠지만, 그 그늘 속은 아늑했다.
불행했던 화가 빈센트는 태양 쪽으로 가장 가까이 간 화가였다.
밀랍 날개가 녹아 추락한 이카루스처럼.

part IV

✣
✣
✝

남프랑스
이탈리아
스페인
유럽 외 국가들

죽어서도, 죽을 수 없는 사람들

❖

레닌

러시아 모스크바 붉은광장

마오쩌둥

중국 베이징 천안문광장

호찌민

베트남 하노이 혁명광장

"〈우리의〉 혁명은 마지막 혁명이었고,

그러니까 또 혁명이 있을 순 없어요. 이건 누구나 다 아는 일이오."

"세상에, 당신은 수학자 아니던가요? 마지막 숫자가 뭐죠? 말해 보세요."

"마지막 숫자라니, 무슨 소리요?"

"그럼 제일 큰 숫자라고 해요. 제일 큰 숫자는 뭐예요?"

"말도 안 돼. 숫자는 무한이오. 마지막 숫자란 건 있을 수 없소."

"그럼 마지막 혁명이란 말은 왜 하세요?"

조지 오웰, 〈자유와 행복〉

여행 중 들른 박물관 가운데 잊히지 않는 곳 하나만 꼽으라면 실크로드의 중심 도시 우루무치에 있는 신장웨이우얼자치구박물관을 들고 싶다. 정식 명칭보다 '미라 박물관'으로 더 많이 불리는 그 박물관이 내게 강렬한 인상을 심어준 것은 거기 누운 '미라'들 때문이다. 미라라면 이집트를 포함한 여러 나라 박물관에서도 이미 만난 적이 있다. 세월의 풍화에 다 헤진 붕대로 온몸을 가려 얼굴과 신체의 명확함이 사라진 이미지가 미라의 일반적인 모습이다. 하지만 우루무치의 신장웨이우얼자치구박물관에서 내가 충격을 받은 것은 전혀 다른 미라의 모습 때문이었다. 미라가 아름다울 수도 있다니!

미라 박물관은 대략 10여 구의 미라가 박물관 한쪽을 차지하고 있었다. 사실 너무 오래전 이 대지 위를 살다 간 사람들을 전시하고 있어 한 개인의 인생무상보다는 역사의 유구함이나 세월의 덧없음이 더 뼈저리게 느껴진다. 어린아이 미라를 비롯해 나란히 누워 있긴 하되 사망한 년도가 거의 30년 이상 차이난다는 부부 미라 등을 보노라면 어떤 거룩함이나 장엄함마저 느껴져 옷깃을 여미게 된다.

이 박물관 최고의 스타(?)는 '죽음의 땅'이라 불리는 타클라마칸 사막에서 먼 옛날 번성했다는 누란樓蘭 유적지의 미라, 일명 '누란 뷰티'라 불리는 여성 미라다. 대략 3,800년 전 사람으로 추정되고 황톳빛 피부의 갈색머리에 모자까지 쓰고 있는데 건조한 기후 덕분에 보존 상태가 뛰어나 머리카락 한 올 한 올, 입가의 주름 하나까지 생생하게 살아 있어 보는 사람을 경악하게 만든다. 흡사 다소곳하게 웃고 있는 듯한 표정 때문에 혹자는 '죽음의 모나리자'라고도 부른다. 3,800년 전 미소가 오늘날까지 전율을 일으키고 있는 것이다.

이집트나 실크로드의 미라들이 건조한 자연환경에 의한 천혜의 선물이라면, 현대의 미라들은 산 사람들의 정치적 목적과 이해관계를 위해 그 외형이 또렷이 보존된 경우다. 사회주의 국가들의 혁명지도자들은 이미 오래전 의학적으로 사망했지만, 형상으로는 결코 죽을 수 없는 사람들이 되었다. 고대 이집트에서 파라오의 시신을 미라로 만들던 방식, 즉 망자의 내장과 골수를 제거하여 부패를 막은 뒤 생전 모습을 보존토록 한 '엠바빙embalming'이라는 방식에 의해서다. 레닌과 스탈린을 비롯해 중국의 마오쩌둥毛澤東, 베트남의 호찌민, 북한의 김일성·김정일 부자 등 이미 불귀의 객이 된 정치지도자들이 엠바빙에 의해, 정확히는 후계자들의 정치적 의도와 정권의 필요에 의해 망자의 의사와는 상관없이 미라로 만들어져 그 나라 혁명광장이나 기념관에 안치되어 있다. 민중, 혹은 인민의 통합과 혁명 정신을 고취하자는 것이겠지만 그들은 죽어서도 편안히 잠들 수 없는 사람들처럼 보였다.

러시아 모스크바에서 스톱오버를 하게 되어 한나절 동안 공항을 빠져나와 도시를 산책할 수 있었다. 무비자 입국이 가능해지면서 러시아는 이제 동남아나 일본만큼 가기 쉬운 여행지가 됐다. 격세지감을 느끼지 않을 수 없다. 70년 넘게 '소련'이라는 이름하에 높고 단단한 '철의 장막'으로 가려져 있던 이 나라는 내 어릴 적엔 달나라나 동화 속 꿈의 나라보다 더 먼, 도저히 닿을 수 없어 보이던 나라였다. 무시무시한 독재자와 악의 표상인 과학자들, 뱀눈을 뜨고 암살과 파괴를 일삼는 스파이와 테러리스트들이 즐비한 그런 나라. 그런데 이렇게 쉽게 그 겨울의 심장부에 닿아도 되는 것일까.

십수 년 전 처음 모스크바 땅을 밟았을 때의 긴장감은 지금도 선연하다. 낯선 키릴문자와 불친절하고 무뚝뚝해 보이는 사람들, 위압적인 사회주의식 건물 등은 여전히 레드 콤플렉스를 다 떨쳐버리지 못한 여행자를 주눅 들게 했다. 그러나 '모스크바의 명동'이라 불리는 아르바트 거리나 모스크바의 중심인 붉은광장 외에도 간절히 만나고 싶은 것이 있었다. 바로 붉은광장 중앙 건물에 잠들어 있는 볼셰비키 혁명지도자 레닌의 미라였다.

모스크바에 머물며 연이틀 붉은광장을 찾았고 그때마다 레닌 묘지 안으로 들어갈 기회를 엿봤다. 하지만 번번이 이런저런

눈 덮인 새벽, 붉은광장을 거니는 연인.
뒤편으로 레닌의 사각형 묘지 건물이 보인다.
그 안에 오래 잠들어 있는.

이유로 출입이 금지됐다. 첫날은 갖고 있던 카메라와 가방 때문이었고, 이튿날은 알아듣지 못할 이유로 굳게 닫힌 묘지 문 앞에서 발걸음을 돌려야 했다. 몇 해 뒤 한겨울에 다시 갔을 때도 간절한 시도는 좌절됐다. 묘 내부를 수리 중이라고 했다. 위대한 영도자를 알현하고자 하는 혁명 대중에게 언제나 개방돼 있다는 그 묘지는 어쩐지 내겐 영원히 열리지 않을 것만 같았다.

마침내 묘지 문이 열린 것은 네댓 해 전쯤 겨울, 몇 해 만에 다시 모스크바를 찾았을 때다. 붉은광장 초입에 길게 늘어선 행렬이 레닌의 묘로 이어지고 있었다. 가방과 소지품은 맞은편 보관소에 넣어두면 되었다. 입구에서 간단한 검문을 마치고 낮은 피라미드형 건물 지하로 내려섰다. 매서운 눈매에 로봇처럼 기골이 장대한 군인들이 2~3미터 간격으로 도열해 참배객들을 날카롭게 쏘아보고 있었다. 어두운 실내 안쪽으로 들어서자 곧 너른 공간이 나타났고, 그 한가운데 유리관 안에 누군가 누워 있었다. 레닌이었다.

생각보다 왜소한 시신은 빳빳하게 다린 양복 차림이었다. 특이하게도 한쪽 손은 편안하게 폈고, 다른 손은 주먹을 지그시 쥔 채 복부에 올려놓고 있었다. 붉은 수염이며 엷은 귓불이 살아 있는 사람의 것처럼 생생했다. 채 3~4분도 안 되는 시간, 정해진 방향으로 이동하면서 유리관 안에 누워 있는 혁명가의 모습을 내내 바라봤다.

차르 경찰의 감시와 탄압을 피해 퀴퀴한 마구간에서 동지

레닌 묘지 주변엔 부하린, 브레즈네프 등
여러 혁명지도자가 함께 잠들어 있다.
스탈린의 가묘도 이곳에서 만났다.

들과 인터내셔널가를 부르며 혁명을 꿈꾸고 모의하는 레닌, 탄압을 피해 해외로 망명했다가 혁명의 기운이 무르익은 러시아로 다시 잠입하는 레닌, 노동자와 인민 앞에서 사자후를 토하는 레닌. 흡사 일부러 잘 쓴 영화 시나리오처럼 파란만장한 삶을 살았던 풍운아 레닌의 고단한 시신이 내 앞에 곤히 잠들어 있었다.

두 번째 천안문사건이 훑고 간 지 5년이 지난 1994년 중국에 처음 갔을 때 천안문광장 남쪽에 있는 마오쩌둥 묘지에도 긴긴 줄이 흘러가고 있었다. 오래전 사망한 혁명지도자의 신성한 육신을 알현하기 위해 중국 도처에서 찾아와 긴 대열을 이루었을 인민들 사이에 끼어 나도 묘지 건물 안으로 들어갔다. 거기서 생각보다 아담한 키에 오뚝한 콧날을 하고 있던, 그저 곤한 잠에 빠진 듯 보이던 마오쩌둥의 시신을 보고 일었던 전율을 지금도 기억한다.

1949년 그 묘지 맞은편에 위치한 천안문 망루 위에서 중화인민공화국을 선포할 때까지만 해도 마오쩌둥의 신화는 오류라곤 찾아볼 수 없는 불굴의 인간 드라마를 보여주는 듯싶었다. 그러나 1950년대 대약진운동과 1960년대 문화대혁명을 거치면서 과도한 권력에 취해버린 지도자들이 대체로 걸었던 과오의 길을 그 또한 걷고야 말았다. 이제는 중국인들조차 7:3이니, 8:2니 하며 그의 공과功過를 공공연히 이야기하고 있지만 여전히 그에 대한 숭배와 공경은 식을 줄 모른다.

밤의 천안문 광장과 마오쩌둥의 묘지.
오늘날 이렇게 개벽한 중국을 보고
망자는 어떤 생각을 할까.

천안문 망루에서 내려다본 천안문광장.
1949년 10월 1일, 바로 이 자리에서 중화인민공화국이 선포됐을 것이다.
천안문 맞은편 묘역엔 공화국 선포자 마오쩌둥이 누워 있다.

베트남 하노이에서는 국민들이 '호 아저씨'라 부르며 지금까지도 존경해 마지않는, 베트남 독립과 혁명의 영웅 호찌민의 묘지 건물 앞에 서기도 했다. 20세기의 가장 강력하고 악랄한 제국주의 국가들이던 일본과 프랑스, 미국과의 전쟁을 승리로 이끈 이 혁명가는 1969년 9월 2일, 남루한 옷 몇 벌과 낡은 구두만 남기고 끝내 전쟁의 승리를 보지 못한 채 79세로 사망했다.

　　호찌민은 "장례식에 인민의 돈과 시간을 낭비하지 말라"는 유언과 함께 자신의 시신을 화장하고 재를 삼등분해 조국 베트남의 북부, 중부, 남부에 뿌려줄 것을 부탁했다고 한다. 하지만 그를 숭앙한 베트남 인민들은 그 유언을 지킬 수 없었다. 이렇듯 번듯한 기념관을 세워 생전 모습 그대로인 호 아저씨의 유해를 모셨다.

　　그와 극단적으로 대립했던 사람들조차 그를 존경하지 않을 수 없었다던 호찌민의 묘지는 10여 년 전에도 찾아간 적이 있다. 그때는 무슨 이유에선지 호찌민의 텅 비어버린 몸을 만나지 못했고, 다음 여행 때는 시간이 오래 걸리는 보수 공사가 진행 중이라 입장이 허락되지 않았다.

　　왜 그 오래된 무덤들 앞에서 전율이 일었을까. 내가 열렬히 추종하거나 전적으로 긍정하는 사람들이 아닌데도 그들 앞에서 일어나던 흥분의 정체는 무엇이었던가. 사실, 너무도 대답하기 쉬운 물음이 아닐까 싶다. 역사의 흐름을 바꾼 사람들이나 위대한 예술가들의 무뚝뚝한 묘석 앞에서도 적잖은 떨림이 느껴

사회주의자이기 이전에 애국자이고자 했던 사람,
그의 적들조차 폄하할 수 없었던,
베트남인들의 '호 아저씨' 호찌민이 잠든 곳.

다시 찾은 겨울의 붉은광장은 대기까지 꽁꽁 얼어 있었다.
이곳은 옛 소비에트의 심장이기에 앞서 겨울의 심장이었다.

지는데, 생전 모습이 그대로 보존된 시신 앞에 어떻게 전율하지 않을 수 있을까. 지금 눈앞에 직접 대면하고 있는 것은 '역사' 그 자체가 아닌가. 역사란 눈에 보이지 않는 것이지만, 종종 이렇게 우리 눈앞에 선명한 모습을 드러내 보이기도 하는 것이다. 칭기즈 아이트마토프의 소설《백년보다 긴 하루》만큼이나 흥미진진하게 읽은 르포 문학의 걸작 존 리드John Reed의《세계를 뒤흔든 열흘》, 또《삼국지》만큼이나 재미있게 읽었던 에드거 스노Edgar Snow의《중국의 붉은 별》을 통해, 적어도 그 젊은 혁명가들이 부패한 세상을 뒤집어엎고자 분투하던 이야기들을 얼마나 흥분하면서 접했던가. 좀체 꿈쩍도 않을 것 같던 역사의 수레바퀴를 조심스럽게, 또 힘차게 밀고 간 인물들 앞에서 어찌 전율이 일지 않을 수 있겠는가. 나폴레옹 3세의 오래된 사진을 보고 전율했던 어느 철학자의 마음도 이러했을진대.

> 아주 오래전 어느 날 나는 나폴레옹의 막내 동생 제롬의 사진(1852)을 우연히 보았다. 그때 나는 지금도 기억에 생생한 놀라움을 드러내며 속으로 이렇게 말했다. "나는 황제를 보았던 두 눈을 보고 있다."
>
> — 롤랑 바르트,《밝은 방》

지난해 겨울, 다시 스톱오버로 모스크바에 내려 거의 습관적으로 붉은광장 쪽을 향했다. 그리고 레닌 묘 앞에 길게 늘어선 줄을 또다시 목격했다. 이번엔 짐을 맡기지도 않고 배낭을 멘 채 간단한 검문만 받고는 안으로 들어갈 수 있었다. 시시했다. 이래도 되는 걸까 싶었다. 벌써 100여 년이 지난 혁명이라지만 그 사건과 인물에 대한 기억을 이렇게 쉽게 소비하고 구경해도 되는가 싶어 당황스러웠다.

낯익은 듯 낯설기만 한 혁명가의 미라는 이번에도 내 앞에 누워 있었다. 한쪽 손은 편안하게 펴고 다른 손은 주먹을 지그시 쥐어 복부에 올려놓은 모습 그대로. 죽어서도, 죽을 수 없는 사람이 거기 누워 있었다.

잠들어 있는,
죽은 혁명가

✣

체 게바라
쿠바 산타클라라 체게바라기념관

학위를 받은 나는 라틴 아메리카 여행을 시작했습니다. (중략) 초기에는 학생 신분이었지만 나중에는 의사 신분으로 여행했습니다. 나는 점차 가난, 기아, 질병 그리고 가진 게 변변치 않아 아이를 치료할 수 없는 사람들과 밀접히 접촉하기 시작했습니다. 그래서 당시 나는 유명한 연구자가 되거나 의학 발전에 어떤 중요한 기여를 하는 것만큼이나 중요한 일이 있음을 깨닫기 시작했습니다. 바로 그들을 돕는 것이었지요.

체 게바라, 《체 게바라의 모터사이클 다이어리》

　　　　　　　　　　　두 장의 사진이 있다. 하나는 청년 20~
30명이 흰 가운을 입고 찍은 단체 사진이다. 1940년대 후반 부에
노스아이레스대학교 의과대학 졸업생들이다. 그중 유난히 눈에
띄는 젊은이가 있다. 단정한 의대생들 가운데 유독 머리를 올백
으로 빗어 넘긴 그는 누가 봐도 튄다.

　　다른 하나는 웃통을 벗어젖히고 눈을 반만 뜬 채 딱딱한 침
상에 누워 있는 사내의 사진이다. 군복을 입고 장총을 든 사람
들이 누운 그를 에워싸고 매섭게 내려다보는데, 사내의 육신은
이미 차갑게 식어 있다. 눈을 반쯤 뜨고 있어 그저 곤히 잠든 것
처럼 보이기도 한다. 그는 앞선 사진 속 올백 머리 의대생과 동
일인이다. 아마 그때로부터 20여 년 뒤쯤 모습일 터다. 그의 이
름은 에르네스토 게바라Ernesto Guevara. 우리에겐 '체 게바라Che
Guevara'라는 이름으로 더 많이 알려져 있다.

　　1928년 아르헨티나에서 유럽 이민자의 후예로 태어나, 미
래가 보장된 의과대학을 졸업한 체 게바라는 모터사이클 여행을
통해 라틴아메리카 민중의 참혹한 현실을 직접 목격하고 체험
한다. 그 뒤 과테말라에서 합법적으로 선출된 정권이 미국의 지

원을 받은 무력 쿠데타에 의해 무너지는 과정을 지켜본 그는 모든 기득권을 버리고 혁명에 투신하기로 결심한다. 그리고 곧 바티스타 정권과 배후에 도사린 미국에 저항 중이던 쿠바혁명군에 가담하고 지도자 피델 카스트로Fidel Castro를 도와 쿠바혁명을 완성하는 데 큰 공을 세운다.

혁명을 성공시킨 후 쿠바 중앙은행 총재와 산업부 장관 등을 거치며 다양한 외교 활동을 펼치던 그는 또다시 자신의 기득권을 반납한다. 여전히 진행 중인 세계 곳곳의 민중 혁명을 방관할 수만은 없다며 '쿠바에서는 모든 일이 끝났다.'라는 편지를 남기고 아프리카 콩고로, 남미 볼리비아로 떠난 것이 1965년경이다.

그로부터 2년이 지난 1967년 10월, 볼리비아 산악 마을 발레그란데 근처에서 마지막 전투를 벌이다 미국 CIA의 지원을 받은 볼리비아 정부군에게 생포된 뒤 총살당함으로써 파란만장했던 삶을 마친 체 게바라. 너무 갑작스러운 죽음이라 그는 자신의 불꽃같은 삶을 채 정리할 수도 없었을 것이다. 전쟁은 죽은 자들에게만 끝난다 했던가. 급습한 죽음은 평생을 이어온 그의 전쟁도, 거침없던 그의 행진도 그 자리서 멈추게 했다.

에르네스토 체 게바라는 볼리비아 밀림에서 일기에 이렇게 적었다. "아주 조그만 달 아래에 있는 우리는 열일곱 명이다. 행진이 어렵다." 만일 다음 날 아침에 체 게바라가 매복 작전에 걸려 죽지 않았다면,

불꽃같은 삶을 살았던 혁명가 체 게바라.
사르트르가 '20세기 가장 완벽한 사람'이라 일컬은 인물.
평생을 이어온 그의 전쟁도, 거침없던 그의 행진도,
급습한 죽음 앞에서 일순간 멈춰버렸다.

그가 한 마지막 말은 지금만큼 유명해지지 않았겠지?

— 미셸 슈나이더, 《죽음을 그리다》

쿠바의 지방 도시 산타클라라에 있는 체게바라기념관은 그의 짧고 강렬했던 한평생을 압축해 보여준다. 혁명의 격전지를 누비며 불꽃처럼 살다 간 한 사람의 평생을 보여주기엔 단출하고 자료도 몹시 부족하지만, 체의 인간적 면모를 느낄 수 있는 사진은 많았다. 설산을 등반하고, 카메라를 만지작거리고, 골프를 치고, 체스를 두고, 야구방망이를 휘두르는 체 게바라를 보라. 수염을 말끔히 깎고 변장을 해서 다시 새로운 전장으로 향하는 그 비장한 모습도. 그 사진들에는 혁명가이기 이전에 생을 즐기고 사랑할 줄 아는 낙천적인 한 사람의 모습이 담겨 있다. "세상 모든 불의 앞에서 가장 먼저 우리는 이론을 만들지 말아야 한다. 우리가 해야 할 것은 오직 행동이다."라고 말한, 행동하는 사람으로서의 면모가 그 사진들에서도 읽혔다.

쿠바를 여행하며 조금 놀란 것은 버스를 타고 한참을 달려도 시야를 가로막는 높은 산이나 험준한 지형이 드물다는 점이었다. 미국의 비호를 받던 바티스타 독재 정권에 저항하며 일어선 카스트로와 체 게바라의 게릴라군은 이처럼 몸을 감출 곳도 없는 편평한 땅에서 어떻게 게릴라전을 성공적으로 펼칠 수 있었을까.

산타클라라는 쿠바 중부의 작은 도시다. 체 게바라는 이곳

전투에서 큰 승리를 거둬 내전의 전세를 뒤집고 쿠바혁명에 결정적 기여를 했다. '체 게바라'라는 이름을 널리 알린 땅이 산타클라라인 셈이다.

1967년 볼리비아군이 살해하고 암매장한 체 게바라의 시신은 30년이 지나서야 발견됐다. 1997년 쿠바와 아르헨티나 전문가들이 두 손이 잘려나간 그의 시신을 찾아내고(볼리비아군이 체를 처형한 뒤 신원을 확인하기 위해 두 손을 잘랐다 한다), 그것이 체 게바라의 것임을 최종 확인한 것이다. 쿠바 정부는 시신을 산타클라라로 옮겨 그를 안치시켰다. 체 게바라의 영광과 승리가 기록된 이 도시에 그의 묘가 마련된 사연이다.

햇살이 따갑게 내리쬐던 산타클라라의 체 게바라 묘지. 그늘을 찾아 쉬고 있는 여행자 앞으로 한 무리의 학생들이 다가왔다. 쿠바 학생들이 단체로 이 묘지에 견학을 온 모양이었다. 그들에게 지나간 혁명은 무엇이며 '체'라는 혁명가는 어떤 사람으로 남았을지 궁금했다. 사진작가 알베르토 코르다Alberto Korda가 우연히 연단 뒤에 서 있던 체 게바라를 찍어 유명해진 초상화가 티셔츠며 기념품에 프린트되어 불티나게 팔려나가는 웃지 못할 아이러니와 체에 대한 쿠바 젊은이들의 마음에는 얼마만큼의 거리가 자리 잡고 있을까. 자신의 조국도 아니면서 온몸을 바쳐 혁명을 이뤄낸 사회주의 쿠바가 적국이었던 미국과 최근 수교를 재개한 것을 알면 망자의 마음은 어떨까. 미국과 수교가 재개된 이후 쿠바는 어떤 변화를 겪게 될까.

채 게바라의 영광과 묘지가 있는 쿠바 중부의 도시 산타클라라 시내.
격전의 흔적이라고는 찾아볼 수 없는,
소박한 삶과 사람들이 어울려 사는 시골 마을이었다.

아프리카의 스와힐리족은 사사sasa와 자마니zamani라는 독특한 시간관념을 가지고 있다고 한다. 그들이 죽은 이를 기억하는 한, 죽은 이는 죽은 것이 아니라 여전히 '사사'의 시간 속에 살아간다. 그러나 그를 기억하는 이들마저 모두 죽어서 더 이상 기억해줄 사람이 없을 때 망자는 비로소 영원한 침묵의 시간, 즉 자마니로 떠나게 된다. (중략) 기억은 관계 속에 생성되는 시간이며 또 다른 생의 공간이다. '요절'이란 결코 낭만적일 수 없지만, 그럼에도 불구하고 우리가 일찍 세상을 등진 이들에게 매혹당하는 이유는 우리의 삶이 그들과 함께 서서히 발효해가기 때문이다.

— 전성원, 《길 위의 독서》

체 게바라는 이미 50여 년 전 볼리비아의 차가운 산악 지대에서 사망했지만, 그에 대한 기억은 여전히 수많은 사람에게 살아 있다. 그의 초상이 프린트된 티셔츠며 상품들을 통해 게바라는 생전 바람과는 사뭇 다른 방향으로 이 시대 사람들의 기억 속에 무시로 소환된다. 그 역시 불멸의 존재가 되어가는 듯하다. 요절한 시인의 특권은 그가 사람들의 기억 속에 영원히 젊은 이미지로 남게 되는 거라 했던가. 시인 윤동주며 백석, 랭보, 짐 모리슨 등의 이미지가 우리에게 그렇게 남아 있다. 시인 아닌 시인 체 게바라도 그럴 것이다. 그는 펜과 원고지 대신, 혁명과 열정으로 시를 써내려간 요절 시인이었다.

누군가, 1980년 광팬에게 살해된 존 레논을 얘기하며 그 죽음의 가장 큰 피해자는 어쩔 수 없이 평생 동지이자 라이벌이었던 폴 매카트니가 아니겠냐고 쓴 글을 읽은 적이 있다. 그런가 하면 2016년까지 생존했던 90세의 혁명지도자 피델 카스트로가 마지막 전당대회에 참석해 곧 다가올 죽음을 생각하며 세상에 이별을 고하는 장면이 뉴스를 장식한 적도 있다. 존 레논과 체 게바라는 단명했고, 폴 매카트니와 피델 카스트로는 천수를 누렸다. 살아서 부와 영광을 누린 사람이 최후의 승자로 남을 것 같지만, 어차피 모든 사람이 죽음을 피할 수 없다는 사실이나 존과 체가 결국 영원한 젊음으로 기억될 것을 떠올리면 인생의 승패가 반드시 그렇게 판가름 나진 않을 것 같다.

처형된 모습마저 정치적 목적에 의해 온 천하에 공개된 사내. 생포되어 총살당한 체 게바라가 상반신이 벗겨진 채 눈을 흐리멍덩하게 뜨고 잠든 모습을 두고 누군가는 15세기 르네상스 화가 안드레아 만테냐Andrea Mantegna의 '죽은 그리스도'나 미켈란젤로의 '피에타'를 거론하기도 한다. 그 모습은 죽었다기보다 흡사 혼곤하게 잠에 빠진 것 같다. '잠든 듯 죽은' 자의 사진이랄까.

그런데 잠과 죽음은 어떻게 다른가. 죽음을 일컬어 종종 '잠들었다'고 표현하기도 하니, 우리는 잠을 통해 매일 몇 시간씩 언젠가 다가올 죽음을 연습하는 것은 아닐까. 그리하여 아침마다 부활과 살아 있음의 경이로움을 동시에 경험하고 있는 것은 아닐까.

쿠바의 수도 아바나의 구시가지 풍경.
카스트로 사후의 쿠바는 어디로 향하게 될까.

체 게바라가 찍힌 또 한 장의 사진이 강렬하게 시선을 붙잡는다. 긴 댕기 머리에 한복을 입은 한 여성 맞은편에 서서 덩실덩실 춤사위 비슷한 포즈를 취하며 활짝 웃고 있는 모습이다. 그들 뒤에는 우리네 농악에서 흥을 돋우는 상모꾼도 보인다. 전혀 어울릴 것 같지 않은 사람들이 그 빛바랜 흑백사진에 어우러져 있다. 사회주의 혁명을 완수한 쿠바가 1960년 조선민주주의인민공화국, 즉 북한과 수교를 맺었을 당시 상공부 장관이던 체 게바라가 북한을 방문해 남긴 사진이라 한다. 그 사진과 함께 김일성 주석과 악수하며 환하게 웃고 있는 체의 사진도 전해진다. 대부분의 사진에서 소탈하게 웃고 있는 걸 보면, 모르긴 몰라도 그는 굉장히 낙천적이고 유머러스한 사람이었을 것 같다. 하필 가장 유명해진 코르다의 사진이 심각하고 매서운 눈매와 표정을 짓고 있을 뿐.

혁명가가 되기 전, 친구와 함께 모터사이클을 타고 라틴아메리카 대륙을 누빈 체 게바라를 나는 배낭여행족의 대선배로 생각해왔다. 그의 여행은 다소곳이 집으로 돌아오는 평범한 여행이 되지 못하고, 더 크고 더 위험천만하며 더 많은 것을 던져버리는 여행으로 이어졌다. 혁명도 어떤 면에서는 여행과 같아서, 그는 평생 '혁명'이라는 모터사이클 여행을 멈추지 않았다고 생각했다. 모터사이클의 진동음이 끝내 멈춘 곳이 여기 이역만리의 도시 산타클라라의 묘지가 아닐까 싶었다. 그 자리에서 그가 평생 타고 다닌 혁명의 모터사이클도 멈췄고 그의 고단한 전쟁도 끝을 맺었다. 그의 일생, 그의 일대기를 읽는 것만으로도 숨이 차고 가슴이 벅찰 만큼 파란만장한 삶이었다.

사르트르가 '20세기 가장 완벽한 인간'이라 극찬했던 한 사내의 누운 자리가 거기 있었다.

22

술독 밑에 묻어주오,
운이 좋으면 술이 샐지도 몰라

❖

하피즈

이란 쉬라즈

91.

죽어가는 이 내 몸에 포도주를 먹여 주오
목숨 다한 이 내 몸을 포도주로 씻겨 주오
싱싱한 포도잎 감싼 이 몸을
사람들이 왕래하는 정원에 묻어 주오

92.

그러면 썩어서 흙이 된 몸일망정
공중에 매혹적인 포도 향기 가득 던져
지나가던 독신자가 모르는 사이
그 향기 외면하지 못하게 하리

피츠제럴드, 《루바이야트》 중 오마르 하이얌의 시

　　　　　　　　　　　　기회를 노리던 이란으로의 여행은 늘 이런저런 이유로 감행하지 못했다. 민감한 정세 때문이기도 했고, 여행을 계획할 때마다 미뤄야만 할 일들이 생기곤 했다.

　　언제나 이란이 궁금했다. 페르시아 문명을 더듬어보지 않고 동서양 문명의 흐름을 단절 없이, 대략적으로나마 파악할 수 있을까? 동쪽으로 파키스탄, 아프가니스탄, 우즈베키스탄 등지에 닿고 서쪽으로 이라크, 사우디아라비아, 시리아, 터키로 이어지는 이란이 역사·지리적으로 매우 중요한 자리에 터하고 있음은 부인할 수 없는 사실이다.

　　1979년 혁명에 의해 이슬람으로의 전면적 회귀가 일어나기 전까지 이란은 오랫동안 중동의 그 어떤 나라보다 서구지향적 정책과 문화를 추진해온 나라였다. 그러나 아야톨라 루홀라 호메이니Ayatollah Ruhollah Khomeini를 수반으로 한 시아파 혁명 세력이 정권을 잡음으로써 이란은 서구와 맞서게 됐고, 같은 이슬람권 내에서도 수니파인 사우디아라비아 등 주변국과 대립했다. 이런 이유로 서구 언론에 의해 이슬람 근본주의, 핵 개발, 테러의 배후 등 위험하고 부정적인 이미지로 포장돼온 나라가 이란이다. 그런 나라로의 입국이 쉬웠겠는가.

그러다 비로소 이란이 내게 문을 열었다. 정세가 또 나빠지기 전에 서둘러 행장을 꾸렸다. 까다롭긴 해도 그닥 불쾌하진 않았던 공항 입국 수속을 마친 뒤 테헤란으로 들어와 이맘호메이니 광장 부근에 숙소를 잡았다. 모든 것이 낯설었지만 '이란'이라는 이름이 주는 위험이나 불안은 느껴지지 않았다.

사람들은 친절하고 상냥했다. 총을 멘 군인, 눈매가 매서운 종교인, 눈만 내놓고 차도르로 친친 모습을 감춘 여성들도 보이지 않았다. 내밀한 곳은 모르지만 겉으로는 자유롭고 여유로운 일상이 흐르고 있었다. 청바지에 가벼운 차림을 한 여성들은 외진 곳에서 머리에 두른 스카프를 잠시 벗기도 했고 낯선 남성 여행자에게 먼저 다가와 말을 건네며 함께 사진을 찍자고도 했다.

'어, 내가 생각하던 이란하고 너무 다른데?'

가장 충격적인 장면은 이란 최고의 건축물로 꼽는 이스파한의 모스크 안에서 목격했다. '예수 그리스도의 탄생을 축하하며, 메리 크리스마스!'라 적힌 입간판의 포스터. 마침 성탄절 무렵이었다. 도대체 이란의 살벌하기만 한 이미지들은 모두 어디서 비롯되고 누가 만들어낸 것일까? 여행자는 때론 세상을 잘못 독해하는 오해자이기도 할 테지만, 때론 두꺼운 색안경을 벗어버릴 수 있는 착실한 목격자이기도 할 것이다.

저녁을 먹고 테헤란 구시가지 쪽으로 향하다가 우연히 길가 헌책방을 발견했다. 마침 영어로 된 이란 여행가이드북이 필

테헤란의 한 번화가.
옛 페르시아의 영광과 이슬람 종주국으로서의 자존심,
빠르게 진행되는 현대화의 물결이 뒤섞여 있다.

요한 참이었다. 비좁았지만 사방이 책으로 둘러싸인 헌책방 안은 낯선 언어들이 툭툭 튀어서 파리나 벌떼처럼 공간을 날아다녔다. 무뚝뚝해 뵈던 주인이 의외로 눈에 잘 띄는 곳에 있던 영어판 가이드북을 꺼내줬다.

그때 느닷없이 확 꽂힌 책이 있었다. 표지나 디자인이 조악하고 글자도 알아볼 수 없었지만 표지 삽화 속 얼굴은 분명 내가 알고 있는 사람이었다. 사데크 헤다야트. 책을 가리키며 표지 인물이 프랑스에서 유학한 바 있는 불행했던 소설가가 아니냐고 주인에게 물었다. 그게 서점 주인과 말길을 튼 계기가 되었다. 먼 나라 이방인이 자기네 나라 작가를 안다는 게 그도 신기했던 모양이다. 낯선 손님인 내게 과자까지 건네며 헤다야트와 이란 문학에 대해 일장 강의를 해줬다. 출판이 금지돼 오랫동안 잊힌 작가였던 그가 지금은 이란인이 가장 사랑하는 작가가 되었다고. 그 밖의 유명한 이란 소설가들도 알려줬다. 모하마드 알리 자말자데Mohammad-Ali Jamālzādeh, 사데크 추바크Ṣādeq-i Chūbak, 잘랄 알레 아흐마드Jalāl Āl-é Aḥmad 등등. 그러고 보니 내 서가에 꽂힌 잘랄 알레 아흐마드의 소설 《땅의 저주》가 생각났다. 바깥이 캄캄해질 때까지 50여 년을 한결같이 그 자리에서 책을 팔았다는 헌책방 주인과 수다를 떨었다.

테헤란에서 서북쪽으로 300~400킬로미터 거리에 위치한 휴양 도시 마슐레에서도 몹시 오래된 헌책방이 발걸음을 붙잡았다. 기념품 가게와 식당, 찻집이 늘어선 좁은 골목길을 걷다가 발견한 아주 자그만 책방이었다. 안으로 들어서자 초로의 사내가 반겼다. 영어로 된 책을 찾는 내게 그는 '오마르 하이얌Omar Khayyām'이라는 옛 시인을 권했고, 내가 잘 안다고 하자 그와도 금세 말길을 트게 됐다. 왕년에 인근 대도시인 라쉬트의 대학에서 사회학을 가르친 교수였다는 서점 주인은 열렬한 시의 독자이자 그 자신이 시인이었다. 이란, 혹은 페르시아 시인들에 대해 얘기하는 내내 눈빛은 빛났고 얼굴은 흥분으로 가득 찼다.

그가 언급한 이란 시인 중에 낯익은 이름 두셋이 귀에 걸렸다. 대학 문학 수업 때 들은 적 있는 오마르 하이얌을 비롯해 수피즘 시인으로 알려진 잘랄 아드딘 무하마드 루미Jalāl ud-dīn Muhammad Rūmī, 거기다 쉬라즈에서 그 무덤을 만나고 온 시인 하피즈가 그들이었다. 내가 그 이름들을 알은체하자 주인장은 시집들을 일일이 꺼내 내 앞에 늘어놓았다. 그에게 내가 물었다. 가장 좋아하는 시인, 훌륭하다 생각하는 시인이 누구냐고. 즐거운 문제를 풀기라도 하듯 곰곰 생각하며 여러 번 대답을 수정하던 주인장은 순위까지 매겨가며 시인들 이름을 열거했다. 1위는 오마르 하이얌, 2위 하피즈, 3위 사디Saʿdī, 4위 루미, 5위 니자미 간자비Nizāmī Ganjavī. 사디와 니자미는 생소했다. 결국 혁명 이전에 출판됐다는, 오래된 삽화가 들어간 오마르 하이얌과 하피즈의 영문판 시집을 한 권씩 사갖고 책방을 나왔다.

11세기 중엽의 시인 오마르 하이얌과 시집 《루바이야트》는 인생을 통찰하는 깊은 시선과 허무가 교차하는 시들로 가득했던

테헤란과 마슈레에서 만난 오래된 헌책방들.
그곳 주인장들과 이란의 시인, 소설가들의 이야기를 하게 될 줄이야!
문학을 사랑하는 사람이라면 그가 어떤 나라, 어떤 종교라도 상관없다는 듯이.

걸 기억한다. 엄격하게만 여겨지는 이슬람 사회에 대한 편견과는 달리 그 시들은 어딘가 퇴폐적이며 쾌락적으로 읽혔다. 4행시 '루바이rubā'ī'의 복수형인 '루바이야트Rubá iyá t'에는 1,000여 편의 시가 담겼는데 그중 101편이 영국 작가 피츠제럴드에 의해 번역돼 20세기 초 서구 문학계에서 널리 사랑받았다.

오마르 하이얌뿐이겠는가. 15세기 수피즘의 시인 하피즈는 아랍 세계는 물론 서구에까지 널리 영향을 미쳤다. 독일의 괴테가 그를 두고 '대적할 자가 없는 시인'이라 극찬하며 그의 시적 소재들을 차용한 《서동 시집》을 펴냈는가 하면, 세계에서 가장 오래된 종교인 조로아스터교의 교주 차라투스트라를 찬란하게 부활시킨 니체 역시 '하피즈에게'라는 송시를 썼다. 아마 이 대작가들도 이란과 페르시아 문화에 상당한 관심을 쏟으며 공부했음이 틀림없다. 정체된 채 고여 있던 서구 문화에 동방의 시와 문화가 새로운 영감과 활력을 불어넣은 장면들이다.

이란 중부로 내려가 이스파한부터 야즈드, 쉬라즈까지 찬란했던 실크로드의 도시들을 돌아보는 일은 체력적으로 꽤나 힘들었다. 도시와 도시 사이가 400~500킬로미터나 떨어져 있어 버스 혹은 기차로도 예닐곱 시간씩 이동해야 했다. '세계의 절반'이라 불리는 이스파한에서는 아름답고 거대한 건축물들을 만났고, 세계에서 가장 오래된 종교인 조로아스터교의 성지 야즈드에서는 수세기에 걸쳐 전통 장례를 거행했던 조장鳥葬 터에 다녀

야즈드 시 외곽에 우뚝 솟은 조장터.
이승의 삶을 마친 사람들의 시신을 저 산꼭대기로 옮겨 장사를 지냈다.
지금은 사라진 조로아스터교의 풍습.

오기도 했다. 시 외곽 민둥산 꼭대기에 분화구 같은 터를 만들어 시신을 거기 두면 맹금들이 수습하는(?) 방식의 조장은 이미 오래전 법으로 금지되어 지금은 자리만 남았다.

이스파한, 야즈드와 삼각형을 이루는 곳에 고도 쉬라즈가 있고 거기에 시인 하피즈의 무덤이 있다. 2,500여 년 전 융성했다는 고대 왕국 페르세폴리스가 인접한 곳에 있어 오전에 먼저 다녀왔다. 거기서 까마득한 옛날에 새겨진 고대 문명의 쐐기문자를 만져보며 일었던 전율을 어떻게 말로 설명할 수 있을까?

쉬라즈 도심에 있는 하피즈의 영묘는 무덤이라기보다 가볍게 찾아가는 공원 같았다. 너른 정원 중앙에 여덟 개 기둥으로 떠받친 작은 누각이 있고, 그 가운데 두꺼운 대리석 관이 놓여 있었다. 시인의 무덤이었다. 주변을 오가며 사진을 찍거나 석관을 쓰다듬는 사람이 많았다.

정문에 들어서니 고즈넉한 뜰 한가운데 여덟 개의 원주에 떠받쳐 있는 돔형 팔각정이 나타나는데, 그 바닥에는 대리석 관이 놓여 있다. 참배객들은 너나없이 관에 살포시 손을 대고 쓰다듬곤 한다. 어떤 이는 시인의 시집을 들고 와서 경건하게 관을 마주해 낮은 목소리로 읊조리곤 한다. 그들 모두의 얼굴에는 죽은 자와의 어떤 교감이 서려 있는 듯하다. 역대의 많은 시인들이 죽어서 이 묘당 곁에 묻히고 싶어 했는데, 지금까지는 10여 명만이 그런 행운을 잡았다고 한다.

— 정수일, 《실크로드 문명기행: 오아시스로 편》

문득 이상한 생각이 들었다. 1979년의 혁명으로 인한 것이 겠지만 이란 여행에는 금기할 일이 여럿 있고, 그중 가장 조심해야 할 일이 음주였다. 술을 팔지도 않을뿐더러 몰래 빚은 밀주라도 손대는 날엔 심각한 일이 벌어질지 모른다고 했다. 그런데 여기 누운 하피즈를 비롯한 오마르 하이얌 등 옛 시인들은 하나같이 술과 장미, 사랑을 찬미했다. 하피즈가 여러 시를 통해 술과 사랑의 인생을 예찬했는가 하면, 《루바이야트》의 수많은 시편에도 와인 같은 술이 무수히 언급된다. 일본의 어느 선승이 썼다는 시처럼, 술이 샐 지도 모를 술통 밑에 묻히기를, 그 시인들도 바랐던 건 아닐까?

　　하피즈의 가잘(서정 연시)에서 술은 차원 높은 은유를 바닥에 깐 모티브다. 수피인 그에게 술은 '자기 소멸'로 '신과의 합의'에 이르게 하는 영적 심리상태의 촉발제다. 왜냐하면 "신은 창세 이래 술 이외의 선물은 주지 않았고", "내 존재의 토대는 취하면서 쌓아 갔으며", "슬픔의 약은 술"이며, 또한 잠시드(왕자)처럼 술잔을 통해 세상일을 읽을 수 있기 때문이다. 그래서 시인은 술을 '신의 이슬'로, 어둠을 밝히는 '빛'으로, '불타는 루비'로, '이성의 집'으로 여기면서 취함에서 깨달음을 얻고, 술잔에서 연인의 얼굴을 보며, 취한 눈에서 기쁨을 찾는다.

　　　　　　　　　　　　　　— 정수일, 《실크로드 문명기행: 오아시스로 편》

하피즈의 묘에 밤이 시처럼 내려앉는다.
팔각기둥이 우뚝 떠받친 천장의 장식이 꿈결처럼 빛난다.

페르세폴리스나 조로아스터교가 흥했던 까마득한 옛날엔 이슬람이라는 종교가 아직 태동하지도 않았던 때다. 1979년 혁명 이전만 해도 이란은 서구지향적 분위기 속에서 지금과는 썩 다른 모습을 하고 있었으리라. 그러나 '아랍의 봄' 과정에서 목격했듯 불멸하는 권력은 없고, 세상은 끊임없이 흐르며 변하기 마련이다.

짧은 기간이나마 내가 겪은 이란은 그동안 여행한 그 어떤 나라보다 시의 나라이자 문학의 나라였다. 기차에서 만난 청년들과도 문학에 관한 얘기를 나눴는데 헌책방 주인들이 얘기한 소설가와 시인들을 그들도 잘 알고 있었다. 이 나라에 대한 저마다의 관점과 판단이 있겠지만, 나는 시와 문학을 사랑하는 사람들의 나라로 기억한다. 서구 언론들이 보여준 이란을 그대로 믿을 수는 없는 노릇이다. 와인과 장미, 사랑에 대한 연시를 품고 사는 나라를 여행했지만, 단지 그곳에서 술을 한잔 마시지는 못했을 뿐이다.

나는 생각한다,
고로 불멸한다

❖

미켈란젤로 부오나로티
단테 알기에리
갈릴레오 갈릴레이
니콜로 마키아벨리
이탈리아 피렌체 산타크로체성당

라파엘로 산치오
이탈리아 로마 판테온

중대한 과학적 진리를 주장한 갈릴레이는 그 진리의 주장 때문에 생명이
위태로워지자 자신이 주장한 진리를 너무도 쉽게 부인해버렸다. 어떤 의미에서는
잘한 일이다. 그것은 화형을 감수해야 할 정도의 진리는 아니었던 것이다. 지구와
태양 중 어느 것이 다른 것의 주위를 회전하느냐 하는 문제는 아무래도 상관없는
일이다. 말하자면 하찮은 문제인 것이다. 반면에, 인생이 살 만한 가치가 없다고
생각한 나머지 죽는 사람들은 많다. (중략) 그러므로 내가 판단하건대, 삶의
의미야말로 질문들 중에서도 가장 절박한 질문이라 할 수 있다.

알베르 카뮈, 《시지프 신화》

이탈리아 피렌체의 산타크로체성당에서 미켈란젤로 조각상을 만났을 때 그 낯익은 모습에 무척 놀랐다. 중·고등학교 시절 미술실 벽면에 빼곡 늘어선 석고상 가운데 있던 미켈란젤로의 석고상, 바로 그 모습 그대로의 조각상이 아닌가. 미켈란젤로 당대의 화가 다니엘레 다 볼테라Daniele da Voltera가 그린 미켈란젤로의 초상화에도 500여 년 전 이 지구별을 살다 간 천재 화가의 얼굴이 담겨 있었다. 말이 그렇지, 500여 년 전이라니!

산타크로체성당에는 너른 회랑을 가운데 두고 벽을 따라서 유명인들의 묘가 늘어서 있었다. 각각의 묘 위 벽면은 고인을 형상화한 조각품이나 비문으로 장식돼 있었다. 성당에 들어가 미켈란젤로보다 먼저 마주한 묘는 근대 천문학의 문을 연 갈릴레오 갈릴레이Galileo Galilei의 것이었다. 그 앞에 서니 "그래도 지구는 돈다"고 말하는 듯한(실제로 갈릴레이는 그런 말을 하지 않았다는 게 정설로 굳어져왔다) 거장의 목소리가 들려왔다. 맞은편 벽면의 미켈란젤로 조각상은 또 얼마나 깊은 떨림을 주었던가. 그리고 곧 단테 알기리에리Dante Alighieri의 가묘 앞에서, 마지막으로 근대 정치학을 연 니콜로 마키아벨리Niccoló Machiavelli의 무덤 앞에서 이방인의 심장은 또 얼마나 격렬하게 요동쳤던가. 그들에 대한 지식이 턱없이 부족해 아는 만큼만 곱씹는데도 마음에 적잖은 파장이 일었다. 여기 묻힌 인물들은 하나같이 '중세의 가을'을 걷어 젖히고 자신만의 영역에서 르네상스의 봄, 근대의 여명을 불러들인 거인들이 아니던가.

피렌체는 볼거리와 느낄 거리가 너무도 많아 하루 이틀 머무는 것으로는 부족한 도시다. 그런 만큼 관광객들 또한 너무나 많이 모여들어 한편으론 많은 걸 포기해야 하는 관광지가 되어버렸다. 넘쳐나는 관광객과 이에 따른 부작용으로 일상적 삶이 불가능진 베네치아 주민들은 '관광객은 집으로 돌아가라!'라고 쓴 피켓을 들고 시위를 벌이기도 했다는데, 베네치아와 쌍벽을 이루는 관광도시 피렌체가 이런 현상에서 자유로울 수 있을까? 피렌체에서 꼭 해봐야 한다는 산타마리아델피오레대성당, 일명 두오모의 종탑에 오르는 일을 일찌감치 포기한 나는, 이른 아침부터 그 앞에 수백 미터가량 길게 늘어선 줄을 보며 마음이 착잡해졌다. 반면 거기서 도보로 채 20분이 걸리지 않는 산타크로체성당은 너무나 대조적으로 한낮에도 한산했다.

중세에서 근대로의 이행을 촉진시킨 르네상스가 처음 꽃피기 시작한 피렌체는 산타크로체성당에 묻힌 유명인들 외에도 수많은 인물이 살며 활동한 도시다. 19세기 파리와 20세기 뉴욕이 서구 문화, 특히 시각 문화의 수도 역할을 해왔듯, 17세기경 로마가 그런 역할을 맡기 이전까지 피렌체는 13세기 이후 200~300년간 유럽 시각 문화의 수도였다. 피렌체 르네상스의 든든한 후원자였던 메디치 가문 사람들을 비롯해 원근법을 발견하고 르네상스 미술을 꽃 피운 여러 미술가들, 이를테면 미켈란젤로, 레오나르도 다빈치, 조토 디본도네Giotto di Bondone, 필리포 브루넬레스키Filippo Brunelleschi, 레온 바티스타 알베르티Leon Battista Alberti, 산드로 보티첼리Sandro Botticelli, 라파엘로 산치오Raffaello Sanzio 등이 피렌체를 중심으로 활동했다. 또 단테, 갈릴레이, 마키아벨리, 나이팅게일Florence Nightingale, 명품 가죽 브랜드 '구치'의 창업자 구초 구치Guccio Gucci까지, 다양한 분야에서 가장 높은 명성을 얻은 사람들이 모두 이 도시와 깊은 인연을 맺었다. 피렌체는 세계의 수도인 로마 그리고 동방으로까지 진출을 꾀한 상업도시 베네치아 공국과 그 중심 자리를 놓고 겨루며 ('꽃의 도시'라는 명성에 걸맞게) 학문과 문화와 예술을 화려하게 꽃피워온 도시였다.

산타크로체성당에 이 위대한 인물들의 영혼이 한데 잠든 데는 하나같이 범상치 않은 사연들이 전해진다. 제2의 고향인 피렌체에서 어린 시절부터 그림과 조각을 배우며 열정적으로 활동하다가 로마 교황들에게 불려 다니며 사망 직전까지 작업을 쉬지 않은 미켈란젤로는 1564년 89세의 나이로 로마에서 생을 마감한다.

로맹 롤랑이 쓴 전기에 따르면 미켈란젤로는 "영혼은 신에게, 육신은 대지로 보내고 그리운 피렌체로 죽어서나마 돌아가고 싶다."라고 유언을 남겼으나, 그의 유해는 사망 직후 로마의 산티아포스톨리성당에 묻혔다. 피렌체인들은 이를 가만 둘 수 없었다. 망자의 조카 리오나르도가 삼촌의 유해를 수습하러 가서 삼엄한 로마인들의 눈을 피해 면세품처럼 면포에 포장한 뒤 피렌체로 몰래 운구해왔다고 한다.

피렌체에 도착해서도 곧바로 쉴 자리를 마련 못 한 거장의 유해는 우여곡절 끝에 산피에트로마지오레의 한 예배당과 산타크로체성당, 산로렌초성당을 차례로 거쳐 마침내 다시 산타크로체성당의 지금 자리에 안치됐다. 그사이 성대하거나 조촐한 장례식이 세 번이나 치러졌다. 성당 한쪽 벽면에 조성된 그의 묘지에는 중앙에 미켈란젤로 조각상이 있고 그가 탁월한 재능을 발휘한 조각, 회화, 건축 각 분야를 상징하는 세 명의 여신상이 주변을 둘러싸고 있다.

이처럼 타지에 있던 유해를 피렌체로 옮겨온 성공 사례(?)가 있는가 하면, 그 반대 사례도 있다. 미켈란젤로 묘와 가까운 곳의 단테 가묘는 타향에 묻힌 주인의 유해를 기다리며 성당 중앙에 텅 빈 채로 한 자리를 차지하고 있다. 젊은 날 쿠데타에 연루돼 피렌체에서 추방당한 단테는 늘 고향을 그리워했으나 끝내 돌아오지 못한 채 1321년 '라벤나'라는 도시에서 사망했고 시신도 그곳 성프란시스코수도원에 묻혔다. 사후 100여 년이 지나 뒤늦게 단테의 위대함을 깨달은 피렌체 사람들이 유해를 피렌

미켈란젤로가 잠든 묘와 주인을 기다리는 단테의 빈 묘.
무엇이 진정한 무덤일까.
생전의 육신이 묻힌 곳? 그를 기억하는 사람들이 만든 자리?
그 모두가 아닐까.

체로 모셔오려 노력했지만 라벤나시의 격렬한 거부로 실패했다. 대신 그의 시신을 기다리며 1829년 산타크로체성당에 화려한 가묘를 조성하기에 이른다. 성당 앞에 세운 단테의 늠름한 조각상과 함께 말이다.

타지에서 사망한 유명인들의 유해를 자신들의 고향이나 성당으로 이장하기 위한 은밀한 작전과 노력들은 지금 보면 다소 기이하게 느껴진다. 그런데 16세기 중반 베네치아 화가 틴토레토Tintoretto가 그린 '성 마르코의 유해 발견'과 그 그림에 얽힌 이야기를 들어보면 이와 같은 일들이 제법 성행했던 모양이다. 이교도(회교)의 도시 알렉산드리아에서 사망한 성 마르코의 유해를 몰래 파헤쳐 베네치아로 이장한 일을 그린 그림을 통해, 미켈란젤로와 단테의 당대 위치가 그에 못지않았음을 알 수 있다.

지동설을 주장하다 이단으로 지목된 갈릴레이는 오랫동안 교황청의 눈 밖에 나는 바람에 1642년 77세의 나이로 사망한 뒤 산타크로체성당에 묻히지 못하고 성당 부속 묘지에 묻혔다. 그 역시 한참 뒤인 1737년에야 사면을 받아 비로소 본당으로 이장됐다. 그런데 이장 당시 그를 숭배하던 누군가가 시신의 오른손 가운데 손가락을 몰래 떼어다 숨겨놓았다. 갈릴레이의 위대한 업적 중 하나가 천체망원경을 만들고 사용한 일인데(그가 망원경을 만들어 천체를 관측한 1609년으로부터 꼭 400년이 된 2009년은 유엔이 선포한 '세계 천문의 해'였다), 그 손가락이 망원경을 조종한 '위대한 손가락'이라 믿었기 때문이라고. 이 손가락뼈는 현재 피렌

갈릴레오 갈릴레이의 묘.
코페르니쿠스가 주장한 지동설을 망원경으로 관측해 증명한 업적을 기리듯,
망원경을 쥐고 먼 창공을 응시하는 모습이다.

체의 과학사박물관 갈릴레오박물관(갈릴레이를 기념하고자 '과학역사박물관'에서 이름을 바꿨다)에 보관돼 있다. 갈릴레이의 1633년 종교재판에 대해 교황청은 1980년에야 처음으로 잘못을 인정했고, 1992년 교황 요한 바오로 2세Pope John Paul Ⅱ가 잘못을 거듭 인정했다. 재판이 열린 지 약 350년 만에 비로소 지구가 태양 주위를 돈다는 사실을 '허락'받은 셈이다.

뭐니 뭐니 해도 산타크로체성당에서 내 가슴을 가장 뛰게 만든 무덤은 영원한 금서이자 오랫동안 '악마의 책'으로 불린 《군주론》의 저자 마키아벨리의 묘다. 젊은 날 읽은 그 어떤 책보다 강렬한 충격을 받은 고전이 《군주론》이었다. 너무도 뻔뻔하고 파렴치하게 느껴진 이 책은 평균적인 윤리 감각만으로도 불편하기 그지없다. 목적을 위해 수단과 방법을 가리지 말 것이며 결과가 좋으면 수단도 옳다는 차갑고 매서운 사상은 '마키아벨리즘'이라 불리며 교활하고 잔인한 정치사상의 전형으로 거론된다.

그러나 책의 저 밑바닥 깊은 곳에서 알 수 없는 온기가 느껴진다. 피비린내 나는 현실 정치의 비정함을 몸소 경험하고 반역죄로 체포돼 고문까지 받은 뒤 시골로 물러나 집필한 것이 (비록 정치적 재기를 위한 노림수도 있었지만) 이 책 《군주론》이라 한다. 흡사 궁형을 당한 슬픔을 위대한 《사기》의 저술로 승화시킨 사마천이 겹치기도 한다. 전통적 도덕론에 입각해 군주의 자질을 앵무새처럼 되풀이한 것이 아니라 정국을 냉철하게 바라보면서 군주에게 현실적 충언을 하겠다는 마키아벨리의 저술은 냉혹한 한

편 위악적으로 읽힌다. 근대의 정신이란 무릇 이런 게 아니던가. 덕보다는 악덕을, 자비보다는 공포를, 군주가 갖춰야 할 덕목으로 여우의 교활함과 사자의 단호함을 제시하는 마키아벨리의 책이 후대에 어떻게 악용되어왔는가는 조금 다른 문제다.

어쨌든, 하나마나 한 이상론이 아닌 현실 정치의 비정함을 끝까지 밀고 간 인식이나 국가의 통일을 위한 냉혹한 방법론을 담은 《군주론》은 편히 읽히진 않지만 꽤 진중하게 읽힌다. 그래서일까. 성당의 다른 묘들에 비해선 다소 밋밋해 보이지만, 거기 적힌 묘비명은 그에 마땅한 찬사를 담고 있다. '어떤 묘비명도 그의 위대한 이름에는 어울리지 않는다.'라는.

제법 너른 광장의 한쪽을 차지하는 산타크로체성당은 '파사드facade', 즉 정면 중심 건축물의 전형을 보여준다. 흡사 연극 무대의 배경처럼 우뚝 선 흰 대리석 건물 정면이 주변과 어울리지 않아 이질감마저 풍긴다. 그럼에도 성당은 넉넉한 품으로 그 위대한 인물들에게 영원한 안식처를 제공하고 있다.

산타크로체성당은 어디선가 들어봤음 직한 특별한 일화를 갖고 있다. 소위 '스탕달 신드롬'이라는 용어가 바로 이 성당에서 생겨났다는 사실이다. 1817년 프랑스 소설가 스탕달이 산타크로체성당에서 귀도 레니Guido Reni의 미술 작품 '베아트리체 첸치'를 감상하고 나오던 중 무릎에 힘이 빠지며 흥분에 가까운 황홀경을 경험했음을 자신의 일기에 적은 데서 유래했다.

산타크로체성당 회랑 바닥에 누운 묘지의 부조 조각 작품.
얼마나 먼 시대 사람의 묘일까.

간절히 보고 싶었던 그림을 보거나 어떤 예술 작품을 처음 접한 후 순간적으로 가슴이 뛰거나 격렬하게 흥분하고 정신적·신체적 이상을 보이는 경우를 뜻하는 이 현상은 흥미로운 심리학 용어로 자리 잡았다. 스탕달의 무릎에 힘이 빠져나가게 한 작품이 어떤 것이었는지 주변에 물어볼 사람이 없어 찾진 못했지만 나로서는 미켈란젤로, 단테, 갈릴레이, 마키아벨리의 묘를 잠시 마주한 것만으로도 적잖이 스탕달 신드롬을 경험한 것만 같았다.

다소 긴 시간에 걸쳐 있지만, 몇 개의 중요하고 위대한 혁명을 통해 중세의 암흑기(근래 많은 학자들이 중세가 그리 어둡고 삭막한 시대만은 아니었다고 하지만)를 탈출하고 신으로부터 '인간'을 발견해낸 근대로의 여정은 상상만으로도 가슴 두근거리게 하는 사건의 연속이었다. 1440년대 요하네스 구텐베르크Johannes Gutenberg의 인쇄술 발명으로 촉발된 일련의 지식 혁명이 유럽 사회 전 분야에 걸쳐 이어진 것이다.

1517년 비텐베르크 성교회 정문에 '95개조 의견서'를 내걸며 부패한 로마 교황청의 권위에 도전한 마르틴 루터Martin Luther의 종교 혁명이 일어났고, 1543년 그 자체로 '코페르니쿠스적 혁명'이라 할 만한 코페르니쿠스의 지동설 발표가 과학 혁명에 불을 당겼으며, 1516년 출판된 토머스 모어Thomas More의 《유토피아》와 1532년 출판된 마키아벨리의 《군주론》으로 근대 정치사상의 형성이 촉발됐다. 또 최초의 근대소설로 불리는 세르반테스

정면성을 강조한 산타크로체성당.
건물 왼쪽 단테의 석상과 인사하며 들어섰을 때,
그 안에 펼쳐진 장엄함에 이방인의 심장이 다시금 뜨거워졌다.

의 《돈키호테》와 셰익스피어의 비극들이 불러일으킨 17세기 벽두의 문학 혁명, 1637년 데카르트가 《방법서설》에서 '나는 생각한다. 고로 존재한다.'라는 명제를 던져 근대 이데올로기를 만든 생각의 혁명, 혹은 철학의 혁명이 연이어 벌어졌다. 이처럼 각지에서 동시다발적으로 일어난 르네상스와 근대로 향하는 일련의 과정을 생각하면 역시 숨이 막히고 몸에 힘이 빠진다.

로마에서는 흔히 세상에서 가장 완벽한 건축물로 불리는 판테온에서 라파엘로의 무덤 정도만 만났을 뿐이다. 고인이 그곳에 묻히길 간절히 원했다는데, 산타크로체성당의 화려한 묘들에 비해서는 조금 단조로웠다. 대신, 고흐가 사망한 나이이기도 한 37세 생일날 세상을 등진 짧은 인생임에도 당대는 물론 역사상으로도 가장 위대한 선배들이었던 레오나르도 다빈치와 미켈란젤로의 명성에 가깝게 다가갔던 라파엘로의 무덤에는 당시 유명한 인문학자였던 피에르토 벰보Pietro Bembo 추기경이 지어올린 다음과 같은 묘비명이 새겨져 있다.

여기는 / 생전에 어머니 자연이 / 그에게 정복될까 / 두려워 떨게 만든 / 라파엘로의 무덤이다. / 이제 그가 죽었으니 / 그와 함께 자연 또한 / 죽을까 두려워하노라.

— E. H. 곰브리치, 《서양미술사》

섬 전체가 하나의 묘지라는 베네치아의 산미켈레에는 시인 에즈라 파운드Ezra Pound와 음악가 스트라빈스키가 잠들어 있다는데, 그 섬까지 가보진 못했다. 한 번쯤 찾아가고 싶은 이탈리아의 묘지는 북부 토리노의 유태인 묘지에 잠든 작가 프리모 레비Primo Levi의 묘다. 아우슈비츠 수용소에서도 기적적으로 생환했던 그는 평생 인간에 대해 절망하고 인간성 회복을 갈망하다 끝내 자살로 생을 마감했다. '174517'라는 아우슈비츠 수인번호가 적힌 묘 앞에서 작가의 목소리를 듣고 싶었지만 다음으로 미뤄야 했다.

중세를 넘어 르네상스의 찬란한 꽃을 피운 이탈리아 도시국가들. 그리고 이집트와 그리스의 지혜를 이어받아 찬란한 문명을 건설한 대제국의 수도 로마. 그곳엔 많은 유명인의 무덤이 그 증거인 양 남았다. 그러나 문명은 문명이고, 인명은 인명인 것. 90세에 사망할 때까지 '대리석 속에 숨어 있는' 인물 군상들, '그들을 덮고 있는 돌을 제거'하여 그 인물들을 해방시키기 위해 조각용 끌을 놓지 않았던 미켈란젤로를 떠올린다. 삶에 충분히 지쳐 있던 미켈란젤로가 말년에 했다는 말은 시대의 찬란함과 별개로 작용하는 인간 개별 존재의 유한함을 깨닫게 한다.

만약 자기 자신을 찾고 싶다면 그토록 즐거움이나 기쁨을 얻어야 할 필요는 없을 거네. 되레 죽음을 생각해야지. 이런 생각만이 우리 자신

화가 라파엘로가 잠든 자리.
가장 조화롭고 아름다운 세계 최고의 건축물,
로마의 판테온 한쪽에 마련돼 있다.

을 인식하게 한다네. (중략) 죽음에 대한 생각은 놀라운 효과가 있네. 그 사고의 본질 자체로써 모든 것을 파괴하고, 죽음을 생각하는 사람을 보존하고 유지하고, 모든 인간 열정을 물리치게 하네. (중략) 죽음의 이미지를 담지 않은 생각이란 할 수조차 없네.

— 조반니 파피니, 《미켈란젤로 부오나로티 2》

모든 인간은 사형수다

❖

알베르 카뮈

남프랑스 프로방스 루흐마항

친애하는 카뮈. 우리의 우정은 쉽지는 않았지만, 그래도 그것을 잃어버리게 되면 나는 많이 아쉬워하게 될 것입니다. 당신이 그 우정을 오늘에 와서 파기해버리는 것을 보면, 아마도 그 우정은 깨져야 마땅했던 모양입니다. 우리를 서로 가깝게 해준 사건들은 많았고, 우리를 갈라놓은 사건들은 얼마 되지 않았습니다. 그러나 그 얼마 안 되는 사건들도 여전히 많았던 모양입니다. 우정 또한 전체주의적이 되어가는 경향이 있나 봅니다. 매사에 의견의 일치를 보든가, 아니면 사이가 틀어져야 하고, 정당에 가입하지 않은 사람들도 정체 모를 상상의 정당에 가입한 투사처럼 행동해야 하니 말입니다.

로널드 애런슨, 《사르트르와 카뮈》 중 사르트르가 카뮈에게 보낸 결별 편지

초등학교 때 어머니가 사주신 20권짜리 《학생 대백과 사전》의 마지막 권 주제는 '문학'이었다. 아마도 내가 문학을 전공하고 아직도 문학의 언저리를 서성이는 데는 어릴 적 읽은 이 책이 씨앗이 됐을 것이다. 동서양 고전들을 다룬 후반부를 닳고 닳도록 봤지 싶다.

유명 고전문학 작품을 요약한 부분에서 어린 나이에도 가슴 깊이 꽂힌 소설이 셋 있었다. 신념에 의해 벌레만도 못하다 여긴 전당포 노파를 살해한 청년 이야기인 도스토옙스키의 《죄와 벌》, 84일 동안 한 마리도 낚지 못하다가 사투 끝에 대어를 낚았는데 그걸 상어들에게 빼앗겨버린 노인 이야기를 담은 어니스트 헤밍웨이의 《노인과 바다》, 어머니 장례식 다음 날 여자친구와 해수욕을 하며 놀다가 '태양이 강렬해' 사람을 살해했다는 알베르 카뮈의 《이방인》이 그것이다. 요약한 줄거리들만으로도 어쩐지 그 너머에 위대하고 심오한 세상이 있을 것 같았다. 그 어렴풋한 것이 '문학'이라 불린다는 건 훨씬 뒤에야 알았다.

《이방인》을 처음 제대로 읽은 건 고등학교 때다. 어릴 적 요약된 줄거리를 접했을 때와는 다른 느낌이었지만, 첫 독서부터 어쨌든 퍽 인상적이었다. 그러나 대학에 들어와 도스토옙스키며 카프카, 헤세 등을 만나면서 카뮈는 한참 잊고 지냈다. 어느새 오만한 청년 문학도가 된 나는 《이방인》을 문학의 초심자들, 입문자들이나 읽는 치기 어린 소설쯤으로 폄하한 듯싶다.

카뮈의 묘를 다녀온 뒤 20~30년 만에 집어든 《이방인》은 좀 다르게 읽혔다. '어, 이런 내용이었어?' 하며 조금 당황스러웠다. 마치 처음 접하는 문학작품처럼 그전에는 읽어내지 못한 어떤 여백과 침묵, 묵직한 문제의식이 전해졌다. 어머니의 죽음과 장례, 뫼르소의 살인 과정을 담은 1부보다 그걸 심판하는 움직임, 그에 반응하는 뫼르소의 자세와 심리가 서술된 2부가 더 중요하게 읽혔다. 삶과 죽음, 세상의 통념과 관습을 대하는 뫼르소의 태도와 생각에 이 소설의 열쇠가 있다고 느꼈다. 사형을 언도받은 뫼르소가 죽음을 기다리며 뱉는 소설의 마지막 구절이 그걸 집약해 보여준다.

마치 그 커다란 분노가 나의 고뇌를 씻어 주고 희망을 가시게 해주었다는 듯, 신호들과 별들이 가득한 그 밤을 앞에 두고, 나는 처음으로 세계의 정다운 무관심에 마음을 열고 있었던 것이다. 세계가 그렇게도 나와 닮아서 마침내는 형제 같다는 것을 깨달으면서, 나는 전에도 행복했고, 지금도 행복하다는 것을 느꼈다. 모든 것이 완성되도록, 내가 덜 외롭게 느껴지도록, 나에게 남은 소원은 다만, 내가 사형 집행을 받는 날 많은 구경꾼들이 와서 증오의 함성으로 나를 맞아 주었으면 하는 것뿐이었다.

— 알베르 카뮈, 《이방인》

카뮈를 비롯해 프랑스 남부 곳곳에 묻힌 유명인들의 묘지를 찾아보겠다고 차를 렌트했다. 니스나 칸의 이름난 해변, 아비뇽과 아를의 유서 깊은 유적들, 복잡한 대도시인 마르세유와 몽펠리에 등을 둘러보느니, 이런 인물들의 묘지를 찾아가 한적한 산골과 아름다운 평야, 작고 아담한 바닷가 마을을 산책하는 것으로 나만의 남프랑스 여행을 삼고 싶었다. 자연과 유적, 문화유산보다 여행객들을 더 많이 보게 될 유명 관광지라면 멀찍이 피하고 싶었다.

카뮈의 묘지는 프로방스의 중심 도시인 액상프로방스에서 차로 한 시간가량 달려야 하는 시골마을 루흐마항에 있다고 했다. 대중교통으로는 시간 맞춰 가기 힘든 곳이었다. 카뮈의 스승이자 산문집 《섬》의 작가인 장 그르니에Jean Grenier가 먼저 정착해 지내던 인구 1,000명 미만의 작은 시골마을은 노벨문학상까지 수상한 카뮈가 작품을 내지 못하며 괴로워하던 시절에도 그에게 휴식과 영감을 주던 장소였다.

알제리에서 나고 자란 카뮈는 어머니와 외조모 아래서 가난한 유년 시절을 보냈다. 알제대학의 장학생이 되어 병약한 몸으로 공부하면서 어려움을 겪었고, 스승 장 그르니에의 권유로 프

프로방스의 루흐마항 마을.
카뮈가 아니었다면 이런 외진 곳의 보석 같은 마을을 만날 수 있었을까.

랑스 공산당에 입당하는가 하면, 나치 치하에서 진보적 잡지를 펴내며 레지스탕스 운동에 가담했다. 이후 문재文才를 발휘하며 비교적 이른 나이에 프랑스의 문제적 소설가로 우뚝 선 그는 곧 《이방인》,《페스트》등의 작품으로 노벨문학상을 수상했다.

소설가로서의 이력 못지않게 극작가 겸 연출가로 자신의 극단을 이끌면서 연극 무대를 떠나지 않았던 연극인 카뮈도 기억해야 할 것이다. 늘 '프랑스인인지, 알제리인인지 명확히 밝힐 것'을 요구받았고 사상적으로도 교조적 이론을 벗어나 자신만의 영역을 구축하기 위해 애쓴 카뮈는 신문과 잡지에서 꽤 전투적인 논객으로도 활동해 당대 많은 지식인과 대립하기도 했다.

특히 '개인 관계의 종말과 한 시대의 역사적 종말'로 규정되는 사르트르와의 결별 과정은 다소 씁쓸하게 읽힌다. '마르크시즘', '혁명의 방법론' 등에 관한 입장 차이로 한때 동지이기도 했던 사르트르와의 10여 년 우정에 금이 간 것이다. 사르트르는 카뮈의 '반항'이라는 개념이 소극적이고 모호하다 생각했고, 카뮈는 목적을 위해 수단을 정당화하는 사르트르의 과격함에 거리를 두었다. 스탈린 체제를 어떻게 볼 것인가에 대해서도 서로의 생각은 많이 달랐다. (사르트르는 카뮈 외에 고등사범학교 때부터의 절친한 친구이자 사회평론 잡지 〈현대〉를 함께 이끌었던 철학자 메를로퐁티 Maurice Merleau-Ponty와도 정치적 의견을 달리하며 결별했다. 메를로퐁티에게 보낸 결별 편지에도 카뮈에게 보낸 편지와 비슷한 아쉬움과 섭섭함이 묻어난다.)

그렇더라도 두 사람의 생각이 영원히 서로 만나지 않고 척을 질 만큼 대단한 차이였던 것일까? 더 많은 대화와 논쟁으로 극복할 수 있는 문제는 아니었을까? 주적인 파시즘을 앞에 두고 그러한 대립은 끝내 피할 수 없었던 것이며, 그 우정은 깨져야 마땅했던 것일까? 우파는 이익으로 분열하고 좌파는 이론으로 분열한다던 누군가의 말을 그들에게도 적용할 수 있는 건 아닐까? 스페인의 불의한 상황을 좌시할 수 없어 총알이 빗발치는 카탈로니아 전장을 찾았다가 좌파 진영의 온갖 노선과 정당의 분열 속에서 결국 살해 위협까지 받으며 쫓겨난 조지 오웰의 절망도 좌파 운동의 이런 민낯을 보여주는 장면이었다.

세기의 결별이 있은 지 8년 뒤, 카뮈가 불의의 교통사고로 불귀의 객이 됨으로써 두 사람 사이의 화해나 해후의 기회는 영영 사라지고 만다. 그들은 어쩌자고 이 짧고 덧없는 인생의 소중한 만남 속에 화해보다는 결별을 선택한 것일까. 파리 몽파르나스 묘지에 '계약상' 아내인 보부아르와 함께 묻힌 사르트르와 이곳 프로방스의 작은 시골마을에 누운 카뮈 간의 그 아득한 거리감, 그 먼먼 거리가 변혁을 꿈꾸면서도 좀처럼 입장을 좁히거나 화해하지 못하는 많은 지식인들의 거리처럼 느껴졌다.

카뮈가 생의 마지막 시간을 보냈다는 저택은 루흐마항 안쪽 깊숙한 골목길 모퉁이를 차지하고 있었다. 창문도 대문도 굳게 잠겨 있어 흡사 사람이 살지 않는 집 같았다. 듣기로는 그의 따

루흐마항 골목 안쪽, 카뮈가 살던 집.
지금은 따님이 살고 있다고 했으나, 빈집인 양 적막감만이 흘렀다.

님이 아직 생존해 살고 있다고 했다. 한 시대를 뜨겁게 살다 간 소설가의 흔적과 체취를 느껴보고 싶었지만 '이방인' 신분으로 지금 그곳에 사는 이들의 삶을 방해할 수는 없는 노릇이었다. 그 집 앞에 잠시 서 있던 걸로 만족하고 돌아서 나왔다.

마을의 조붓한 골목길을 가로질러 마을 초입에 있다는 공동 묘지를 찾았다. 프로방스의 햇살이 뜨겁게 내리쬐는 오후, 그리 넓지 않은 마을 공동묘지는 인적이 드물었고 묘지마다 짙은 그림자를 칼날처럼 숨기고 있었다.

입구에 붙어 있는 간단하고 친절한 안내도에 따라 작가의 묘를 어렵지 않게 찾아냈다. 주변의 다른 묘보다 요란하거나 화려하지 않은 소박한 묘지가 그가 잠든 자리였다. 오래전에 세웠을 비석이 묘지 뒤편에 서 있고, 투박한 화강암 돌덩이에 작가의 이름과 생몰 연대만 적은 보조 비석이 눈에 잘 띄게 앞쪽에 누워 있었다. 뫼르소로 하여금 아랍인을 향해 총구를 겨누게 했을 뜨겁고 강렬한 햇살이 무덤 위로 부서져 내렸다. 거기 반항의 상징이 된 한 소설가, 20세기의 한 반항적 인간이 고요히 누워 있었다.

카뮈의 묘를 다녀온 뒤에 다시 펼쳐봤지만 여전히 1940년대, 1950년대식 실존주의 용어들이 생경하게 튀어 오르는《시지프 신화》를 완독하긴 힘들었다. 다만 그 책에 나오는 다음과 같은 구절에 밑줄을 짙게 그었을 뿐이다.

반항의 상징이 된 소설가 카뮈의 묘.
단단해 보이는 묘석 위에 한글로 번역된
그의 책을 잠시 안겨드렸다.
먼저 세워진 듯한 묘석이 뒤쪽에 보인다.

루흐마항 마을 초입에 있는 크지 않은 공동묘지.
입구에 작은 펌프와 함께 카뮈 묘지를 알리는 간단한 지도가 붙어 있다.
누구나 예외 없이 죽음이라는 결말을 향해간다는 점에서
"모든 인간은 사형수"라 말한 카뮈를 생각하며 그에게 다가갔다.

그때 시지프는 돌이 순식간에 저 아래 세계로 굴러 떨어지는 것을 바라본다. 그 아래로부터 정점을 향해 이제 다시 돌을 끌어올려야만 하는 것이다. 그는 또다시 들판으로 내려간다. 바로 저 정상에서 되돌아 내려오는 걸음, 잠시 동안의 휴식 때문에 특히 시지프는 나의 관심을 끄는 것이다. (중략) 그가 산꼭대기를 떠나 제신의 소굴을 향하여 조금씩 더 깊숙이 내려가는 그 순간순간 시지프는 자신의 운명보다 더 우월하다. 그는 그의 바위보다 더 강하다. 이 신화가 비극적인 것은 주인공의 의식이 깨어있기 때문이다.

— 알베르 카뮈, 《시지프 신화》

1960년 1월 4일, 표를 예매한 기차 대신 친구인 출판업자 미셸 갈리마르Michel Gallimard(프랑스를 대표하는 갈리마르출판사의 그 갈리마르!)가 운전하는 자동차를 타고 루흐마항에서 파리로 향하던 카뮈는 욘 지방 근처에서 자동차 사고로 즉사한다. 그때 나이 47세. 그의 주머니에는 예매한 파리행 기차표가, 서류 가방에는 유작이 된 《최초의 인간》미완성 원고가 들어 있었다. 며칠 뒤 그의 유해는 제2의 고향이 된 이곳 루흐마항으로 돌아와 마을 묘지에 묻힌다. 사망 60년을 맞은 2010년, 프랑스 대통령 니콜라 사르코지Nicolas Sarkozy가 카뮈의 유해를 국립묘지인 팡테옹으로 이장할 것을 추진했지만 유족의 반대로 이뤄지지 않았다. 카뮈가 생전에 그 같은 영광을 추구하지 않았다는 이유에서다.

카뮈의 연보를 훑어보다가 특별히 눈에 들어오는 것이 있었다. 〈칼리쿨라〉, 〈정의의 사람들〉 같은 희곡을 쓴 극작가이자 연출가였던 그는 또한 훌륭한 배우였던 모양이다. 연극으로 올린 도스토옙스키의 《카라마조프가의 형제들》 중 가장 매력적인 캐릭터인 '이반 카라마조프' 역을 맡은 이력이나, 셰익스피어의 〈오셀로〉에서 '이아고' 역을 맡았던 기록이 눈에 띈다. 그의 나이 20대 후반 때의 일이지만 어쩐지 사진 속 반항아의 모습을 하고 있는 카뮈의 얼굴, 또 그의 사상적 궤적과 썩 어울린다는 생각이 들었다. 누구나 예외 없이 죽음이라는 결말을 향해간다는 점에서 "모든 인간은 사형수다."라고 말한 카뮈의 생각, 그렇기에 생이 더욱 가치 있는 것이라는 생각, 뫼르소와 시지프스를 예견하는 카뮈의 이력이 그 기록들에서 읽혔다.

다시 태어나면
하나의 색이 되고 싶다

❖

앙리 카르티에 브레송

남프랑스 몽쥐스탱

마르크 샤갈

남프랑스 생폴드방스

"내 깊은 내면에서는 …… 카메라 안에 필름이 없다 해도 크게 문제 될 게 없어요.
나에게 가장 큰 기쁨은 피사체를 확보하고 정확한 순간에 셔터를 누르는 일입니다.
…… 몇 분의 1초 동안 지속될 뿐입니다. 하지만 그게 창조의 순간입니다."

앤드루 로빈슨, 《천재의 탄생》 중
1962년 프랑스 기자와의 대담에서 브레송의 말

　　　　　　　　프랑스 남부로 떠나기 전 지인들과 함께한 술자리에서 귀가 솔깃해지는 얘길 들었다. 남프랑스에 흩어져 있는 예술가, 철학자들의 묘지를 찾아가려 한다는 내 말에 누군가 앙리 카르티에 브레송Henri Cartier Bresson의 묘지 얘기를 꺼낸 것이다. 그가 프로방스 어느 산골에 영면해 있는 것으로 안다고. 쉽게 검색되지 않는 그의 묘지를 좀 더 깊이 추적해보니 알프드오트프로방스의 몽쥐스탱이라는 마을에 그의 묘지가 있다 했다. 20세기 가장 위대한 사진작가, 사진의 역사를 통틀어 가장 유명한 작가, 곰브리치의 《서양미술사》에서 사진작가로는 유일하게 소개된 브레송의 묘가 그곳에 있다니. 가장 먼저 찾아가기로 한 카뮈의 루르마랭 마을 묘지에서도 지도상 멀지 않았다. 그 여정에 브레송의 묘지를 추가했다.

　　렌터카로 프랑스 남부를 여행하며 찬찬히 느낀 것은 과연 이 고장이 20세기 시각예술의 본향이 될 만하다는 것이었다. 강렬하게 내리쬐는 풍부한 햇살은 그늘 안쪽을 더욱 짙고 섬세한 디테일로 꾸며놓았고 울긋불긋한 초록과 갈색으로 흙을 두텁게 채색했으며 일렁이는 바다를 쪽빛으로 빛나게 했다. 대개 '현대

미술의 시작'으로 불리는 세잔의 작품 '생트빅투아르산'의 모호한 윤곽선, 고흐가 스스로도 주체하지 못한 붓놀림으로 그려낸 아를의 몽환적인 밤 풍경, 강렬하면서도 우아한 마티스의 원색, 경계가 불투명한 샤갈의 몽롱한 공상, 피카소의 독창적인 시각과 생각들이 모두 이 축복받은 땅에 빚질 만하다는 생각이 들었다.

루르마항의 카뮈 묘지를 나서며 내비게이션에 '몽쥐스탱 Montjustin'이라는 낯선 스펠링을 찍었다. 차는 키 큰 나무들이 양쪽에 늘어선 가로수 길과 비좁은 시골길을 달려 곧 외진 고갯길을 오르락내리락 하며 프로방스의 거친 산악을 차고 올라갔다. 숨어 있던 비경과 갑자기 드러나는 찬란한 풍경에, 나는 종종 차를 멈추고 카메라의 셔터를 누르거나 깊이 숨을 들이켰다.

세레스트라는 큰 마을에 들러 물과 과일을 산 뒤 자동차로 몽쥐스탱을 향해 오르던 길은 더욱 좁고 가팔랐다. 맞은편에서 차라도 내려오면 곤란을 겪을 만큼 비좁은 길목도 있었다. 벌써 늦은 오후로 접어들고 있었다. 산 위 마을로 올라서서 내려다보는 프로방스의 파노라마는 평화로운 풍경을 연출해냈다. 사물(피사체)을 대하는 범상치 않은 눈을 가졌을 사진가가 왜 이런 외딴 산악 마을에 말년의 삶을 부려놓았을지 감히 알 만했다.

도착해보니 몽쥐스탱은 무척 작은 마을이었다. 그런 산꼭대기에 무언가 있으리라곤 상상도 못 할 자리에 마을이 자리 잡고 있었다. 불과 10여 년 전까지 그 마을에 살았던 고집스러운(?) 노인을 기억해내는 일은 어렵지 않을 터였다. 마을 초입에서 만난

브레송이 말년에 살았던 산골마을
몽쥐스탱에서 바라본 알프드오트프로방스 풍경.
브레송이 잠든 마을 묘지를 안내하는 이정표조차 소박하다.

사내가 마을 끝 공동묘지에 그가 잠들어 있다고 했다.

묘지로 난 길은 생각보다 멀었다. 한참을 걸어가야 했다. 막상 들어선 공동묘지는 작고 아담했다. 위아래 둘로 나뉜 자그만 공동묘지에 묻힌 묘도 몇 기 되지 않았다. 묘가 좀 더 많은 위쪽 묘지의 철문을 조심스레 열고 들어가 찬찬히 둘러보니 한 묘비에 또렷하게 쓰인 글자가 보였다.

'Henri Cartier Bresson 1908-2004'.

거의 한 세기에 가까운 시간을 살다 간 브레송의 생전 연보에서 아주 특이한 이력 하나를 발견했다. 제2차 세계대전 종전 직후 뉴욕현대미술관MoMA에서 그의 추모 사진전이 기획된 것이다. 사진사의 기념비적 역작인《사진의 역사》의 저자이자 당시 뉴욕현대미술관의 초대 큐레이터였던 보먼트 뉴홀Beaumont Newhall이 기획한 이 전시는 제2차 세계대전 중 희생된 사진가들을 추모하기 위한 것이었다. 그 목록에서 자신의 이름을 발견한 브레송은 부랴부랴 뉴욕으로 건너갔다. 제2차 세계대전 중 독일군 포로수용소에서 3년간 갇혀 지냈고 세 번의 탈출 시도 끝에 마침내 성공해 레지스탕스 활동에도 참여한 그를, 동료 사진가들이 사망한 것으로 안 것이다.

이른 나이에 추모전을 미리 치른 때문일까. 그는 반세기를 더 살며 차곡차곡 그만의 명성을 쌓아갔다. 추모전 해프닝이 있은 이듬해인 1947년에는 지금까지도 '포토저널리즘'이라고 하면 바로 연상되는 사진가 그룹 '매그넘'을 로버트 카파Robert Capa, 데이비드 시모어David Seymour 등과 창립했고 이후 〈라이프〉를 비롯한 당대 최고 잡지들과 계약을 맺어 세계 각지를 누비며 역사의 현장들을 기록했다. 그렇게 브레송은 '사진'과 동일어가 되어갔다. 미술사가 E. H. 곰브리치가 그의 노작 《서양미술사》에서 사진가로는 유일하게 그를 언급하며 '앙리 카르티에 브레송 같은 사진작가는 오늘날 살아 있는 어떤 화가 못지않게 커다란 존경을 받고 있다'고 말할 정도였다.

전장과 현장을 누비며 늘 죽음 가까이에 살았던 그의 묘비에는 '1908-2004'라는 비교적 긴 호흡의 숫자가 적혀 있다. 격렬했던 삶에 비해 96세에 들어간 '죽음이라는 영원한 암실(피에르 아술린Pierre Assouline의 표현)'에서 그는 고요하고 평화로운 표정을 지었을 터다. 평생 누릴 명성을 다 누려 더 이상 찾아올 영광도 없거니와 그걸 바라지도 않을 사람에게 노년의 삶은 답답하고 막막한 기다림의 시간이었을지 모른다. 인생의 허무를 잔뜩 짊어지고 올라와 은둔해 살기에 이런 산골마을은 맞춤했을 터다.

사진을 '순간을 영원히 포획하는 단두대'라 일컬은 브레송은 2004년 8월, 전 세계의 애도 속에 잠들었다. 국가 원수의 죽음을 방불케 한 그의 장례와 함께 세계 언론들은 특집 기사를 쏟아냈고 유명 미술관은 앞다퉈 그의 회고전을 열었다. 〈르 몽드〉지는 한 논평에서 '카르티에 브레송은 사진계의 톨스토이라 할 수 있다. 인류에 대한 깊은 통찰력을 보여줬던 그는 20세기의 증인이었다'며 그를 추모했다.

평생 '결정적 순간'을 찾아다닌
사진가 앙리 카르티에 브레송,
아내와 나란히 잠들다.
그에겐 인생의 모든 순간이
결정적 순간 아니었을까.

그의 영원한 안식처에서 특별히 눈에 띈 것은 아내와 나란히 묻힌 묘지 뒤편의 늠름한 사이프러스 나무 두 그루다. 사진으로 다 담지는 못했지만, 흡사 우리네 묘지를 장식하는 노간주나무와 비슷한 종으로 보였다. 묘지를 나서며 내려다본 프로방스의 드넓은 산골과 들판 위로 물감을 두껍게 덧칠한 듯한 '인상파스러운' 석양이 내려앉아 있었다. 그 여행 이후, '누벨바그의 어머니'라 불리는 아녜스 바르다Agnès Varda의 다큐멘터리 영화 〈바르다가 사랑한 얼굴〉에서 반가운 묘지를 다시 만났다. 88세의 바르다가 33세의 아티스트 JR과 함께 포토트럭을 타고 프랑스 전역을 누비는 길에 브레송의 묘지를 들른 것이다. 영화 제작 시기를 가늠해보면 그들이 브레송의 묘지를 찾은 때가 나의 방문 시기와 비슷할 터였다. 내가 찍은 사진보다 그들이 보여준 동영상 속 브레송의 묘지가 더 생생했던 기억이다.

브레송은 생전에 당대 내로라하는 유명인들의 초상을 사진으로 많이 남겼다. 마르셀 뒤샹, 알베르토 자코메티, 마르코 샤갈, 앙리 마티스, 롤랑 바르트, 수전 손택, 장 폴 사르트르, 시몬 드 보부아르, 알베르 카뮈, 폴 엘뤼아르, 사뮈엘 베케트, 칼 구스타브 융, 프란시스 베이컨, 윌리엄 포크너, 에즈라 파운드, 호안 미로Joan Miro, 앙드레 브르통André Breton, 장 주네Jean Genêt, 알랭 로브그리예Alain Robbe-Grillet, 가브리엘 샤넬Gabrielle Chanel, 루이 아라공Louis Aragon, 아서 밀러Arthur Miller, 마틴 루터 킹Martin Luther King, 로버트 오펜하이머Robert Oppenheimer, 메릴린 먼로

Marilyn Monroe, 심지어 남미의 안 네루다와 인도의 자와할랄 네루 Jawaharlal Nehru까지 모두가 이 '세기의 눈'의 피사체가 됐다. 또 그는 (흡사 암살당하기 다섯 시간 전의 존 레논을 찍은 애니 리버비츠Annie Leibovitz처럼) 암살당하기 한 시간 반 전의 마하트마 간디를 찍었고, 1949년 중국 혁명의 현장에도 사진기를 들고 서 있었다. 그에게 따라붙는 '결정적 순간'이라는 수식어 때문에 브레송의 사진을 흔히 우연과 행운의 결과물로 오해하지만, 그는 늘 치밀한 연구와 계획 끝에 현장으로 향했고 만반의 준비 후 순간적으로 프레임에 틈입해온 결정적 순간을 놓치지 않았다. 타고난 천재이기보다는 준비된 행운아였던 셈이다.

1940년대 초 브레송은 한 출판업자의 주선으로 〈프랑스 전통을 이어받은 20명의 화가들〉이라는 전시에 쓰일 예술가들 사진을 의뢰받았다. 앙리 마티스를 포함해 파블로 피카소, 조르주 루오Georges Rouault, 피에르 보나르Pierre Bonnard, 조르주 브라크 Georges Braque 등이 선정됐는데 브레송은 누구보다 마티스를 먼저 찍기로 한다. 사진 찍히기를 싫어했던 마티스의 작업실에서 그를 찍는 데는 많은 시간이 필요했다. 그리하여 가장 인상적이며 개성적인 노년의 마티스 모습을 우리에게 남겨줬다.

마티스는 심하게 병을 앓고 있는 데다 사진을 찍히고 싶은 마음이 조금도 없었던 까닭에 카르티에 브레송은 매우 참을성 있게 (결정적) 순간을 기다려야 했고, 그렇게 해서 촬영에 성공할 수 있었다. 그는 마티스의 집을 정기적으로 방문했는데, 화가가 카르티에 브레송이 그 자리에 있다는 사실을 잊어버릴 때까지 방 한쪽에서 조용히 몇 시간을 기다리곤 했다.

— 앤드루 로빈슨,《천재의 탄생》

브레송의 사진에 담긴 마티스는 원초적 색채로 회화에 '테러'를 감행한 야수파의 거장답게 노년에도 형형한 눈빛을 하고 있다. 액상프로방스의 세잔, 생폴드방스의 샤갈, 앙티브의 피카소처럼 마티스 앞에 붙는 남프랑스의 도시는 니스다. 프랑스 북부 출신인 마티스는 남부 해안도시 니스로 이주한 뒤 1954년 사망할 때까지 약 40년을 그곳에서 활동하다가 니스 시미에 지구의 묘지에 잠들었다.

어렵게 찾아온 니스에서 하필이면 여행 일정이 빠듯했다. 가려 했던 두 묘지 중 한 곳을 포기해야만 했다. 가까운 시미에의 마티스 묘지를 찾아가볼 것인가, 차를 타고 한 시간쯤 가야하는 생폴드방스의 샤갈 묘지를 찾아갈 것인가. 쓸쓸한 선택이 아닐 수 없었다. 인터넷으로 차분히 검색한 끝에 마티스 선생께 죄송함을 표하고 샤갈의 마을을 찾아가기로 했다. 연중 많은 관광객이 찾는 마을이거니와 몽환적인 그림을 그린 샤갈이 인생의 대부분을 보낸 마을이라니 생폴드방스를 생략할 수도 없었다.

경사진 길을 오르는 버스 차창으로 먼저 만난 생폴드방스는

생폴드방스 마을 골목에서 흔히 볼 수 있는 샤갈의 생전 사진들.
생폴드방스가 샤갈이고, 샤갈이 생폴드방스인 것처럼.

우뚝 선 성채와도 같아 멀리서도 눈에 확 띄었다. 생폴드방스에 당도해 주변과 멀리 지중해를 내려다보니 그 풍경 또한 압도적이었다. 작은 마을이 실핏줄 같은 무수한 골목으로 이루어져 있는데 골목 요소요소에 샤갈이 생전에 해당 장소에서 포즈를 취한 사진들이 함께 전시되어 여행자의 발걸음을 붙잡았다. 노년의 샤갈이 너무나 사랑해 40여 년간 머물며 작품 활동을 한 생폴드방스는 그의 명성이 아니어도 누구나 감탄하고 사랑할 만한 마을이었다. 너무도 포근해 한겨울이 와도 여기 '샤갈의 마을'엔 눈 같은 건 내리지 않을 듯싶었다.

미로 같은 골목길을 따라 올라가니 마을 끝 언덕에 공동묘지가 나타났다. 입구 가까운 곳에 누운 샤갈 선생의 묘지도 어렵지 않게 찾아냈다. 묘석을 보니 1887년 태어나 1985년 사망했다고 적혀 있었다. 러시아 태생의 유태인 화가가 무수한 전쟁과 혁명을 거친 격변의 세기에 천수를 누리셨다. 유태인들 풍습에 따라 묘석 위에는 꽃 대신 추모객들이 가지런히 올려놓고 간 조약돌이 하트 모양으로 놓여 있었다.

1985년 3월 생폴드방스의 자택에서 숨진 샤갈을 두고 한 지인은 "그는 마치 닳아 없어지는 것처럼 자연스럽게 사망했다"고 했다. 말년에 십이지장에 심각한 병이 걸린 마티스가 침대에서 그림을 그리거나 종이를 오려 붙이는 식으로 작품 활동을 이어갔듯, 샤갈 역시 사망 직전까지 붓이나 연필을 놓지 않았다고 한다.

생폴드방스 언덕에서 내려다본 마을 공동묘지.
샤갈이 누운 자리를 찾는 건 어렵지 않았다.
사람들은 문득 그 앞에서 걸음을 멈추고는 조약돌을 가지런히 올려놓았다.

샤갈이 98세까지 살았고 브레송은 96세, 마티스는 85세까지 살았다. 피카소도 니스 근처의 바닷가 마을인 앙티브에서 많은 시간을 보내며 92세까지 살다가 (세잔이 그린) 생트빅투아르산 부근의 보브나르그라는 마을에 묻혔다는데, 가볼 생각은 하지 못했다. 멀지 않은 모나코 부근 바닷가에 '4평이면 인간은 충분히 행복하게 살 수 있다'는 메시지를 실천코자 4평짜리 오두막 '카바농'을 짓고 78세까지 살았던 현대 건축의 비조鼻祖 르 코르뷔지에Le Corbusier나, 고향 엑상프로방스에서 활약하다 67세로 사망한 세잔이 오히려 단명한 느낌이 들 정도다. 남부의 아를을 떠난 얼마 뒤 권총 자살로 37세에 생을 마감한 고흐가 안타깝게 느껴지는 대목이기도 하다. 프랑스 남부의 온화한 날씨와 낙천적 기운이 화가들로 하여금 천수를 누리게 한 것일까?

인상파 고흐, 야수파 마티스, 큐비즘과 여러 유파에 두루 이름을 올린 피카소, 어느 유파에도 이름을 올리기 애매할 만큼 독창적인 샤갈, 큐비즘의 시조 격인 세잔, 또 현대미술의 테두리 안에 편입되고 있는 건축과 사진의 거장들이 여기에 삶과 죽음의 터전을 마련했으니 현대미술의 찬란한 움직임이 이곳 프로방스에서 비롯됐다 해도 지나친 말은 아닐 것이다.

다시 태어나면 하나의 음이 되고 싶다던 어느 음악가의 말처럼, 이 정열적인 시각예술가들은 영롱하게 폭발하는 빛 속에 하나의 색으로 남고 싶어 하지 않았을까?

26

바람이 인다!
살아야겠다!

✣

폴 발레리

남프랑스 세트

지쳐빠진 네 맵시가, 그림자들과 자기 포기,

아낌없는 사랑 가지고 만드는,

귀여운 무덤, 감각 없는 묘비 위에서 나는,

겸손하게, 다정스레, 죽는다,

네 위에 넘어지고 쓰러져서,

그러나 낮은 무덤의 막힌 잿더미 공간에 이끌려,

내가 그 무덤 위에 쓰러지자마자,

이 겉만 죽은 여인은, 목숨이 되돌아와.

부르르 떨고, 두 눈을 뜨며, 나를 비추고 나를 깨물며,

목숨보다 더 값진 새로운 죽음 하나를

여전히 내게서 앗아간다.

폴 발레리, '건성으로 죽은 여인', 《발레리 시전집》

　　　　　　　　문학과지성 그룹을 이끌어온 탁월한 평론가 김현은 너무 이른 나이에 세상을 등졌다. 그의 유작이 된 일기 모음집 《행복한 책읽기》는 시한부 삶의 종말을 기다리며 절망하는 평론가의 삶에 대한 아쉬움 그리고 문학과 예술에 대한 절절한 애착과 사유가 담겨 있다. 시시각각 다가오는 죽음을 마주하며 차분하게 기록한 그 일기장의 마지막 구절은 이렇다.

　　'결사적으로 소리 지른다. 겨우 깨난다. 아, 살아 있다!'

　　이 문장 뒤에 김현의 다른 글이 더 있는지는 알 수 없다. 이 글을 남기고 얼마 지나지 않아 그는 거대한 사멸의 시간 속으로 빠져들었을 터다. 기형도의 유고 시집 발문에서 시인의 죽음을 두고 장황한 애도를 펼쳤던 그도 그를 기억하는 사람들이 사라지면 비로소 영원한 망각 속에 빠져들겠지만, 아직은 많은 후학과 독자가 그를 기억하고 있다.

　　김현의 생전 마지막 절규에서 나는 프랑스 시인 폴 발레리의 목소리를 들었다. 김현이 언젠가 번역한 발레리의 시집 《해변의 묘지》 중 동명 시의 가장 유명한 구절, '바람이 인다! 살아야겠다!'가 그것이다. "아, 살아 있다!"며 살아 있음의 경이와 닥쳐

올 죽음의 두려움에 몸서리치던 평론가나, 세상을 향해 "살아야 겠다!"고 분연히 외치던 시인이나, 이제 모두 세상에 없다. 그들이 언젠가 이 지구별에 살았더라는 풍문만 남아 있을 뿐이다.

폴 발레리 시의 배경이자 시인이 묻힌 장소이기도 한 '해변의 묘지'까지 가는 길은 결코 쉬운 여정이 아니었다. 차를 렌트하지 않았더라면, 그 차에 성능 좋은 내비게이션이 장착돼 있지 않았더라면, 또 그 마을에 도착해 여행자를 위한 인포메이션센터를 금세 발견하지 못했더라면 묘지를 찾는 데 꽤 애를 먹었을 것이다.

발레리의 고향이자 그의 무덤이 있는 지중해변의 마을 이름은 세트다. 건축가 승효상은 이 묘지에 와서야 그 난해하던 시 '해변의 묘지'가 비로소 독해됐다고 했는데, 묘지 앞에서 다시 검색해 읽어본 시는 내겐 여전히 어렵게 다가왔다. '번역은 반역'이라고도 하거니와 그중에서도 시는 결코 번역될 수 있는 게 아니라고 평소에 생각해서일까. 프랑스 시 중에선 보들레르의 '이방인'이나 랭보의 '모음', 엘뤼아르의 '이 땅에 살기 위하여' 같은 시들 정도만 그나마 좀 어렴풋이 이해하며 읽었을 뿐이다. 그런데 정말 이해한 것이냐고 누가 묻는다면 퍽 자신 없어 할 것이다. 시라는 것이 이해하는 것인지 느껴야 하는 것인지도 잘 모르겠지만 말이다. 그러니 전공자도 아닌 내가 그 긴긴 시 '해변의 묘지'를 어떻게 온전히 독해하며, 또한 발레리 시의 미학과 진정성을 이해하겠는가.

그럼에도 실제 '해변의 묘지'는 꼭 가봐야겠다고 생각했다. 프로방스의 카뮈와 브레송 묘지를 다녀온 뒤 차는 지중해 해안 선과 나란한 도로를 따라 스페인 국경 지대에 있다는 철학자 발 터 벤야민의 묘지를 향해 달렸다. 그 길 중간에 세트가 있었다. 일정이 넉넉하지 않아 내가 제대로 알지 못하는 발레리의 묘지 를 생략할까도 생각했지만 어쩐지 빠뜨리면 안 되겠다 싶었다. 묘지를 소재로 가장 아름답고 유명한 문학작품을 남긴 시인이 아니던가. 그 묘지에 서면 시인으로 하여금 격렬한 삶의 의지를 불러일으킨, 바다로부터 이는 바람을 만날 수 있지 않을까.

묘지에 도착해보니 잘 왔다는 생각이 들었다. 무엇보다 내 가 본 모든 공동묘지 가운데 가장 아름다운 자리에 발레리의 묘 가 있었다. 그가 '지붕'으로 표현한 바다와 '비둘기'로 표현한 돛 단배가 평화롭게 어우러진 코발트빛 바다 풍경이 탁 튄 언덕 위 묘지에서 장엄하게 내려다 보였다.

세트라는 마을도 뜻밖에 사람 냄새가 물씬 나는, 활력 넘치 는 지방 도시였다. 지중해가 불러일으키는 낙천적 느낌과 잘 어 울리는 곳이었다. '해변의 묘지'와 폴 발레리가 아니어도 아름다 운 마을, 그러나 해변의 묘지가 있어 더욱 가깝고 친근하게 느껴 지는 마을이랄까. 어느 여행 가이드북에도 나와 있지 않은 보석 같은 마을을 우연히 발견한 것이다. 당신의 시를 잊지 않고 기억 해낸 여행자에게 시인이 준 선물과도 같은 마을.

폴 발레리가 시에 그려넣은 해변의 묘지 풍경.
무채색 죽음들 사이에서 바다는 더 강렬한 빛으로 튀어 올랐다.
시인이 그랬듯, 죽은 자들도 이 풍광을 누리고 있을까.
자신의 시 속으로 들어간 시인은 불멸하는 바다를 향해 또 그렇게 외치고 있을까.
"바람이 인다! 살아야겠다!"

'해변의 묘지'는 꽤 긴 데다 독해가 쉽지 않은 시다. 김현이 번역한 그 시의 첫 연과 마지막 연을 여기에 옮겨본다.

비둘기들 노니는 저 고요한 지붕은
철썩인다 소나무들 사이에서, 무덤들 사이에서.
공정한 것 정오는 저기에서 화염으로 합성한다
바다를, 쉼없이 되살아나는 바다를!
신들의 정적에 오랜 시선을 보냄은
오 사유 다음에 찾아드는 보답이로다!

(중략)

바람이 인다! … 살려고 애써야 한다!
세찬 마파람은 내 책을 펼치고 또한 닫으며,
물결은 분말로 부서져 바위로부터 굳세게 튀쳐나온다.
날아가거라, 온통 눈부신 책장들이여!
부숴라, 파도여! 뛰노는 물살로 부숴 버려라
돛배가 먹이를 쪼고 있던 이 조용한 지붕을!

— 폴 발레리, '해변의 묘지' 일부, 《해변의 묘지》

김현의 번역본에는 '바람이 인다! 살려고 애써야 한다!'로 번역된 부분이 문제의 시구다. 예전엔 내 멋대로 '바람이 분다!

살아야겠다!'라 기억해두고 써먹곤 했는데, 이 부분을 다룬 다른 번역자들의 글을 보면 '분다'라는 표현은 적절하지 않고 '일어난 다', 혹은 '인다'라고 해야 옳다고도 한다. 김현이 '살려고 애써야 한다!'라고 번역한 부분 역시 다양하게 번역될 여지가 있다. 다소 간결한 맛이 덜하지만 정확한 의미는 그렇게 번역해야 옳은 모양이다. 이런 부분이 시를 번역하는 데 생기는 어렵고 복잡한 문제 중 하나다. 문학작품 중에서도 시야말로 원어로 읽어야 마땅할 텐데 그게 어디 쉬운 일이겠는가.

1871년 이곳 세트에서 태어난 폴 발레리는 10대 때부터 시를 쓰기 시작했고, 첫 시집을 통해 이미 시인으로서 높은 명성을 얻었다. 그러나 상처 받기 쉬운 감수성의 소유자였던 시인은 21세부터 거의 20년 가까이 시 쓰기를 그만뒀다. 그러던 중 그의 재능을 안타까워한 친구 앙드레 지드와 출판인 갈리마르 덕분에 재기를 도모하고 시를 내놓으면서 곧바로 프랑스 국민 시인의 반열에 올랐다. 그 무렵 발표한 시집이 바로《해변의 묘지》다.

그런가 하면 발터 벤야민이 20세기 미학과 철학의 가장 중요한 논문이 된《기술복제시대의 예술작품》권두에 발레리의 예술론을 언급할 만큼, 시인은 저물어가는 시대의 흔적과 다가오는 시대의 징후를 예민하게 포착한 지성이기도 했다. 시인 스테판 말라르메를 스승이자 시의 멘토로 삼았는가 하면 라이너 마리아 릴케, 앙드레 지드, 장 콕토, 파블로 피카소, 알베르토 아인

묘지에서 발걸음을 오래 붙잡아 세웠던 조각 하나.
삶이 고통이라면 죽음은 과연 해방일까.
무채색 묘가 늘어선 해변의 묘지 사이에서
삶의 빛깔은 더 강렬하게 튀어 올랐다.

슈타인 등과도 교유했다. 1945년 5월 31일 병석에 누웠다가 끝내 일어나지 못한 폴 발레리는 7월 20일 영면에 들고 만다.

장례는 샤를 드 골Charles De Gaulle 대통령 주도하에 국장으로 치러졌다. 국가 차원의 존경을 한 몸에 받아 프랑스 영웅들이 잠든 팡테옹에 묻힐 수도 있었지만, 고인의 유지를 받들어 고향 세트의 '해변의 묘지'에 묻혔다. 자신이 쓴 시의 장소에 묻혔으니, 자신의 시 속으로 들어가 그 시 속에 잠든 시인인 셈이다.

자동차로 프랑스 남부 해안 도로를 따라 어렵게 달려왔고, 주차한 뒤엔 또 어렵게 물어 찾아낸 세트의 '해변의 묘지'. 도시의 한쪽 끝 생클레르 언덕에 위치한 묘지 입구에 들어서서도 안내 이정표를 한참 따라가 시인이 누운 곳까지 갔다.

그런데 묘지 가까운 곳에 이르자 한 여성이 다가와 내게 뭐라 뭐라 한참을 떠들며 발레리의 묘를 안내하는 화살표와는 다른 방향의 길로 안내했다. 찬찬히 들어보니 시인이 누워 있는 묘지 길목에서 영화 촬영이 진행 중이니 다른 길로 우회해줄 것을 부탁하는 것이었다. 아닌 게 아니라 그 위에서 영화 촬영용 카메라가 이쪽을 포착해 잡고 있는 게 아닌가. 감독의 "액션!" 신호가 떨어지자 공동묘지 한쪽에서 튀어 나온 사내를 다른 사내가 쫓아가는 장면을 거듭해 찍고 있었다. 특별히 폴 발레리의 묘지 때문에 그곳이 로케이션 장소가 된 건 아닌 듯했다. 묘지와 그를 둘러싼 주변 풍경이 하도 아름다워서였을 것이다.

폴 발레리가 잠든 곳. 그 바로 앞 벤치에 오래 앉아 있었다.
침묵 그 너머로 지중해의 파도 소리가 이명으로 들렸다.

늘 무겁고 근엄한 표정의 묘지들만 만나다가 영화 촬영지가
된 묘지를 접하니, 묘지라는 것이 우리 삶과 가까운 장소, 우리
삶 속에 포함된 장소라는 생각이 들었다. 유럽의 거의 모든 크고
작은 마을 한 귀퉁이에 어김없이 자리 잡고 있던 묘지들이 그랬
듯 죽음과 묘지는 혐오의 대상이 아니라 삶의 적극적인 한 부분
이었던 셈이다.

동일한 추격 신을 몇 번 찍고 나서야 영화 스태프들이 고맙
다며 길을 내주었다. 발레리 묘와의 만남은 그제야 허락됐다. 그
덕분에 묘지를 아래에서 위쪽으로 올라가지 않고, 위에서 아래
로 에돌아 내려오며 만났다. 과연! 시인의 묘지 위쪽에서 풍경을
조망하니 탁 튄 시야 너머로 '지붕' 같은 바다에 '비둘기' 같은
배들이 떠 있었다. 시심이 저절로 피어오를 만큼 너무도 아름답
고 황홀한 풍경을 품은 묘지가 아닌가!

바다 쪽으로 뻗은 폭이 너른 계단 왼편으로 마침내 시인의
묘지가 나타났다. 내리막 계단의 오른편, 그러니까 묘지를 마주
한 곳에는 특별히 자그만 벤치가 하나 놓여 있었다. 이곳을 찾은
참배객에게 찬찬히 시인을 알현할 것을, 그러면서 시인이 남긴
시 구절을 찬찬히 곱씹어볼 것을 권하는 자리이리라. 위대한 건
축물을 남긴 건축가나 멋진 교향곡을 남긴 음악가, 명화를 남긴
화가 못지않게 우리 마음에 깊이 새겨진 시구를 남긴 시인이야
말로 세상에 정말 많은 유산을 남긴 예술가가 아닐까 싶었다.

번역시에 대한 막막함과 외국 시인들에 대한 거리감 때문일

까, 처음엔 폴 발레리의 묘지가 낯설고 멀게만 느껴졌다. 그러나 일본 애니메이션의 거장 미야자키 하야오宮崎駿가 은퇴를 번복하면서 만든 애니메이션 영화 〈바람이 분다〉가 발레리의 시에서 영감 받은 소설을 영화화한 것이고 보면, 발레리가 우리 시인 윤동주 같은 이가 사랑한 시인이었다는 사실을 떠올려보면, 또 이제는 너무도 유명한 경구가 되어버린 "생각한 대로 살지 않으면, 사는 대로 생각하게 된다"는 말이 발레리가 한 말이라는 걸 보면, 그는 결코 우리에게 먼 시인은 아니다.

발레리의 묘지 앞 벤치에 앉아 조망하던 지중해의 코발트빛 푸르름이 그립다. 가까운 곳이라면 이따금 찾아가 한참을 앉아 있다 오고 싶은 벤치였다. "바람이 인다! 살아야겠다!"라던 그 절규를 바람결에 엿들으면서 말이다.

슬프기에
말을 못하는 것이다

✛

발터 벤야민

스페인 포르부

"시대가 너무 암울해서 육체뿐 아니라 정신도 버티기가 힘듭니다. 게다가 앞으로 내 원고들이 어떻게 될지를 생각하면 너무 두렵고 고통스럽습니다." (중략) "내 마지막 원고가 이 안에 들어 있습니다. 이 가방이 지금 제게 가장 소중한 물건입니다. 절대 잃어버리지 않을 겁니다. 무슨 일이 있어도요. 이 원고는 우리에게 무슨 일이 닥쳐도 지켜져야 합니다. 이 원고는 제 자신보다 소중합니다." (중략) 그러나 나는 벤야민의 가방도 그의 무덤처럼 텅 비어 있지 않았을까, 상상해본다.

미셸 슈나이더, 《죽음을 그리다》

———— 　　　　검은 가방을 들고 나치의 비밀경찰 게슈타포에게 쫓기던 독일 철학자 발터 벤야민은 끝내 스페인 국경을 온전히 넘지 못했다. 미국으로 망명하기 위해 먼저 찾은 스페인 역시 쿠데타와 내전으로 권력을 훔친 군인 프랑코가 집권하고 있었으니, 나치와 다를 바가 없었다. 이틀에 걸쳐 위험한 피레네산맥의 높은 봉우리를 넘어 도착한 스페인의 해안 마을 포르부는 그와 동행들의 입국을 거절했다. 경찰은 이튿날 국경 너머 프랑스로 그들을 되돌려 보내겠다고 했다. 프랑스로 돌아간다는 것은 유태인 벤야민에겐 끔찍한 수용소행을 의미했고, 이는 곧 죽음을 뜻했다.

　입국이 불허돼 포르부 마을의 작은 호텔 폰다데프란시아에서 하룻밤을 묵게 된 벤야민은 다량의 모르핀을 먹고 자살했다. 출발 전에 미리 '말 한 마리도 죽일 수 있을 만큼'의 양을 준비했었다고 한다. 그의 손에 들려 피레네산맥을 넘었다는 검은 가방의 행방은 아직까지 알려지지 않고 있다. 다른 사람이 들어주겠다고 해도 내놓지 않던 그 가방에는 새로운 원고가 들어 있었고, 벤야민은 그 원고가 자신보다 더 중요하다는 말을 자주 했다고 한다. 알려지지 않은 원고, 세상에서 감쪽같이 사라진 그 원고에는 어떤 내용이 담겨 있었을까.

인쇄술, 사진술 등 복제 기술이 보편화된 시대의 예술이 그 이전 예술과 어떤 점이 달라졌는지를 깊은 통찰력으로 고찰한 발터 벤야민은 스페인의 그 작은 바닷가 마을에서 생을 마감했다. 세상에 유일무이하게 존재하는 원본 예술 작품들에 깃든 오라aura의 상실을 예술의 죽음으로 연결하지 않고, 대중이 예술과 보다 쉽고 평등하게 만날 수 있는 기회가 되리라 낙관한 20세기의 가장 중요한 철학자 발터 벤야민의 최후는 그처럼 비극적이었다.

벤야민의 안타까운 죽음에 관한 얘기를 늘 가슴에 담고 있던 나는 누구보다 그의 무덤 앞에 서고 싶었다. 그랬다. 내 여행의 최종 목적지는 프랑스와 스페인 국경의 어촌 마을 포르부와 그 마을 언덕배기에 있는 발터 벤야민의 묘지였다.

구글 지도를 확대하고 확대한 끝에 '포르부'라는 마을 이름을 간신히 찾았다. 프랑스-스페인 국경 검문소 바로 아래 해안가 마을인데, 아무리 낯선 곳을 즐기는 여행자라도 누가 이런 델 일부러 찾아올까 싶었다. 나치에 쫓겨 생사의 산을 넘은 철학자라든가 그를 기억해 추념하고자 하는 이방의 여행자가 아니라면. 국경 검문소를 지나 채 2킬로미터도 안 되어 나타난 작은 마을, 한 뼘밖에 안 될 자그마한 마을에 그가 묻혀 있을 터였다.

마을에 도착하자마자 '여기, 천국이다!'라는 느낌이 먼저 들었다. 널리 알려진 관광지와 달리 이렇게 꼭꼭 숨어 있는 마을은 뜻밖의 고즈넉함과 아름다움을 간직하고 있었다. 폴 발레리가 묻힌 해안 도시 세트가 그랬듯 말이다.

그 밤 어디서 잘까 고민하며 낮에 숙소 사이트를 검색했었다. 바르셀로나까지 가긴 너무 멀고 프랑스의 대도시인 페르피냥에서 자긴 당최 내키지 않았다. '설마 그 자그만 마을에 숙소 같은 게 있겠어?' 하며 검색했는데 뜻밖에도 괜찮은 호스텔이 눈에 들어왔다. 순전히 발터 벤야민을 만나러 왔다가 그렇게 꼭꼭 숨은 천국 같은 마을을 만난 것이다. 영화 〈지중해〉였던가? 제2차 세계대전 중 어느 마을에 파견된 병사들이 마을의 평화로움에 빠져 전쟁 중 임무도 까맣게 잊고 흘러가는 세월을 즐겼던 지중해의 이름 모를 마을이 꼭 이런 곳이 아니었을까 싶다.

숙소에 들어서니 딱 '고흐의 방'만 한 독방에 깔끔하게 침대 하나만 놓여 있고 분위기도 밝았다. 1층에 바를 겸하고 있어 저녁으로 까르보나라를 시켜 먹었고 맥주도 두 병쯤 마셨다. 이 작은 마을이 세상의 끝이자 인생의 끝이 된 한 사내의 운명을 생각하면서. 스페인 입국을 거절당한 발터 벤야민이 생의 마지막 밤을 보냈다는 호텔은 이 마을 어디쯤에 있었을까? 그곳에서 벤야민은 밤새 무슨 생각을 했을까? 흐느껴 울었을까? 담담하게 죽음을 준비했을까? 망해가는 세상을 원망하며 체념했을까? 지나간 삶을 어떻게 회상하고 정리했을까?

발터 벤야민은 평생 여행자로 살았다. 그는 쉴 새 없이 떠돌아다녔다. 자기 자신에게조차 머문 적이 없었다. 그가 죽기 전에 마지막으로 내뱉은 말이 무엇이었는지 묻지 마시길. 너무 어려운 질문이다. 모르핀? 아니면 자유? 출발? 나는 그의 마지막 말은 '원고'가 아니었을까 싶다. (중략) 벤야민은 죽기 전에 헤니 구를란트에게 "내 생각들을 아도르노에게 전해주세요."라고 말했다는데, 이때의 '내 생각들'이란 '나의 가장 중요한 고찰들' 또는 '내가 마지막으로 쓴 것들' 또는 '나의 가장 훌륭한 사상들'이었을 것이다.

— 미셸 슈나이더, 《죽음을 그리다》

숙소에서 마을 앞바다까지는 50미터도 안 됐다. 밤 아홉 시가 넘은 시간에도 아이들은 여전히 물놀이를 즐기며 뭍으로 나올 생각을 하지 않았고, 노인들은 바닷가에 놓인 아담한 벤치에 앉아 포근하며 시원한 바닷바람을 즐겼다. 주변 산협에 갇혀 생긴 작은 어항 같은 바다가 너무 가깝고 아름다워 여기서 사나흘 묵으면 어떨까도 생각했다.

이튿날 아침, 잠에서 깨자마자 마을 뒷산에 있다는 벤야민의 묘를 찾아 나섰다. 1990년 그의 사망 50년을 추념해 만든 '파사주passage('통로'라는 뜻으로 벤야민이 《아케이드 프로젝트》에서 중요하게 사용한 용어)'라는 조형물은 여행 전 검색한 사진과 책에서는 꽤 커 보였는데, 막상 보니 그리 크지는 않았고 듣던 대로 주변 자연경관 속에서 툭 불거져 나온 모습이었다. 이스라엘의 건

프랑스-스페인 국경 부근에서 내려다 본 포르부.
이 경계를 넘지 못한 벤야민은 스스로 사선을 넘고 말았다. 작은 어항처럼
평화롭고 한적한 이 마을에 하룻밤 머무는 동안 그는 어떤 마음이었을까.

축가 다니 카라반Dani Karavan이 디자인한 것으로, 그 철제 조형물 안에 계단이 이어져 벼랑 아래쪽 바다 근처까지 내려설 수 있었다. 계단에서 내려다보면 거기 서 있는 사람의 그림자가 바다와 면한 투명 유리벽에 비쳤다. 앞으로도 뒤로도 나아가거나 물러설 수 없었던 벤야민의 절박함을 표현한 것이라 했다. 조형물의 유리 벽면 너머로 너른 바다와 맞은편에 우뚝 선 절벽이 그림처럼, 아니 게임 속 가상현실처럼 펼쳐졌다.

조형물을 지나 공동묘지 안으로 들어서니 이 자그만 마을에서 평생을 살다가 간 사람들의 묘와 납골당이 바다를 마주하고 서 있었다. 그리고 공동묘지 한쪽 구석에 내가 만나고 싶어 하던 사람의 묘가 다소곳이 자리해 있었다. '발터 벤야민, 베를린 1892 – 포르부 1940'. 그 아래 적힌 독일어를 나는 해독할 수 없었다. 이 묘를 먼저 찾은 건축가 승효상이 저서《보이지 않는 건축, 움직이는 도시》에 언급한 그 묘비명인지도 모르겠다.

'문명의 기록은 야만의 기록 없이 결코 존재하지 않는다.'

미셸 슈나이더의 책에 따르면 벤야민은 1940년 9월 26일에서 27일로 넘어가는 밤, 포르부에서 삶을 마감했다. 벤야민과는 먼 친척이면서 전체주의의 문제를 치밀하게 파고든 정치철학자 한나 아렌트Hannah Arendt가 몇 달 뒤 포르부에 왔을 때는 벤야민의 무덤을 찾을 수 없었다. 이후 한참이 지나 누군가가 우여곡절 끝에 그의 시신을 찾아내면서 무덤을 복원해 지금 자리에 이르렀다고 한다. 그러나 최근에 번역 출간된 하워드 아일런드

포르부 공동묘지. 작고 조용한 이 마을에 어울리는 곳.
그 한쪽에 다소곳이 세워진 발터 벤야민의 묘석.

Howard Eiland, 마이클 제닝스Michael W. Jennings 공저의《발터 벤야민 평전》은 이에 대해 조금 다르게 기록하고 있다. 벤야민의 최후와 사후 일에 대해서는 여러 증언과 기록이 모순되어 미스터리로 남아 있다는 것이 요지다. 지금 공동묘지 한쪽에 자리 잡은 무덤조차 그의 묘인지 확신할 수 없다고 한다.

파사주라는 조형물이 풍기는 분위기 때문이기도 하지만, 벤야민의 묘는 잊힌 과거가 묻힌 무덤이 아닌 미래로 열린 무덤 같았다. 모호한 용어인 '오라'의 개념은 차치하고라도 인쇄술에 이어 사진과 영화 등 복제 기술이 발달하면서 근본적으로 달라진 예술과 삶의 환경을 간파한 벤야민의 통찰은 이후 20세기 수많은 학자에게 영감을 줬다. 근대의 예술과 미디어, 철학의 담론이 가뭇없이 묻힌 자리에 복제 기술로 촉발된 새로운 세상, 달라진 환경을 예견하며 그의 무덤은 굳게 입을 다물고 있다.

많은 이가 19세기 들어 탄생한 사진이 예술인가 아닌가를 놓고 탁상공론을 펼치고 있을 때 "그보다는 사진의 발명으로 인해 예술 전체의 성격이 바뀐 것에 주목해야 한다"던 그의 말은 거듭 생각해도 타당하고, 또 탁월하다. 브레히트의 문예 이론에서도 일부 영향을 받았을 터인데, 복제 기술로 누구나 쉽게 예술을 향유하게 되면서 민중이 기만적인 부르주아 세상을 똑바로 바라보고 그에 저항할 수 있는 힘을 키우게 되리라 낙관한 점도 기억할 만한 지점이다.

그러나 그가 낙관한 대로 예술이 민중을 위해 복무하게 되었을까? 그가 '대중운동의 가장 강력한 매개체'가 되리라 생각했던 영화는 나치 치하에서 강력한 정치적 쇠뇌의 수단이 됐고, 오늘날에는 거대 자본으로 상품화한 자극적 이미지들이 대중의 판단력을 마비시킴으로써 그의 낙관으로부터 더욱 멀어져온 형국이다.

그렇다 해도 그가 펼치고 개진한 생각들은 오늘날 사진, 영화, 미술 등의 예술 분야는 물론 건축과 미디어, 철학과 미학 이론에 이르기까지 변치 않는 영감과 영향력을 제공하고 있다. 그러니 그가 쫓기다 묻힌 자리, 앞으로 나갈 수도 뒤로 물러설 수도 없던 해안가 절벽 위 절망의 언덕은 역설적으로 미래를 향해 열린 계시와 예언의 성소로 보일 수밖에 없다.

> 이 모든 펼쳐짐이 실은 베냐민에게서 비롯되었다고 말하면 과장일까? (중략) 하이데거의 존재 사상, 아도르노의 미학, 데리다의 해체, 들뢰즈의 '되기devenir', 푸코의 마그리트론, 리오타르의 숭고, 보드리야르의 시뮬라시옹의 개념은 이미 베냐민이 선취한 것이다.
>
> ― 진중권,《현대미학 강의》

아침부터 바람이 심상치 않더니 이내 비가 내렸다. 갑자기 날씨가 서늘해지는 바람에 바다를 즐기며 사나흘 묶어볼까 하던 생각은 접었다. 지난밤 해수욕을 즐기던 사람들은 그림자조차 보이지 않았다. 하루 만에 계절이 바뀐 것이다. 하는 수 없었다. 빗

방울이 조금씩 떨어지던 마을에 더 머무르면 환희의 바다가 아닌 울적한 슬픔의 바다, 벤야민이 절망한 바다로 보일 듯했다.

늦은 식사를 하고 벤야민의 묘지를 한 번 더 다녀온 뒤 마을 초입의 간이 주유소에서 기름을 가득 채우고 산길을 되올라 국경의 고갯마루로 올라섰다. 잠시 차를 세우고 건너편 언덕에 포근히 안긴 포르부 마을을 한 번 더 내려다봤다. 마을 한가운데 우뚝 선 조형물 '파사주'가 자그맣게 보였다. 미래를 예견하는 중요한 아이디어를 남긴 철학자가 울분과 절망을 느끼며 바라봤을 바다를 다시 내려다봤다. "인간은 이렇게 슬픈데 바다는 너무나 푸릅니다."라고 외쳤던 일본 소설가 엔도 슈사쿠遠藤周作의 절규가 들려왔다. 비에 젖은 바다를 마주하고 나도 울고 싶어졌다. 문득 발터 벤야민이 어딘가 적은 글 한 구절이 떠올랐다.

'말을 못하기에 몰락한 자연은 애도한다. 하지만 이 문장을 뒤집어야 우리는 자연의 본질에 더 깊이 들어갈 수 있게 된다. 자연은 슬프기에 말을 못하는 것이다.'

— 진중권,《현대미학 강의》

벤야민의 걸음이 멈춘 곳에 세워진
추념 조형물 파사주.
더 나아갈 수 없는 막막한 바다 앞에서
나를 비춰본다.

묘지를 나서며

내가 태어났을 때 / 나는 울었고 / 내 주변의 모든 사람은 / 웃고 즐거워하였다. // 내가 내 몸을 떠날 때 / 나는 웃었고 / 내 주변의 모든 사람은 / 울며 괴로워하였다.

'티베트 사자의 서' 중에서

티베트의 지혜를 담은 책에 적혀 있다는 이 구절은 삶(탄생)과 죽음에 대한 조금 다른 생각을 전해줍니다. 셰익스피어 역시 그의 비극《리어왕》에서 "참아라. 모두가 울면서 이 세상에 오지 않았는가. 바보들만 있는 이 거대한 무대에 온 것이 슬퍼 운 거야."라며 인생을 통찰했습니다. 태어남이 마냥 행복하고 축복받을 일만은 아닐뿐더러 죽음이 전적으로 슬프고 두려운 것만은 아니라는 생각은 동서고금을 막론하고 하나의 흐름을 형성하는 듯싶습니다.

그러나 그 누구도 죽음 너머의 세상은 알지도 못하거니와,

제아무리 호기로운 척을 해도 죽음은 언제나 부조리하고 두려운 것입니다. "내가 아무것도 아닌 것이 되리라는 사실과 화해할 수 없다"던 마르그리트 뒤라스의 말은 깊은 울림을 안겨줍니다. 생명을 갖고 세상에 태어난 모든 것이 죽음의 반대편으로 완강히 고개를 돌리는 건 자연의 당연한 이치입니다.

이 책을 쓰며 다시 만난 쟁쟁한 예술가들과 사상가들 역시 다가오는 죽음 앞에 속수무책이었습니다. 두려움과 절망 속에서 심지어는 초라한 모습까지 보여줍니다. "백인들은 역사의 암"이라며 거침없이 독설을 퍼부었던 수전 손택도, 오만했던 베토벤도, '9'를 죽음을 암시하는 숫자로 여겨 9번 교향곡을 아예 미뤄뒀던 구스타프 말러도 죽음 앞에 속절없이 허물어졌습니다. 회초리를 맞으러 끌려가는 아이처럼 말입니다. 죽음 앞에 초연하고 낙천적인 모습을 보인 사람은 기껏해야 독배 앞에 당당했다는 소크라테스나 아내가 죽자 술독을 부둥켜안고 노래했다는 장자, 믿기 어려운 신화로 포장돼 보이는 몇몇 위인 정도입니다.

그럼에도 불구하고 이 책을 쓰며 얻은 교훈 한 가지는 그것이 두렵고 무섭고, 또 더럽거나 추한 것이라 할지라도 죽음을 늘 생각하고 공부할 필요가 있지 않을까 하는 것입니다. 많은 현자가 '거듭 죽음을 공부하고 늘 죽음을 기억하며 살아갈 것Memento Mori'을 가르쳐왔습니다. 유명인들의 임종 순간을 어쩔 수 없이 추적해야 했던 이 책의 글쓰기는 그런 의미에서 소중한 공부의 시간이기도 했습니다.

'자궁womb'과 '무덤tomb' 사이에 삶이 있다

영어로 'womb'는 '자궁'을, 'tomb'은 '무덤'을 뜻합니다. 두 단어의 어원은 모르지만, 그 어원 사이에 어떤 친족성이 있을 거라는 추측은 강하게 품게 됩니다. 자궁과 무덤을 긴밀히 연결 지은 옛사람들의 생각을 이 단어들에서 읽을 수 있습니다. 무덤을 포근하고 아늑한 장소로까지 여긴 듯합니다.

여행 동아리에서 만난 한 어르신이 당신 젊은 날을 회상한 이야기가 아직도 제 맘에 남아 있습니다. '여행'이라는 문화가 생소하던 1960~1970년대에 이미 무전여행과 노숙을 밥 먹듯 하던 어르신이 무덤가에서 숱하게 잠을 잔 적이 있다는 이야기였습니다. 4대 독자임에도 어릴 적부터 암벽에 오르고 험한 여행을 마다 않자 어머님이 눈물을 흘리며 이른 말씀이 있다고 합니다.

"할 수 없이 산에서 잘 때는 반드시 무덤을 찾아가 '하룻밤 묵고 가겠습니다.' 하며 절 한 번 하고 그 앞에서 자거라. 그러면 그 무덤의 주인 귀신이 보호해주실 거다."

지금이야 여행 중에 날이 어두워져도 숙소가 많아 잠자리 걱정을 하지 않아도 되지만, 예전 여행자는 노숙을 할 수밖에 없는 상황이 잦았을 겁니다. 그때 산길에서 가장 좋은 장소가 어디였을까요? 평탄하고 전망 좋고 종일 햇볕을 받아 땅이 습기가 적고 따뜻하면서 푹신하기까지 한 풀밭이겠지요. 그런 곳이 무덤 앞 잔디밭 아니겠습니까? 어둠과 산짐승은 무섭지만 무덤의 주인 되는 귀신이 지켜준다니, 무덤 앞 잔디밭이야말로 든든하고 편안한 캠핑사이트였을 겁니다.

어르신의 증언은 헤르만 헤세의 《크눌프》 중 한 장면과 밥 딜런의 노래를 우리말로 번안해 부른 양병집의 '소낙비'라는 노래 가사도 떠올리게 합니다. "무덤들 사이에서 잠을 잤었다오." 하던 바로 그 가사 말입니다. 지금은 상상도 할 수 없는 일이지만, 무덤가에서 하룻밤 의탁하는 일을 편안하게 여긴 건 동서양을 불문하고 공통된 생각이었던 모양입니다.

이제 이 땅 위에 죽은 사람들의 무덤은 너무나 많습니다. 어느 책에서 언급했듯 현재 지구별에서 살아가는 사람들 수가 지난 수만 년 동안 이 별에서 살다 간 사람 모두를 합친 것보다 많다고 하질 않습니까. 산 사람들의 공간을 위해 묘지를 줄여가는 것이 절실한 때입니다. 육신이 소멸하여 흙과 함께 섞이고 바람이 되고 비가 되고 찬란한 가을빛이 될 거라 하니, 소중하게 다 쓴 우리 몸을 처음부터 자연으로 훨훨 돌려보내는 것도 두렵거나 나쁜 일만은 아닐 겁니다.

만나지 못한, 만나고 싶은 유명인들

유럽만의 묘지 기행을 지양했지만 아무래도 프랑스를 위시한 유럽 도시들에 수많은 유명인의 묘지가 모여 있고 그곳을 위주로 서술하다 보니 어쩔 수 없이 유럽 묘지 중심의 기행이 되어버렸습니다. 자연스럽게 르네상스 시대부터 근현대에 이르기까지 세계사의 주류를 형성해온 유럽 인물들과 그들의 시대를 더 듣게 되었습니다.

중국과 베트남, 쿠바와 이란의 묘지들을 빼지 않고 덧붙인 건 유럽만으로 국한된 단조로움을 탈피하고자 함이었습니다. 애초에는 우리네 유명인들의 묘지도 원고에 포함시킬 계획이었습니다. 다산 정약용과 추사 김정희부터 시인 윤동주, 김수영, 김남주, 소설가 이청준, 박경리 선생의 묘지도 찾아갔고 원고도 써두었습니다. 서울 망우리 공동묘지에 잠든 유명인들 묘지며, 광주 망월동과 모란공원의 민주 열사 묘지들 그리고 바람이 거세게 불던 슬픔의 바다 팽목항도 찾아갔습니다. 하지만 이 책에는 결국 모두 담지 못했습니다. 기회가 된다면 다른 지면에 그 이야기들을 풀어보고 싶습니다.

책을 쓰는 과정에서 책과 인터넷의 여러 정보를 참고했습니다. 그런데 인터넷의 경우 출처가 불분명한 정보가 많아 오해와 왜곡의 소지가 있다는 걸 알게 됐습니다. 그걸 검증하기 위해 더 많은 책과 자료를 찾아봤지만 그조차 완전히 신뢰하기는 어려웠습니다.

어떤 글에서는 로마에 묻힌 미켈란젤로의 무덤을 빼돌리기 위해 피렌체 사람들이 엄청난 작전을 펼쳐 묘지를 훔쳐온 것처럼 묘사하는데, 다른 자료들 중 어디에도 그런 글은 나오지 않았습니다. 가장 믿지 못할 증언은 자신이 존경하는 인물들에 대해 거의 신격화에 가까운 찬사를 보낸 글들입니다. 이를테면 노벨 문학상 수상 작가 로맹 롤랑이 《위대한 예술가의 생애》라는 책에 쓴 글 같은 것입니다. 유명인들의 마지막 순간들을 추적하여 기록한 《죽음을 그리다》에서 저자 미셸 슈나이더도 그들이 마지막으로 남긴 말이나 행동에 대해 무척 혼란스러워하고 있습니다.

왜 이런 일이 벌어진 걸까요? 실제 기록들이 여러 겹으로 인용되고 각색되다가, 결국 흥미 위주의 서술과 잘못된 정보들만 살아남아 전해지는 까닭이 아닐까 합니다. 나름대로 꼼꼼히 찾아보고 쓰긴 했으나 이 책도 그러한 혐의에서 완전히 자유로울 수 있을지 걱정이 앞섭니다.

과거에 여러 사정으로 인해 밝혀지지 않았던 인물들의 믿기 어려운 비하인드 스토리나 자료들을 접하면 우리가 그토록 존경해 마지않던 그 사람이 과연 맞나 싶을 때가 비일비재합니다. 그런 일에 난감해지고 회의가 드는 것은 우리가 그들에게 너무 높은 도덕성과 완벽함을 기대했기 때문일 것입니다.

너무 큰 기대는 누구에게도 하지 않는 것이 현명하다고 생각합니다. 그래야 실망도 회의도 적습니다. 낡은 시대를 마감하고 새로운 시대를 열어젖힐 만큼 혁명적인 생각과 위대한 행동을 한 사람일지라도 시대의 한계를 지속적으로 넘어설 수는 없으며, 생물학적으로는 결국 한없이 부족한 인간일 따름이라 생각합니다. 그래서 저는 이 책에 언급한 인물들을 '위인'이라 하는 대신 '유명인'이라고 표현했습니다. 그들 역시 시대의 한계 속에 여러모로 부족한 사람들이었음을 생각하면 오히려 그들을 만나기가 편해집니다.

아울러 여러 사정상 미처 찾아가지 못한 몇몇 유명인들 묘지가 아쉬움으로 남습니다. 스위스 취리히에 영면해 있는 제임스 조이스, 영국 런던 웨스트민스터 사원의 찰스 디킨스와 뉴턴, 헨델, 다윈, 스티븐 호킹의 묘를 찾지 못한 일이 그렇습니다. 스위스 제네바에 잠들어 있다는 소설가 보르헤스나 프랑스 페르라셰즈에 묻혔다는 메를로퐁티처럼 뒤늦게 그 존재를 알게 된 경우도 있습니다.

미국에 가면 누구보다 허먼 멜빌과 존 레넌의 묘지를 만나고 싶습니다. 헤밍웨이와 마크 트웨인, 윌리엄 포크너의 묘도 찾고 싶습니다. 레이먼드 카버와 필립 K. 딕Philip Kindred Dick의 묘도 어딘가 있을까요? 누구보다 먼저 헨리 데이비드 소로Henry David Thoreau와 에드거 앨런 포의 묘지를 만나야 합니다.

몇 해 전 영국 런던 어느 공동묘지에 '파로크 불사라Farrokh Bulsara'라는 본명과 실제 생몰 연대가 적힌 묘비가 불쑥 세워졌다가 사람들에게 발견되면서 감쪽같이 사라졌다는, 퀸의 리드보컬 프레디 머큐리의 묘지는 찾아봐야 헛수고일 겁니다. 정교회와 가톨릭으로부터 파문당해 그리스 본토에 묻히지 못했다는《그리스인 조르바》의 작가 니코스 카잔차키스Nikos Kazantzakis의 묘지를 찾아 크레타섬을 가거나, 말년에 아랍 세계를 옹호한 도둑 출신의 작가 장 주네의 무덤을 찾아 모로코를 방문하고도 싶습니다. 만나지 못한, 그리운 사람들은 여전히 많습니다.

여행의 순서로 치면, 가장 마지막에 찾은 곳이 러시아의 톨스토이 묘지와 노보데비치수도원 묘지입니다. 하지만 그보다 반년 전 다녀온 지중해 지역을 책의 마지막에 배치했습니다. 특히 발터 벤야민을 마지막에 놓은 것은 그의 묘지가 아무래도 미래로 열린 묘지라 생각한 탓입니다. 외딴 바닷가 마을에서 다량의 모르핀을 먹고 비극적으로 생을 마감했지만, 그가 뿌린 생각의 씨앗이 오늘날 세상을 규명하고 미래 세상을 그려보게 합니다. 지구의 땅끝마을처럼 여겨지던 자그만 바닷가 마을에서 묘지 기행의 걸음을 마쳐야 했습니다.

책의 출간을 앞두고 설렘보다는 두려움이 앞섭니다. 책이 다루고자 한 내용이 실로 방대한 것들이요, 한도 끝도 없는 깊이를 가지는 것들이므로 저 같은 사람이 감당하기엔 힘이 부치는 것이 사실입니다. 얼마나 설익은 생각과 정확하지 않은 정보들이 원고 속에 숨어 있을까 생각하면 식은땀이 날 지경입니다. 그럼에도 불구하고 열심히 다닌 여행과 답사의 결과물로 책을 세상에 내놓습니다.

이 책이 어떤 인물들에 대해 잘못된 우상화나 신화를 만들어내지 않길 바랍니다. 단지 글이나 작품에서 느낀 어떤 이들의 온기를 조금 더 곱씹고 되돌아보고자 하는 시도임을, 또 저자만의 조금 다른 여행법으로 보이길 바랍니다. 제가 소중하게 여기는 인물, 감명 받은 글이나 작품이 다른 이들에게도 비슷한 깊이로 다가가진 않을 것입니다. 이 책에서 소개한 유명인들에게 찾아온 죽음과 그 죽음에 대한 그들의 태도에서 삶과 죽음에 대한 교훈을 얻을 수 있다면 책을 쓴 부끄러움이 덜해질 듯합니다.

이상한 일이지만, 사람들은 남들과 다른 여행보다는 똑같은 여행을 하기 위해 애쓰는 듯합니다. 똑같은 곳에 가서 똑같은 인증샷을 찍고, 똑같은 식당을 찾아가 똑같은 음식을 먹고 오는 것이 우리 시대 여행의 자화상이 아닌가 싶습니다. 남들과 같은 코스, 같은 구경거리, 같은 경험의 여행들이 우리에게 가르쳐주는 것은 그리 많지 않을 것입니다. 자신만의 관점과 관심사를 갖고 자신만의 장소, 자신만의 경험을 찾아가는 과정 속에 진정한 여행의 의미가 있다고 생각합니다.

'묘지 기행' 같은 '다크 투어리즘Dark Tourism'도 그런 대안이 될 수 있다고 생각합니다. 밝고 낭만적이며 소비지향적인 여행이 아니라, 어둡지만 잊지 말아야 할 역사의 현장과 대면하여 우리 삶과 현실을 찬찬히 들여다볼 수 있는 그런 여행 말입니다. 꼭 그런 여행이 아니더라도 자신만의 관심사를 갖고 자신만의 길로 행장을 꾸려보실 것을 권합니다.

책을 세상에 내놓지만 여행은 계속될 것이고, 그 여행지의 한 귀퉁이를 차지하고 있을 잊힌 사람들의 묘지에도 시간을 내어 들를 것입니다. 그보다 먼저, 책이 나오면, 세상을 등지신 지 벌써 열일곱 해가 된 아버지의 묘를 찾아가 생전에 좋아하시던 술을 한잔 따라드리고 와야겠습니다.

2019년 가을, 헤이리에서

인용 도서

강성률, 《청소년을 위한 서양철학사》, 평단, 2008

강헌, 《전복과 반전의 순간 1》, 돌베개, 2015

고병권, 《니체의 위험한 책, 차라투스트라는 이렇게 말했다》, 그린비, 2003

김남주, 《나와 함께 모든 노래가 사라진다면》, 창비, 1999

데이비드 리프, 《어머니의 죽음》, 이민아 옮김, 이후, 2008

도스토옙스키, 《백치》, 박형규 옮김, 동서문화사, 1976

레이먼드 카버, 《숏 컷》, 안종설 옮김, 집사재, 1996

레프 니콜라예비치 톨스토이, 《이반 일리치의 죽음》, 박은정 옮김, 펭귄클래식코리아, 2009

로널드 애런슨, 《사르트르와 카뮈》, 변광배 옮김, 연암서가, 2011

로맹 롤랑, 《위대한 예술가의 생애》, 이정림, 범우사, 1986

롤랑 바르트, 《밝은 방》, 김웅권 옮김, 동문선, 2006

무라카미 하루키, 《그러나 즐겁게 살고 싶다》, 김진욱 옮김, 문학사상사, 1996

미셸 슈나이더, 《죽음을 그리다》, 이주영 옮김, 아고라, 2006

미하일 불가꼬프, 《거장과 마르가리따》, 홍대화 옮김, 열린책들, 2008

밀란 쿤데라, 《불멸》, 김병욱 옮김, 청년사, 1992

밀란 쿤데라, 《참을 수 없는 존재의 가벼움》, 이재룡 옮김, 민음사, 2009

발터 벤야민, 《발터 벤야민의 문예이론》, 반성완 옮김, 민음사, 2005

사데크 헤다야트, 《눈먼 부엉이》, 배수아 옮김, 문학과지성사, 2013

사뮈엘 베케트, 《고도를 기다리며》, 홍복유 옮김, 문예출판사, 2010

석영중, 《톨스토이, 도덕에 미치다》, 예담, 2009

스탕달, 《적과 흑》, 이동렬 옮김, 민음사, 2004

알로이스 프린츠, 《헤르만 헤세: 모든 시작은 신비롭다》, 이한우 옮김, 더북, 2002

알베르 카뮈, 《시지프 신화》, 김화영 옮김, 책세상, 1997

알베르 카뮈, 《이방인》, 김화영 옮김, 민음사, 2011

앤드루 로빈슨,《천재의 탄생》, 박종성 옮김, 학고재, 2012

어빙 스톤,《빈센트, 빈센트, 빈센트 반 고흐》, 최승자 옮김, 청미래, 2007

에밀 시오랑,《절망의 끝에서》, 김정숙 옮김, 강, 1997

오노레 드 발자크,《고리오 영감》, 임희근 옮김, 열린책들, 2008

요한 볼프강 폰 괴테,《괴테 시집》, 송영택 옮김, 문예출판사, 2015

윌리엄 셰익스피어,《햄릿》, 신정옥 옮김, 전예원, 1989

이보 프렌첼,《니이체》, 박광자 옮김, 행림출판, 1984

이사야 벌린,《칼 마르크스: 그의 생애와 시대》, 안규남 옮김, 미다스북스, 2012

이주동,《카프카 평전》, 소나무, 2012

이현우,《로쟈의 러시아 문학 강의 19세기》, 현암사, 2014

전성원,《길 위의 독서》, 뜨란, 2018

정수복,《파리의 장소들》, 문학과지성사, 2010

정수일,《실크로드 문명기행: 오아시스로 편》, 한겨레출판, 2006

조반니 파피니,《미켈란젤로 부오나로티 2》, 정진국 옮김, 글항아리, 2008

조지 오웰, 〈자유와 행복〉,《동물농장》, 도정일 옮김, 민음사, 2001

진중권,《현대미학 강의》, 아트북스, 2013

체 게바라,《체 게바라의 모터사이클 다이어리》, 홍민표 옮김, 황매, 2012

티베트 사자의 서, '내가 태어났을 때',《사랑하라 한번도 상처받지 않은 것처럼》, 류시
    화 엮음, 오래된미래, 2005

폴 발레리,《발레리 시전집》, 박은수 옮김, 민음사, 1987

폴 발레리,《해변의 묘지》, 김현 옮김, 민음사, 2003

프란츠 카프카,《심판》, 한일섭 옮김, 학원사, 1987

프리드리히 니체,《차라투스트라는 이렇게 말했다》, 장희창 옮김, 민음사, 2004

피츠제럴드,《루바이야트》, 이상옥 옮김, 민음사, 1994

함정임,《그리고 나는 베네치아로 갔다》, 랜덤하우스코리아, 2003

헤르만 헤세,《크눌프》, 이노은 옮김, 민음사, 2012

E. H. 곰브리치,《서양미술사》, 백승길 옮김, 예경, 2003

세상은 묘지 위에 세워져 있다

초판 1쇄 발행	2019년 11월 25일

지은이	이희인
책임편집	임경단
디자인	고영선

펴낸곳	(주)바다출판사
발행인	김인호
주소	서울시 마포구 어울마당로5길 17 5층(서교동)
전화	322-3675(편집), 322-3575(마케팅)
팩스	322-3858
이메일	badabooks@daum.net
홈페이지	www.badabooks.co.kr

ISBN	979-11-89932-36-7 03800